相信阅读，勇于想象

"幻想家"世界科幻译丛

SPACE CAPTAIN SMITH
太空船长史密斯

[英]托比·弗罗斯特◎著

刘炳耀◎译

北京理工大学出版社
BEIJING INSTITUTE OF TECHNOLOGY PRESS

托比·弗罗斯特（Toby Frost）

英国当代科幻小说家。托比立志创作，大学期间即出版了第一部作品《大船》，2000 年创作《刀锋之城》，此后，其作品累获殊荣。

托比的小说在风格和质量上与著名的已逝作家泰瑞·布里切特（《银河系漫游指南》作者）有异曲同工之妙，但是也极富个性。他创作的风趣幽默的科幻作品在科幻市场和大屏幕上都很受欢迎。

除"史密斯船长大事记"之外，托比还创作了其他多部作品，如"史揣肯"系列、《顶尖》《小恶魔》等。

中文版序言

  小的时候，我渴望成为一名太空人。可遗憾的是，我很快发现，在20世纪80年代，英国太空人的工作并不好找，而且为此我必须先在学校学好大量关于宇宙空间的知识——这方面，我没有做到。结果，我成了一名律师。虽然没有实现儿时的目标并不令人兴奋，但幸运的是我不必跑到那么远的地方去工作。那时候，我还有了一个新目标——写一本科幻小说！

  多年以后，我发现一位朋友在阅读H. G. 威尔斯的经典小说《世界大战》，书中描写了外星人1900年入侵伦敦，并且与人类展开大战的故事。我由此想到，如果赢得了战争胜利的维多利亚人走向宇宙，走进其他文明的星球时，会发生什么样的奇妙故事？这个想法一经产生就变得越来越精彩和丰富：我设想了一系列场景，包括人类登陆其他星球后，与当地的外星人类共同分享茶和饼干，等等！我甚至在思考，那些走向宇宙的先驱者，是否会养成拥抱世界，甚至拥抱整个银河系的习惯？

  因此，我创作了《史密斯船长大事记》，它用喜剧的手法描写了一个涉及大量英国文化的科幻故事。我们的英雄伊桑巴德·史密斯是一位大胆、热情但又不是特别锋芒毕露的太空船长，而他的飞行员波莉·卡尔薇丝则是一个喜欢安静甚于冒险的模拟人。与之同行的还有"暴力狂"苏鲁克和美丽的蕾哈娜——她有着神奇的能力和对史密斯无比巨大的吸引力。几个伙伴结成小队，在银河系漫游历险。我的出版商很喜欢这部小书。而当伊桑巴德·史密斯的冒险故事第一次在英国成书出版时，我感到非常高兴。

总的来说，史密斯的世界是一个奇怪的世界。地球的各个国家都在以和平的方式在整个银河系中慢慢扩张、探索，但这种宁静却受到外星种族——巨型蚁人和凶猛的旅鼠人的威胁，他们更愿意以武力征服一切。史密斯发现自己不得不与各种奇怪的生物交锋。在此过程中，他还试图将对手侵占的星球解救出来，帮他们加入不列颠太空帝国——在这方面，他取得了不小的成就。

不久当我被问及续集的时候，我发现我有太多的设想和有趣的情节可以融到一部小说里面。在以下的每一本书中，我们都会看到更多的史密斯的冒险旅程和在此过程中遇到的奇怪的文明。

在《迪德科特的神皇》中，战争狂人在帝国种植茶叶的星球上引发了战乱——茶叶是英国士气的重要来源。在《莫洛克的祈祷》中，史密斯与一大群没有自我保护意识的大型啮齿动物进行战斗。在《战舰游戏》中，事情变得更加怪异，史密斯的船员发现自己与不列颠太空海军强大的无畏舰队并肩作战。在《最后的帝国》中，史密斯小队和对手在一个致命的丛林中发生冲突。最后，在《死亡攻势》中史密斯遇到了蚂蚁人的最高领袖。

当然，故事发生地在英国，即在不列颠太空帝国，所以能从书中看到大量奇特的英国文化的代表：比如板球、饼干、咖喱、恶劣的天气、人们喝下的巨量的茶（尤其是奶茶）。书中还能看到很多幽默的桥段，能看到类似《星球大战》和涉及外星人的科幻电影情节、老战争电影情节、间谍故事甚至是黑白电影的痕迹。

无论如何，能够在书店阅读自己的书是一种很棒的体验，而且想到能用另一种语言印刷它就感到更加兴奋。我从来没有去过太空，但我已经以另一个形式无限接近它了。我对能够创作这些作品感到无比的欣喜，我希望你们也能够喜欢它们。

托比·弗罗斯特

致谢

感谢我的朋友和家人对我的帮助和鼓励,没有他们,这部小说就不会写成。我还要感谢韦鲁勒姆作家圈的成员和圣奥尔本斯的"山羊人",感谢他们的评论和建议,没有他们,这本书就不太可能被读者读到。不列颠太空帝国向你们致敬。

目 录

01	太空使命	001
02	新弗朗的"和善"人	031
03	交锋！太空蚁族	070
04	天堂一夜	091
05	占领河口	109
06	敌军的溃败	139
07	谜之蕾哈娜	170
08	火星死亡契约中的赛博帮派	200
09	裤子总是要还的	237
10	追踪	262
11	噶斯特人的惨败	279
12	重回帝国	297

回到飞船上,我们喝杯茶吧。

01

太空使命

在一个沉闷的星期二上午，伊桑巴德·史密斯身后的门开了，可汗先生走进房间。史密斯不再打字，回过头去看。

"我觉得你有问题要提，史密斯。"可汗说道。他身形高大，动作缓慢，嘴和下巴耷拉着，这让他的外表显得有些忧郁。他看起来像一头用自己的獠牙换了一份文职工作的海象，现在又开始后悔起这笔交易来。

"我知道你不太开心。"

"是的，可汗先生，我确实不开心。我有牢骚要发。"

可汗关上他身后的门。

"长官，我已经提出过六次请求，希望我能掌管一艘太空飞船，但是它们全都石沉大海。我来范登航运公司已经快一年了，我做的所有工作都只是把有关小行星的数据输入这台电脑。你很清楚，只要能重返太空，我愿意吃掉自己的裤子。但我还是在这里，坐在这儿，裤子还在腿上。"

可汗点点头,身体靠在墙上,说:"嗯。我们太忙了,关于政治形势之类的,而且要空出一艘船来也不容易。"

"但那正是我想说的!"史密斯叫道,"长官,我想做点什么。噶斯特军团①正在重整旗鼓,每个人都知道他们迟早会攻击我们。一想到那些该死的蚂蚁正在谋划着入侵地球,而我只能待在这里用屁股雕琢这把转椅,我就气得不行。长官,如果可以,我就会跳进一架战斗机,飞到他们肮脏的老窝,趁他们不注意的时候来一通激光扫射,在噶斯特人面前一展雄风,然后把屁股甩给他们。"他顿了一下,有点喘不过气,"要不是因为现在这种情况的话。"

可汗说:"既然这样,那我告诉你一个好消息。你会得到一艘飞船。"

"一艘飞船!"史密斯跳了起来,"太棒了!会有战斗吗?会有危险吗?"

"会有嬉皮士。这样合你意吗?"

"长官,我愿意冒这个险。"

"很好。你准备去新弗朗西斯科号轨道卫星(以下简称新弗朗),去接一个叫作蕾哈娜·米切尔的女人。新弗朗是一个自由殖民定居地:我们在保护它,但是不拥有它,起码目前还没有拥有。那是一个古怪的地方,史密斯,我警告你,那里全是吸食毒品的瘾

---

① 噶斯特军团:由噶斯特人组成的军团。噶斯特人是人类在宇宙中所面临的主要敌对对象。这是一种体型庞大的类似蚁人的种族。噶斯特人生物科技发达,具有极强的攻击性,妄图称霸宇宙。

君子,还有其他那些有待帝国从懒惰和自由性爱中拯救的人。你是不会喜欢的。只有那些真正有勇气和骨气的人才能忍受那种地方。你听说过米德莱特吗?"

"凯恩世界的太空港,对吗?"

"就是那个。你要尽快把她带到那里。现在有一艘船和一个飞行员正在停机坪上准备出发。你把车放在停车场就行,这个下午那里开放。"

史密斯眨了眨眼,有些惊诧,问:"什么?今天这个下午?"

"当然。总不能是三个星期后的这个下午吧?你说呢?"

史密斯考虑了一下。"天哪!"他说道。这一天当中剩下的空虚与乏味随着一连串的火箭一扫而光。他努力让思想集中起来:"我应该需要一队船员吧?"

"船员?""这头海象"摇了摇头,他的下巴也随之晃动,"不。没有船员,只有一个机器人飞行员。"

"对了,约翰・皮姆[①]号是一艘很不错的船。相当不错。你会发现它很快。如果你愿意的话,那么可以带上一位朋友,只要他不是外国人,或者喜欢猎奇。我知道这种漫长的旅途是什么样子。人们会开始忘记八字胡留着不是用来看的。"

"我可以带一个外星人吗?"

可汗面露难色:"你不是在说那个到处砍下别人脑袋的莫洛

[①] 约翰・皮姆是英国资产阶级革命的发动人和领导者,他是典型的资产阶级和新贵族的代表人物。

克人吧？他们可都是野蛮人，史密斯。"

"他碰巧是个好人。"史密斯有点生气地说。

"那好吧。我希望你们俩最好能一直待在一块儿。"可汗看了一眼手表，"你应该考虑出发了，如果你还打算整理一些行装的话。"

"好的，长官！"史密斯敬了个礼，"正在路上！"

可汗看着史密斯离开。他从马甲口袋里掏出通信器，并给他的上司打了个电话。"嗯，计划进行得还算顺利，"他对电话的另一头说。"现在有一艘飞船随时可能发射。"他低声补充道。

史密斯停好车，取了飞行许可证，然后从后座取出包。他穿着他的舰队制服，外套敞开，而里面的马甲则紧扣着。马上就要看到他的新飞船了，他在兴奋的同时，又有一点紧张。出发前，他在卫生间里花了十五分钟给胡子打蜡，使其呈现出一种经过精心修饰的别致，以让他的同事们觉得他既是一个幽默的朋友，又是一个他们永远不应该与之作对的人。

范登航运公司在新伦敦拥有三艘太空飞船，还有八艘是与东帝国公司共同拥有的。与大部分受帝国法律管控的公司一样，它的成员拥有公司财产的股份。因此，史密斯总是把公司的飞船看得像自己的一样。每当想到飞机库里锃光瓦亮的飞船、船上抛光的合金零件和闪烁着金属光泽的引擎时，他都会露出自豪的笑容。

在史密斯沿着通往机库的斜坡往下走时，他遇到了工程师温斯顿·帕克。帕克这个矮小而瘦弱的男人让史密斯敬畏不已：这个工程师不止听起来让人觉得他好像对太空飞船了如指掌，事实上他也的确如此，这种情况在行业内寥寥无几。他才是真正可靠的人，而非他的同事班克罗夫特。此人冷峻严肃，古怪的面容像极了一棵树。

"伊桑巴德·史密斯，你今天过得怎么样？"

"挺好的，谢谢。我刚下班。你看到过工作人员花名册吗？"

帕克用别在他腰带里的那块被他当作军衔徽章的抹布擦了擦手。"看到过。你的机器人飞行员已经登船了——这次是个女人。你得到的是一艘谢菲尔德级轻型运输机。"

"我之前应该没见过类似的东西。它的状态好不好？"

"还不错。当然，它们不会看地图，也不太会倒着走。"

"我是说飞船。"

"嗯，它是二手货，刚经过整修——换了新的引擎。算不上是公司的旗舰，如果你懂我的意思。"

"我懂。顺便问一下，你有没有在这附近看到一个外星人？大概两米出头高，脸既像野猪，又像翻过来的螃蟹。可能还带着一支矛，还有一个满是头颅的袋子。"

帕克耸耸肩，说道："不知道。我这边挺忙的。"

"他笑起来很不寻常。"

"哦，那个家伙啊？他在坡底下呢！怎么，你认识他？"

"他是我朋友。"史密斯说，"咱们回见，好吧？"

"得很久之后了，你这次路途遥远。希望能尽快见到你，史密斯！"

在史密斯快走到坡底的时候，一个蹲在凳子上的身影一跃而起。他大体上是人形，不过是经过拉伸的，比人类要高一些、瘦一些。这个生物扯开步子朝史密斯跑了过去，他把重心放在前脚掌上，带着一种缓慢而慵懒的优雅。

"苏鲁克。"史密斯说道。

这个外星人进入视野时，一阵低沉的咔咔声随之而来。史密斯看到他那裸露在裤子、靴子及铠甲背心之外的灰绿色皮肤，还看到杀戮者苏鲁克张开的嘴巴——他的獠牙也随之分开。

"伊桑巴德·史密斯。"他说话时嘴里仿佛含了一口粥。苏鲁克伸直了手指，好让史密斯能看到他的手是空的。

史密斯撸起袖子，展示了一下他的手掌，他的动作像要从空中采一束花一样："致敬苏鲁克，亚美春氏族的勇士。我向你致以诚挚的问候。"

"致敬伊桑巴德·史密斯，在莫洛克人的语言中被称作马祖兰的人。我也向你致以问候。"

然后是短暂的沉默。史密斯尴尬地笑了笑。"嗯，"他小心翼翼地说，"好久不见了。"

"是啊。上次见面已是数月之前了，其间虽战火频起，但敌军终被攻克。在黯然桥上，我取下十五人的首级。我推翻了暴君'战争之镰'达格拉德，并用他的牲畜作为我高超武艺的见证。那是一个光荣的日子。"

"听着是挺刺激的。我要去解决一件麻烦事。咱俩一起吧？"

01 太空使命

"勇士的选择。"苏鲁克提起他的袋子挎到肩上,几支短柄矛从中露了出来。又用另一只手拿起高脚凳。他的体型意味着对他来说,蹲得高点要比坐下舒服。史密斯曾看到他的朋友用这个姿势睡觉,就像栖息在巢中的老鹰一样。

他们走过阔大而又阴暗的大厅,声音回荡在混凝土屋顶之下。这个机库给人一种大教堂的感觉,甚至有些阴森了。一艘艘飞船停泊在巨大的机位之中,这些机位一直延伸到大厅的两侧,如同教堂中的耳堂一般。巨大的拱顶覆盖在机位上方,顶上雕刻着叶状旋线,这是不列颠太空帝国及其殖民定居地的新哥特式风格。

"那么,我们现在要把战争带给敌人吗,伊桑巴德·史密斯?"

苏鲁克倾向于把每一次离开地球的远征都看作廉价的跟团旅游与罗马的高卢战争的结合,而在他决定发动的任何一场血腥屠杀中,史密斯总是扮演着红衣主持人的角色。对莫洛克人来说,太空旅行就是通往阳光、沙滩与头颅的门票,而且前两项往往不那么重要。史密斯决定打击一下苏鲁克的希望。

"不,并不是。我们其实是要去一个被和平主义者占据的空间站接个人。"

"骁勇善战的和平主义者?"

"不是。"

"可以让我吃的和平主义者?"

"我建议你别这么做。"

"我们要把这些人扔到太阳里吗?"

"不会。"

"那么这次的旅途中会有任何好的事情发生吗？"

"按照你的标准的话，恐怕没有。不过据说我们的飞船刚经过整修，所以我们应该会很安全。我想船上应该会有一些像样的武器来击退敌人。"

"啊，是的。就像你们不列颠太空帝国强大的无畏级战舰一样。但是我还是更喜欢用我的刀刃作战，而不是用枪。"

"不用不行啊，苏鲁克。你知道，没有无畏级战舰的话，我们不可能让自己的脚步遍及整个银河系。有时候我们不得不用武力来让敌人学会如何像正常人一样守规矩。现在，我们应该到了——喔！"

约翰·皮姆号飞船的鼻锥从一个凹室中鬼鬼祟祟地突了出来，就好像它要接受一个原本不应该接受的奖项似的。飞船的前端让史密斯想起了一只老鼠的鼻子，它曾与体型更大、更凶猛的老鼠搏斗过许多次，现在已伤痕累累、凹凸不平，而且失去了颜色。一块巨大的钢板被铆接在飞船上，边缘用金属气密泡沫做了密封。鼻锥部分并没有枪械。

"有意思。"苏鲁克说道，"这艘飞船明显参加过许多战斗。上面的那个地方是伪装，还是发霉了？"

"我的天！"史密斯说，"我还以为他们说飞船刚经过整修呢！它看起来很糟糕啊！"

"或许吧。不过橙色的战斗伪装会给我们带来好运。"

"我对此严重怀疑：你说的橙色战斗伪装碰巧只是铁锈而已。

我们越早起飞越好。在机翼掉下来之前我们赶紧出发吧！"

他一边从飞船的一侧往后面走，一边提醒自己：这是一艘太空飞船，而不是一只巨大而又活跃的狗的咀嚼玩具。即使在这么昏暗的光线下，也能明显地看出这艘飞船遭受过多少打击。发黑的补丁上焊接着额外的装甲——这可能是激烈的太空战斗的结果，也可能是醉酒后的停机尝试。为数不多的窗玻璃上有许多划痕，带着一种脏兮兮的绿色，仿佛隔着池塘的水看到的那样。史密斯想象着之前那个飞行员的形象：他一只手握着操纵杆，另一只手端着小酒瓶，在他兴高采烈地从一个世界飞往另一个世界时，会像个乡巴佬一样大声欢呼，还经常把鼻锥误当成减速的工具。

他登上台阶，按下通话器按钮，机器发出一阵哀号，仿佛受过折磨一样。噪声停下来之后，一个女人的声音小心翼翼地问道："你要卖什么东西吗？"

"我是这艘船的船长。请你把门打开好吗？"

"嗯，好的，没问题。没理由不开啊！"

舱门后有什么东西在缓慢地移动。应该是门闩被拉开了吧，他想。"门开了。"那个女人说。

史密斯转动凹陷的门把手，轻而易举地打开了门。

门的合页最近刚上过润滑油；从这个地方的气味来看，其他东西也一样。史密斯低头躲过通话器垂下来的电缆，走进狭窄的走廊，空气闻起来几乎都能尝到味儿了。苏鲁克关上了他身后的门。

"我要选一个属于自己的房间。"

"好的。"史密斯说。

左边是飞船的驾驶舱。里面有两个正常的座位,以及数个可以在紧急情况下折叠起来的座位。其中一个大号座位——驾驶座——正被一个大约三十岁的小个子女人占据着。在另一个座位——船长席——上有一个仓鼠笼子,前面贴着"杰拉德"的字样。当史密斯进来的时候,那个女人放下了搭在主控制台上的双脚并坐了起来,寻找着什么东西以标记她正在阅读的书页。

"啊,"史密斯一边查阅着花名册一边说道,"你一定就是船员了,卡尔薇丝小姐,对吗?"

她站起身。她的个子不高,身材瘦弱,有一张漂亮而又活泼的脸,乍一看并不起眼,但也很难让人不喜欢。她金色的头发被拉到脑后扎成了马尾辫,额头周围留下了一圈棕色的发根。史密斯之前见过这张脸:她是一个模拟人,而这张脸是制造商们使用的标准面部模型之一。她穿了一件白色的衬衫和一件多功能马甲。她的裤子上有很多口袋,而且略微大了点,裤脚处被挽了起来。

"波莉安娜·卡尔薇丝为您效劳。当然,要在合理的范围内。"她一边说着,一边打量着他。"你是史密斯船长吧?"她的举止让人感觉她不太想主动地去做什么事。

"没错。认识你很高兴。你可以放松一些。"

什么也没有改变。如果没有躺下的话,她就不可能得到放松。他们握了握手。

"很高兴认识你。"卡尔薇丝小心翼翼地说。"我很期待与您一起工作。"她补充道,语气中有一股质朴的热情,就像一个被枪指着的人在念一份火车时刻表。她朝她的肩膀后瞥了一眼,刹那间,她的面部表情生动了起来:"真是见鬼了!那是个什么东西?"

"啊,"史密斯说道,"我的朋友,苏鲁克。他将加入我们的旅程。"

卡尔薇丝此时的表情除了希腊悲剧之外很难在其他地方见到。她寻找着合适的话语:"为什么?"

"嗯,他是我的朋友。对外星人来说,看看我们的帝国是很有用的。这能帮助他们了解他们的辛勤劳动都付出到哪里了。另外,他能轻松自在地应付太空旅行。他给他的房间带了些自己的东西,甚至还用一个凳子做装饰呢!"

"我的天啊!"

"是凳子,又不是什么恐怖的脏东西。"

她微露喜色,但仅此而已。"但是他太大了。"卡尔薇丝说道,"而且他还随身带着那些骨头!"

"他是我的朋友,卡尔薇丝。"史密斯冷冷地说,对这场争论有些不耐烦,"他要留在船上。"

她的脸色又有了生机。她就这个问题思考了片刻,这让她的下巴看起来仿佛在做反刍运动:"他有獠牙和下颚。这很不合常规,船长。"

"可汗先生说我可以带他。"

忽然,史密斯明显地意识到她在尽量使自己不要叽叽喳喳地对他模仿他说的最后一句话。

"好吧,"他说,"我会亲自跟苏鲁克说,如果这样能让你感觉好些。但我是这里的船长,我们要马上起飞,就像我刚才说的那样。"

"好的，头儿。"

史密斯离开了房间。卡尔薇丝蹑手蹑脚地走过驾驶舱，来到了那扇开着的门口，偷偷地听。

"飞行员就是那样。"史密斯正说着，"很多飞行员总觉得他们驾驶的飞船是属于他们自己的。"

"很多人还觉得他们的脑袋是属于他们自己的。"

"别说那个。你之所以能在这里吃飞行餐，仅仅是因为这次任务，懂吗？"

"嗯，如你所愿。"

史密斯回到驾驶舱，看到卡尔薇丝正坐在驾驶座上。他把仓鼠笼放在地上，躺靠在船长席上并说："好了。我们准备就绪了。我已经和苏鲁克谈过了，他同意会温柔地待你，一如既往。"

"很好。"她说，并给了他一个倦怠而又紧张的微笑，"那我们出发吧，行吗？"

"稍等一下。首先，作为船长，我得巡视一下飞船上的设施。"

"左边第二间。我们进入轨道之前不要冲。"

伊桑巴德·史密斯在飞船中徐徐地踱着步子，确保一切都没什么问题。一切看起来确实没什么问题，但是他对再具体一些的情况也不太清楚。驾驶舱后面是客舱和盥洗室。值得表扬的是，卡尔薇丝并没有按照惯例在卫生间的门上挂一个"船长使用记录"的幽默标志。再远一些，是一块被当作厨房和食堂的开阔空间。如果旅途更长一些的话，这里就会安装一些太空舱，用于休眠。飞船的尾部由货舱占据，它大体上是空的，探险飞行器一般会停放在这里，但是这里并没有。在它后面，是飞船的引擎以及各种各样的"引擎室"，史密斯打算尽量不与它们打交道。

一如他之前经历的旅途一样，除了那些显而易见的东西之外，他对自己所要寻找的东西一无所知。如果他的床着了火，或者天花板上挂了一个人的双脚，这些都能让他理直气壮地怀疑：事情有些不对劲儿；而在仪表盘指示灯中，有一个红灯在闪烁，可能代表着任何东西。作为船长，他可以把工作委派给其他船员。这就是为什么船上要有船长：告诉船员他们的职责是什么。遗憾的是，除了外星人苏鲁克和仓鼠杰拉德之外，卡尔薇丝是唯一一个可以被委派工作的人了。

最后，苏鲁克和他会合了。这个外星人指着"二次空气净化桶"说："这是飞船的'膀胱'，对吧？"而史密斯则郁闷自己居然无法给出一个可替换的名词。"当然。"他说，然后回到了驾驶舱。"准备起飞。"他宣布。

卡尔薇丝正在阅读谢菲尔德四级轻型运输机的说明书《海恩斯手册》。史密斯注意到这艘船恰巧也是这个品牌的。他感到些许烦躁，但又不能确切地指出问题的所在。

"起飞了，起飞了，"卡尔薇丝喃喃道，手指在书页上滑动着，"稍等一下。启动推进器。"

控制台与飞船内部的大部分东西一样，凌乱而复杂。操纵杆、仪表盘和旋转计数器被精巧的黄铜旋涡纹饰及工程协会的纹章图案分隔开。同飞船的外观相比，它的内部保存得相当完好。

随着飞船两边的主推进器开始向下喷火，一声巨大而又模糊的液压器轰鸣穿过房间。史密斯可以听到引擎的隆隆声，它在一种压抑的力量之下颤动着，又通过地板传到了他的靴底。成百的仪表盘上，指针像受惊时脖颈上的毛一样，颤巍巍地竖了起来。他向后靠，闭上了眼睛，感受着飞船在他周围苏醒过来，并紧张地为弹射做准备。

"控制中心允许我们出发。"卡尔薇丝说道。

"感谢他们。"

"他们祝我们好运。起飞批准。"他睁开了眼睛。窗沿上有一排杂物，它们是从帝国无数的礼品店里买来的：一个议会大厦的雪花玻璃球镇纸，一个穿着红外套的殖民军队玩具士兵，一张明信片，上面画了一个在蹦床上的肥硕女人——标题为"比邻星轨道飞行器上的天体运转"。飞船的左侧突然向上抬起，议会大厦便消失在暴风雪中。明信片也倒下了。右侧的推进器开始喷射，飞船恢复了平衡，它轻轻地摇晃着，已经离开地面快三米了。

"给推进器平稳地供力。"卡尔薇丝自言自语着，飞船缓缓地抬升。

一个躁动的小人出现在外部监视器的屏幕上，他看上去像在表演萨满式的舞蹈。帕克频繁向上的动作让人感觉他想在飞船闯入天空之神的领域之前安抚它的情绪。史密斯问道："他到底想干吗？"伴随着飞船的不断抬升，那个小人变得越来越小，也越来越

01 太空使命

狂乱。

卡尔薇丝打了个响指,仿佛想起了购物清单上的某样东西。她拿起通话器:"控制中心吗?请打开顶棚的门吧,拜托了。"

飞船继续上升。机库顶部的防风罩降了下来,霎时间,他们被蓝天包裹起来。在天际线附近,新伦敦的上千根烟囱直指长空,仿佛一群烟瘾很大的白蚁建造的巢堆一样。史密斯感觉到飞船在向后倾斜,并持续上升,他希望苏鲁克记得系安全带。

"我们走喽,"卡尔薇丝一边说着,一边随意地用手按下六七个按钮,"准备好了吗?"

"准备好了。"

她启动了引擎。伴随着一声巨响,飞船冲向天空。数秒之后,屏幕上的蓝色逐渐消失,转而被太空的黑色所占据,此时他们离新伦敦已经很远了。机器人卡尔薇丝用一只金属臂端起一个键盘,她的手指在上面快速地打着字。

她坐了下来。"坐标已锁定,"她说道,"我们上路了。"

"此次的行程大概有十二个小时。"卡尔薇丝边说边检查一个显示器,"我们走的是一条常规的太空路线,不会有外星人或敌对势力侵犯的危险。我们大约会在格林尼治标准时间上午九点在新弗朗靠港。我们到那里之后,只有几个小时的时间去做我们要做的事情,然后就得为下一程做好准备。在下一个阶段,我们要沿原路折回帝国的领地,然后出发去米德莱特。那样花的时间应该会长一点——可能得三天。所以记得在免税店里多囤一些薄荷糖。"

"聪明。"苏鲁克懒洋洋地靠在墙上说道。起飞后没多久他便走了进来，然后几乎是完全漠然地看着太空。

史密斯启动了导航控制台，然后研究了一下在基地时预设的航线，那是一条跨越帝国边境的让人晕头转向的路线。这给他的感觉就像让一只训练有素的猫作为领航员用神奇画板画出来的一样。他决定置之不理，以防任何重新规划路线的尝试导致打字助理出现在显示器上，并在他试图让其消失时让他烦躁得发疯。

"有什么现在能预料到的问题吗？"史密斯询问道。

卡尔薇丝耸了耸肩。"没什么大问题。我唯一想说的是，新弗朗是一个相对独立的殖民定居地，而不完全属于不列颠太空帝国。那里的法律很不一样。"

"那儿允许为了战利品而杀戮吗？"苏鲁克问道。

"我深表怀疑。"史密斯回答，"据我所知，那儿相当自由——但也没那么自由。私人持枪是违法行为，你的矛可能也一样。猎杀任何东西恐怕都不被允许。真是遗憾啊，有那些娘娘腔的自由性爱者的烦扰。我是无法忍受的。万一有人把花插到我的枪管子里，我转眼就会把它射飞。"

"这可不是我想要的那种度假。"苏鲁克说。

"但这是我想要的那种。"卡尔薇丝说道。她靠在驾驶座的椅背上叹了口气。"去新弗朗旅行？是的，人们会为这种事情存钱。我想我们应该会在那里愉快地度过几个小时。我很少有机会披开头发，小酌几杯，和英俊的男人握手……这很合我意。"

"我必须说，"史密斯说道，"虽然你是模拟机器人，但是你并不像一个机器人。你不应该数数铆钉什么的，而不是期望着喝醉酒吗？"

她转了过来，眉头紧锁："我并不是机器人。我是一个有着人造遗产的人。"

"那么这是否意味着你的父母是机器人？他们有没有听到过金属脚丫啪嗒啪嗒的声音？"

"真有意思。"卡尔薇丝答道，"我是一个模拟人。我也可以接受'机器人'的说法，意思是说这个人是被创造出来的而不是被生出来的。而且我几乎全部由人体组织构成：我的体内没有电线，或者贴墙纸的糨糊，或者其他任何类似的东西。我看到便携计算机时也从来不会有任何冲动。如果有必要的话，那么我可以直接与飞船建立连接，可惜这艘飞船并没有安装神经接口。故事到这里差不多就结束了。"

"这么说，你是被人设计出来的？"

"是的。"她回答，语气略微有些悲伤，不过随后她又开心了起来，"你会觉得这是个很严重的错误吧？"

"嗯。我确实感到疑惑。"

卡尔薇丝转了过去，端详着导航仪屏幕："人们的想法是错的。我认为应该怪那些写科幻小说的作家。他们在机器人问题上混淆视听，这让我很生气。我就这么跟你说吧，假如我遇到了那个叫阿西莫夫的家伙，我就会揍他，或者至少以不作为的方式让他自得其祸。"

"那么这是不是说，你有头骨？"苏鲁克问。

"跟你的那种不一样，青蛙怪！"

"懂了。"苏鲁克说，"扫描器上的那个东西是什么？"

"哪儿？"卡尔薇丝探过身去盯着激光雷达的仪表盘，"可能只是块石头吧。等一下。"

"怎么了？"史密斯问道。

"它在移动。走的是拦截路线。"

"我们能得到更近一点的图像吗？"

"当然可以。"她把手伸到了座椅背后的口袋中，掏出了一个黑色的东西，"拿着，望远镜。"

史密斯站起身来，把望远镜举到眼前，并调了调表盘"看不清。太黑了。啊！找到了。它看起来像一只巨大的袜子一样。一边是引擎，另一边是牙齿。那是只虚空鲨鱼。"

"虚空鲨鱼？"卡尔薇丝马上伏在了控制台上："我来关掉照明设备。"

"这是个很严重的问题吗？"苏鲁克问道。她看了他一眼："不是，除非你想走动。它们是星际动物，以小行星上的金属为食。"

"可我们也不是小行星啊！"史密斯说。

"船长，我无意贬低你的智商，但是我们的飞船是用金属制造的啊！"

"啊，对。你说的有道理，船员。它们还要多久到这儿？"

"到我们这里吗？两分钟吧，大概。"

"好。那么这是要开战了啊，伙计们。卡尔薇丝，保持航向，做好提速准备。"

"是，长官！"

"它们还有多久到?"

"一分半钟。"

"准备好武器系统。"

"我够不到。你离得近一些,而且你有钥匙。"

"钥匙?"

她指向驾驶舱的另一边。史密斯顺着她的手指看到一个大锁柜靠在对面的墙上。"那是什么?"

"武器系统。"

他慢慢站了起来,仿佛在一场梦里一样:"你是在开玩笑吧?"

她摇了摇头,说:"就是那个。这不是一艘无畏级战舰,你知道的。"

"我发现了。"史密斯拿出钥匙打开了锁柜。里面有一把短管霰弹枪、一把"马克沁"电磁连射枪、一把剑和一把军用左轮手枪。"就这些?"

"还有三十六秒,船长!如果你不想让它们把船体咬穿的话,就必须得有人去飞船上面。"

"我是一名太空船长,不是顶棚上的货架!绝对不是!"

"那我们只能走着回家了。"

"难道就没什么能让我们不用上顶棚的东西吗?"他瞅了一眼他的两位同伴,在其中一张脸上,他看到了恐惧,另一张脸上有兴奋,但也带着同样的担忧。"行了!"史密斯恼怒地喊道,"苏鲁克,给我拿一套太空服。卡尔薇丝,继续前进。在我出舱口之前尽量拖延接触时间。"他伸手到锁柜里拖出了那把连射枪,"我要出去了,可能要在外面待一会儿。"

　　穿着装甲太空服的伊桑巴德·史密斯看起来既像一个深海潜水员,又像一个穿着板球护具的中世纪骑士。在史密斯把枪的系带夹在胁下时,苏鲁克帮他扶着头盔。

　　那是一把很大的枪——它是为步兵防御外星人与轻型机动车而设计出来的。史密斯将一个鼓形弹匣塞进枪的一侧,看到圆形计数器转到了999。苏鲁克把头盔递了过去,史密斯戴好头盔,关上了密封装置。

　　环绕货舱顶部的通道与一把梯子相连接,通过此通道,他可以到达气闸舱。苏鲁克关好了史密斯身后的门之后,船长开始向上爬。当他爬到顶端的时候已经汗流浃背了,然后他拉动了气密阀。舱口打开了。

　　这艘船没有武器系统,而且锈迹斑斑,飞行员是一个不易相处的机器人,还有一群难对付的、像袜子一样的怪物打算咬穿船体。而此时他们进入太空还不到三个小时。事态正在迅速恶化:照这个速度,到第四天的时候卡尔薇丝应该已经被他吃了,而他则会绕着一个太阳的雕像跳舞。

　　当他爬出舱口去往船顶时,史密斯尝试着往好的一面想,然后尝试着解决问题,仿佛真的有好的一面一样。没错,如果最近他没有把他的八字胡修剪整齐的话,他现在就不可能有机会戴上太空头盔。虽然不多,但还是有一些。

01 太空使命

史密斯的太空靴固定在金属船体上。他就这么站在飞船的背面，凝视着周围的黑暗及百万光年之外的微小恒星。太空有一种残酷而空虚的美，一种完全漠视人类的美。太空既不会知道也不会关心他是否会葬身于此。他可能会在其中漂浮数千年，成为太空服中的一具骸骨，再也不会被人发现，在星斗之间的空寂之中永恒地漂泊。那真是太糟糕了。他拉下枪机，蓄势待发。

"你在那儿吗？"卡尔薇丝通过通话器问道。

"嗯，我在这儿。"他缓慢而沉重地凌空踢了一脚，把舱口关上了。

"有什么情况吗？"

"我什么都看不到。激光雷达上有消息吗？"

"激光雷达显示共有三条虚空鲨鱼，它们正围着你打转呢！你应该快看到了。"

恐惧如同卡在他胃里的一块石头一样。你不来的话就没人会来了——他给自己打气道。卡尔薇丝是飞行员，这意味着飞船需要由她来驾驶；同时她还是个女人，这意味着史密斯必须保护她。苏鲁克不知道应该如何使用枪，而用矛的话又什么都做不了。恐惧不会改变任何事：史密斯必须这么做，因为只有他能这么做。

他开始迈着大步，慢吞吞地沿着飞船的轴线跑。史密斯伸手到胁下，将空间安全带从他的背包里拽了出来。他就位后，将安全带按在船体上，并打开了磁力链接。

"史密斯？"

"飞行员，请讲。"

"有一只鲨鱼来袭。你在哪儿?"

"在飞船顶上,厨房上方。它是从哪儿来的?"

"你能看到它吗?"

他环顾四周:他的头盔限制了他的视野,这迫使他必须转动身体才能看到周围。"这儿什么都没有。"

"它已经很近了。我无法得到Z轴的数据,只能比较激光雷达上的重叠部分。等等,有东西了。"

史密斯紧张地看着周围。那该死的头盔让他的视野少了三分之一。

"史密斯!在你上面,现在!"

他手上动作的速度比脖子转动的速度还快:他把连射枪举向上方并猛烈地开火。"马克沁"电磁连射枪在他的手中剧烈地颤动着。史密斯抬起头,看到空中满是牙齿。他看到子弹击中了目标,在它的咽喉撕了一个洞出来。虚空鲨鱼像滴在水中的油滴一样,优雅地逃走了,它长长的身体顺着飞船的背面,从他身边飞过。一团紫色的尘埃从这个怪物侧面的十几个孔中涌了出来——那是它的血。

"史密斯!"

"干掉这个混蛋了!"他喊道,"还有几条?"

"两条。有一条很近了,史密斯。"

"有多近?"

"我说不准。它就在飞船的侧面。"

在他视野的边缘,有东西动了一下。他跳到一旁躲避,看到第二条虚空鲨鱼像一条巨大的鳗鱼一样从他旁边冲了过去,咬在他刚才所处的位置上。史密斯飞离了船体,却发现鲨鱼在他下方滑行得飞快,这让他无法瞄准。安全带猛地拉紧了,他又开始飞回船体,他伸出靴子准备再次吸附。虚空鲨鱼的尾部闪了一下,然后离开了飞船。史密斯开始射击。紫色尘埃从它的胁腹喷涌而出,它受了重伤,匆匆逃走了。

"干掉它了。"史密斯说,"第三条在哪儿?"

飞船的侧面有东西扭动了一下。"我看到它了。"史密斯说道。

他跳到了飞船的边缘。最后一条虚空鲨鱼像七鳃鳗一样吸附在约翰·皮姆号的一侧,试图在船体上咬出一个洞来。史密斯站在它的上方,把枪口对准了它大脑的位置。

他开火了。他按住扳机有三秒钟的时间。史密斯把枪收了起来。虚空鲨鱼一动不动地漂离了船体。

他看着它走远。"还有吗?"他问道。

"没了。所有的信号源都离开了。损失程度如何?"

他检查了一下。被虚空鲨鱼咬过的地方看起来好像有一台凿岩机被轻轻地按在了飞船上一样。金属上的巨大划痕显示出被它的牙齿咬过的惊险。所幸还没有哪一处被咬穿:装甲层还剩下十几厘米厚。

"不是太严重。"他答道,"如果有需要的话,那么我可以在这儿录一段视频给你。"

"不用了。"卡尔薇丝说,"如果你认为它撑得住的话,就先不用管了。等到了新弗朗我们再处理。"

"好的。你能帮我把舱口打开吗?"

"乐意效劳。"她答道。

只要保罗·戴弗林愿意,他就可以随时离开工作岗位:他的父亲掌管着公司,其业务也拓展到了数个恒星系。在一些地方,公司为那些大国服务:法兰西、不列颠、中国、美利坚自由联邦甚至伊甸共和国。在其他地方,它为自己服务,只受到遥远而微弱的国际法的管控。

"去我的公寓。"戴弗林说完走进了电梯。电梯开始上行。透过四面装有镜子的墙,他看到自己的脸,整洁而富有男性气概,离那些英雄主义的漫画也仅有一步之遥。有时候,他会想自己的下巴是不是应该再瘦一点。他非常在意自己的外表。也许是下巴让他看起来有些过于粗犷了。或许正是这一点让女士们有些排斥,而不是他身上过于浓烈的古龙水气味或者他在床上的一些特殊癖好。然而今晚,无论他做什么,无论他有多么怪异,他也不会遭到拒绝了。

他转向电梯警卫。"快递员来过吗?"他询问道。

"来过,先生。"

"他们交货了吗?"

"交了,先生。工厂直达。"

"好。"他打开钱包,随意地抽了一把钞票,有新日元、弗里兰元和调整后的英镑,"你没看到他们来过,没问题吧?"

"好的,先生。"

"你拿好这个,祝你有个愉快的夜晚。如果你告诉任何人的话,明天早上你就会有麻烦。懂了吗?"

"懂了,先生。"

门打开了,后面是一条长长的红色走廊,走廊的尽头有一扇门,通往他的房间。在走廊两侧的壁龛中有一些艺术品,他觉得它们能反映出自己的个性:一个斗牛士的雕像、一个罗马皇帝的半身像、一张亨利·福特的照片。

他的门外有两个警卫守候着,他们的表情永远凝重,如果他们要做整容手术的话,那么这份工作肯定能让他们享受到很大的折扣。

"晚上好,先生。"

"嗨。"戴弗林说,"有什么事情发生吗?"

"没有。"另一个警卫回答。

"我的包裹到了吗?"

"到了,先生。来自实验室的团队在两小时前离开了。他们在您的门廊留了一条消息。我们扫描了包裹,看里面有没有毒药或者炸药。"

"很好。你俩今晚休息一晚,好吧?"

他们彼此看了看,尽管谁都没能说出口来,但是这一次他们的惊讶是货真价实的。

戴弗林看着他们走进电梯。此时仍然有几十个人在这座大楼的低层守卫着。他很安全。

他用卡在门上刷了一下,吹了吹神经扫描仪,又把眼睛对准镜头。门开了,他走了进去,鞋子踩在大理石上发出咔嗒咔嗒的声音。

在一个基座上放着一个心形的巧克力大盒子。他看了看上面的卡片。"您的朋友在客房里。祝您玩得开心！我们向您和您的父亲致以最诚挚的问候——生物实验室。"

戴弗林耸了耸肩，进了他自己的房间。他脱下西装，只剩了新的丝质拳击短裤和吊带袜，然后慢悠悠地走进卫生间，同时细心地闻了闻他的腋窝。

当然，他闻起来有多香或者看起来怎么样都无关紧要。无论如何，这一次都会成功。但是他有自己的尊严要考虑，于是他多擦了些须后水和体香剂。他甚至专门用坐浴盆清洗了下身。

保罗·戴弗林穿着便袍、拖鞋和内裤，摩拳擦掌地离开了浴室。事情应该会很顺利。他在大厅里停下来照了照镜子，检查他的牙上有没有残留的西蓝花。"哦！"他对着自己的镜像喊道，"我们要如愿以偿了！嗷！"

他拿起巧克力盒子夹在腋下，正了正翻领，抓住门把手，把门推开。"嗨，辣妹！我们要……"

他突然停了下来。房间里有一张巨大的床，床头柜上的银色冰桶里放着一瓶香槟。但是有些地方不太对劲。地上有一只摔碎的盘子，旁边散落着生蚝。然而更重要的，是床上那个肥胖的中年男人，他穿着白大褂，没有裤子，嘴被堵着，并被绑了起来。快递公司的人可能对戴弗林的特殊爱好有什么误解。

那个人在不停地扭动、呻吟着。保罗这才意识到此人并非是来为他服务的。

戴弗林弯腰从最近的盆栽植物后面掏出一把手枪。他缓缓地走到床边,把那个人嘴里的袜子拔了出来。

"彼得森医生!"

"狗屎!"那个人叫道,"那个该死的女人跑了!"

"跑了?什么?"

"她用一个盘子把我拍晕了,偷了我的门卡,还有我的裤子。"

"团队的其他人呢?"

"他们在衣柜里。他们的证件和通行证也被她拿走了。"

保罗说:"可是,这种情况是不应该发生的!她应该服从我的每一个意愿!我告诉他们给我一个梦中情人,而不是一个肥胖的裸体科学家!"

"她肯定知道了,先生。她肯定知道了我们制造她的目的,所以谋划着逃脱。我很抱歉,先生。"

"你会感到抱歉的!我要跟我的父亲通话!还有沃尔多!"

戴弗林大步走出房间,丢下了趴在他后面的彼得森。他从基座上抓起一部老式移动电话,并打开了它。

"保安部门吗?给我的父亲发一条加密信息,他在地狱犬星系三号星。告诉他我需要一些人和更多的钱,甚至可能还要一艘飞船。还有,把沃尔多给我叫上来,马上!跟他说把他最得力的助手抽出来,不管那个人现在在干什么,让他准备好做一些很严肃的工作。然后我希望你们把这个地方仔仔细细地检查一遍,一个原子一个原子地检查,一个原子都不能落下。"

一个微弱而受惊的声音从电话的那头传了过来:"先生,嗯,好的,先生。"

"你现在去定位我的机器人,要么把她带到我这儿,要么把她关掉!不许有人私藏我的东西!把她找回来!"

"那么,嗯,这个姑娘是谁?"卡尔薇丝问道。

史密斯正在船长席上打盹。从顶棚回来后,他立刻回到了自己的房间睡了几个小时,走进驾驶舱之后,他又在舵前睡着了。他一直梦到自己在努力击退一只巨大的袜子,被叫醒之后反而松了口气。"你说什么?"

"这个蕾哈娜·米切尔。她到底是谁?"

史密斯挠了挠头:"其实我也不太确定。"他摸索着花名册,卡尔薇丝递到了他手里。

"这上面说她在帮忙经营一家健康食品店和水培花园中心。很显然,她热衷于冥想——这可能吗?她还是濒危外星生物保护协会的秘书。我真希望在今天早上射杀三只虚空鲨鱼之前就知道这些。它们算是濒危生物吗?"

"今早之前不算。听起来她确实很有趣。那么,我们为什么要护送这个小扁豆公主呢?"

"我也不知道。也许是她花钱包下了一艘飞船,而不是像其他人一样等班机然后买票。"

"那真的很贵。卖绿豆的话可赚不了那么多钱。而且她也不大可能是法外之徒——事实上在新弗朗,任何事情都是合法的。说实话,我自己一直在打算着把玛丽·简也加到船员花名册上来。"

"那是谁？听起来像个阿姨。"

"更准确地说，是一个灵魂伴侣。算了，不说了。"

"蕾哈娜·米切尔可能是一个异见人士。如今有许多人从中立国来到帝国，因为噶斯特军团正在重整旗鼓什么的。"

"这倒是真的。"她喝了一大口茶，"啊！如果你问我的话，我觉得一旦那些蜘蛛怪有了足够的飞船，他们就会直奔地球。"

"他们最好别去。如果他们冲到了伦敦，他们就会发现有一些特别的东西在等待着他们，可以确定的是，那不会是纪念 T 恤。该死的噶斯特人。外星人真麻烦——他们全都是异种。"

卡尔薇丝摇了摇玻璃球镇纸，看着雪花在议会大厦周围盘旋。"如果真的开战的话，这些中立的国家就会有大麻烦。"她说道，"即便如此，我还是觉得这个蕾哈娜就是上了船，我们也不会有任何危险。"

"不会吗？"

"当然不会。如果他们觉得可能有麻烦的话，他们会派一些像样的东西去接她，而不是这个生锈的铁桶。"

"有道理。我之前还在想，出发之前这艘船应该整修一下。"

卡尔薇丝耸了耸肩："它倒是被整修过。它安装了一台新的超光速引擎——一台大引擎。我们的速度提升了一倍，不过派头差了点。可惜啊，他们当时没能装一台像样点的饮料机。"

"真是奇怪。"

"嗯，是啊，确实奇怪。放在以前的话，外行人可能会说，这艘船飞起来像一头猪一样。现在它像一头屁股上插了烟花的猪。

我也不确定哪种说法更好。"

史密斯点点头:"嗯,如果你问我的话,那么整件事情确实有些怪异。你对这个任务一无所知,我虽是船长,但我也一无所知。你不觉得这有些奇怪吗?"

"有些地方是挺奇怪的。不过我还是觉得等我们到了那里就清楚了。我洗澡的时候你能帮我控制一下飞船吗?"

"没问题。我们没有偏航吧?"

"没有。注意突发情况就行。别做那些我不会去做的事情。"她在门口补充说,"也别让飞船坠毁了。"

02

新弗朗的"和善"人

速度计中的指针落了下来。飞船上的电脑用BBC播音员的文雅语气说道:"我们正在接近目的地,已开始减速。"

卡尔薇丝回来了:"怎么了?"

"我们快到了。制动发动机已开启。"

"太好了。"她坐了下来,"你想让我跟他们打个招呼?"

"拜托了。"

她解下通话器:"这里是约翰·皮姆号,不列颠太空帝国28号轻型商用运输机——该死,他们让我排队了。"

"让我试试。把它转到扬声器上。"

卡尔薇丝按了一个按钮。轻柔而无趣的音乐回响在房间里。"波萨诺瓦舞曲。"卡尔薇丝说。

"至少不再是那该死的施特劳斯了。我想我们只能等着了。"

苏鲁克进入了驾驶舱。"啊,音乐。"他体贴地说,"我有没有打扰到你们的交配仪式?"

"没有！"他们答道。

"那儿是我们的目的地吗？"

"是的。"飞行员说。他们能在风挡玻璃中隐约看到目的地的轮廓。它的形状看起来像一只海星正试图与一听豆子罐头交配。在每一条海星臂的尽头，都有灰色的小物体固定在空间站上：那些是宇宙飞船，其中有许多都长达数百米。随着他们逐渐靠近，史密斯看了看那边的显示器。他能认出其中的许多人：人类大国以及已知空间里外星种族的代表们。他们大部分应该是在补充燃料，因为新弗朗的绝大多数收入都来自为过往的飞船及船员提供服务。海星的一只手臂留作维修之用，那里的飞船上点缀着白色的护目镜，那是穿着太空服的工作人员。

"那儿有一艘莫洛克人的飞船，苏鲁克。"史密斯说。

那外星人透过风挡玻璃瞧了瞧："确实是。毫无疑问，他们是在为今后的战役与战事做准备。我找不出他们在这种懦弱的地方逗留的原因，除非他们正在洗劫这里。"

那艘莫洛克飞船是红色的，形状像一个巨大的圆锥体，尾部有一个发动机。在圆锥体周围有一圈螺纹。这就是苏鲁克同胞们的风格，他们将人类的技术加以改造，以适应他们自己的作战方式：锥形结构是为了方便撞击，螺纹的设计是用来帮助飞船深入敌舰内部。然后飞船的头部会打开，以便战士们登上敌舰行动，结束后再返回他们自己的飞船，此时他们手上通常都会有一袋子首级。

"我期待能与他们交流交流。"苏鲁克说。

背景音乐停了下来。"你们好！这里是新弗朗的交通管理中心。"

一个女性的声音说道,她有着弗朗人特有的柔和口音,"我是飒茉,今天我是你们的交通管理员。请问与我通话的是约翰·皮姆号吗?"

"当然,"史密斯说,"请允许我们靠岸。"

"权限已授予。您的电子通关文牒正在传往您的飞船。您的飞船会与我们的中央电脑锁定并开始自动靠港。请在控制台待命,以便进行人工校正。"

"你们这里有礼品店吗?"

"当然。你可以在鼓形居民楼上方的中心枢纽找到购物设施。我们要提醒您,虽然大麻在新弗朗是合法的,但是骚扰他人是违法的,所以如果你有法西斯倾向,就请去其他地方。所有的主要货币都可以接受,除了莫洛克人用来以物易物的战利品。"

"谢谢。"

"不客气。现在,约翰·皮姆号全体船员,祝你们玩得开心。"

"我尽量吧!"史密斯刚一开口,无线电通信已经没了声音。他瞥了飞行员一眼:"卡尔薇丝?开启对接电脑。"

"对接电脑已开启。"

"带我们进去吧,卡尔薇丝小姐。"

"我们已经进来了。"

飞船慢慢地转变航向,在离新弗朗越来越近的同时,史密斯看到了画在它侧面的欢乐图景。一根连接管上方的灯开始闪烁,管身上漆着"和平、友谊、理解"的字样。这将会是一个让人难以忘怀的地方。卡尔薇丝从墙上取下船员花名册,并在它的背面试了试圆珠笔:"那么,谁想在免税店里买点东西?"

他们关上飞船的门，结伴走下了连接通道。"我希望杰拉德在里面没事。"卡尔薇丝说。

"那个小畜生挺好的。"苏鲁克回答道。尽管史密斯提出过建议，他还是带了他那把宝贵的矛，并在腰带上别了四把刀。"它长胖了。"

"船长，告诉他不能吃我的仓鼠。"

"我的船员们啊，别互相吃来吃去了。"史密斯说着，他并没有认真听，"现在，我相信这个伙计是来跟我们说话的。"

一个男人在走廊的尽头等待着。他个子不高，穿着一件开领的无领衬衫，留着一撮整齐的小胡子，金色的卷发长得让史密斯开始用怀疑的眼光看他。

"嗨，"他大声地说道，"你一定是史密斯船长了，对吧？"

"没错。"

"很荣幸，先生。我叫查德。我代表新弗朗自由邦，欢迎你们来到新弗朗自由邦。"他皱起了眉头，发现他把标准问候语说错了，他又接着说，"嗯，嗨，请你们跟我来……"

走廊通向一个巨大的大厅。轻快而无特定风格的音乐从安装在屋顶的扬声器里传了出来。墙壁上挂了一圈横幅，上面是银河系各个国家、各个种族的孩子们手拉着手，或者在适当的地方，手拉着触手和爪子。愚蠢的废话，史密斯突然想，如果他的儿子一手牵着噶斯特人，一手牵着法国孩子，那么他会马上把这小子的屁股抽得青一块紫一块。幸运而令人惊讶（至少在他看来）的是，他既没有妻子，也没有儿子。

"我很高兴你能喜欢它,伙计。"查德在史密斯旁边说,"就好像所有来过新弗朗的不同种族的孩子们都能和谐地生活在一起。它陈列在那儿,就像那个什么一样……"

"菜单吗?"苏鲁克说。

"壁画。那边是办理登记手续的柜台。现在,你们还有什么需要帮忙的吗?"

"补充燃料,"史密斯说,"把账记在范登航运公司的长期订单上。我来这儿是要找一位朋友。我能通过吗?"

"当然。还有你这位朋友,还有……喔,先生?你是土著生物吗?恐怕我得请你把刀和矛都留下。"

卡尔薇丝凑到史密斯旁边。"他究竟为什么要带这些东西?"她小声说道,"他知道这么做会惹麻烦的。"

"莫洛克是一个年轻而自信的民族,"史密斯说道,"当他们看到捕猎的机会时,他们的热情很难被抑制。"

"别碰我的武器,傻瓜。"苏鲁克生气地说,"这支矛里包含着我的祖先。"

查德的态度明显冷了许多:"那他们一定很瘦吧?"

令他们惊讶的是,苏鲁克抽出他屁股后面和靴子里的刀刃,堆在了查德手里。卡尔薇丝盯着那幅壁画,伸长脖子去领会那些跳舞的孩子们。

"小孩,是吗?"苏鲁克说着,把最后一把刀交给查德,"我不喜欢他们,但我可以吃掉一整个。"

查德把武器放进储物柜后重新回到他们面前。"那么现在,"

他说道,语气没有之前那么肯定了,"我能为你们做点什么呢?"

"不用了,"史密斯回答,"苏鲁克,你跟我来。"

"好!我们一起去追捕这个女人吧!"

"卡尔薇丝,你可以跟我们一起去,或者六小时后跟我们在这儿会合,你自己决定吧!"

模拟人皱了皱眉:"我自己四处转转,去酒吧里看一看,以防她在那儿喝廉价的酒。"

她目送这个站得笔挺的船长和他那又高又瘦的野蛮人朋友离开,两个人都与这个地方格格不入。卡尔薇丝伸手到她的后脑勺解开了马尾辫,然后摇了摇头让头发散开。她又走到他们的向导跟前。

"你好,查德,"卡尔薇丝说,"我现在正式下班了。雷鸟二号已经安全靠岸,那两个傻瓜也走了,我想你可以帮我点忙。"

他眨了眨眼睛:"哦,好的。你需要点什么?"

卡尔薇丝微微一笑,这让她显得友好、热情,而又有几分诡秘:"是这样,查德,有一个问题。我有一个闲置的滚动垫和一个打火机,它们一直都扔在那里吃灰,因为我没有可以滚动或者点燃的东西。你能给我指一下去免税店的路怎么走吗?"

"嗯,这倒让我松了口气,"查德说,"至少你们英国人里还有一些正常的。"

卡尔薇丝站在免税店的柜台边上,开始把购物篮里的东西往外拿:"我要这六瓶,这个,这些特制饼干和两包卷纸,谢谢。"

02 新弗朗的"和善"人

服务员盯着他面前的那堆东西愣了一小会儿。"长路漫漫。"卡尔薇丝一边解释,一边拍了拍口袋,准备拿她的卡,"见鬼,一定是掉出来了。"

"你是在找这个吗,小姐?"

她转过身。说话的人是个大块头,穿着一身她没见过的舰队制服——即使他穿的是便服,看起来也会不太协调:对于一个弗朗人来说,他太结实、太强壮了。不错,她这么想,考虑到这是他们旅途的第一天,这相当不错。

"你从哪儿找到的?"她问道。

"它从你口袋里掉出来了。"他说话的时候嘴张得不是很开,但是五官端正,"你不是本地人吧?英国人,对吗?"

"没错。"

男人点了点头:"英国那地方不错,除了那些憎恨上帝的叛教者,还有民主那东西。"

在卡尔薇丝看来,他似乎有些局促,但是他很英俊。"哦,我同意,"她说,"那些叛教者啊,到处乱跑,把食品柜整的乱七八糟,吃着奶酪……"

"你不知道叛教者是什么意思吧?"

"确实,"她说,"你想请我吃晚餐吗?"

"不了,"男人说,"我在找一艘飞船,约翰·皮姆号。你知道它是否停在这里吗?"

"是的,"她答道,"那碰巧是我们的船,我和我的床位都在那艘船上。"

穿制服的人点点头:"你知道船长在哪儿吗?"

卡尔薇丝皱起了眉头。"嗯,我不知道应不应该告诉你。"

他耸了耸肩:"好吧,或许稍后我可以说服你,咱们边喝边说,或者再晚一点也可以。"

"嗯,既然如此,他现在在大厅里,在寻找蕾哈娜·米切尔。嘿,等等,别走!我还可以告诉你更多东西呢!"

史密斯快步离开了那些烦人的码头工作人员,苏鲁克跟在他旁边。人们给他让出道路。史密斯觉得,他的步伐可能比其他人快一倍:新弗朗的人们像幽灵一样飘来飘去,仿佛在被微风吹着走。他们是一群枯燥无味的人,他这么想,骨子里透着虚弱,上嘴唇也松弛无力。

在他的左边有一个女人——可能相当于他们学校里的老师——正在告诉一群孩子,这个保护区如何成为太空各国的一个重要的交会点,一个友好的中立地区,在这里,问题可以不用诉诸武力而得以解决。

"你不太高兴。"苏鲁克说。

"没错,"他答道,"我确实不太高兴。我不喜欢这个地方。"

"这倒在我的意料之外。我还以为人类渴望安逸呢!"

史密斯皱起了眉头:"不是因为安逸,苏鲁克。有很多东西……我也说不清楚。瞎扯,一切都是瞎扯,数不尽的瞎扯。你觉得噶斯特人会相信这一套吗?"

"不会。"

"当然不会。如果不是因为我们的无畏级战舰,他们就会马上吞并这个地方。这里的所有人都会在眨眼之间沦为奴隶——噶斯特人对银河系宝贵的和平毫不关心,跟我比差远了。"

"我不会成为奴隶的。"

"不会的,你不会,我也不会。我们到时候会有事情要做。但是现在世界上有太多的人在瞎忙活,却没有足够的人能站出来对抗外星人的侵略。噶斯特人应该遭到重创,如果他们有了后援,那就再重创一次。然后应该启用一种长期打击程序,就像扇耳光一样。看这个。"他停在一丛嵌入地板的树苗前,又说,"他们在树枝上缠了一些带子。这是要干吗啊?这是树啊,又做不了任何事,不是吗?"

"打扰一下。"一个女人说道。

史密斯转过身。她是个中年女人,留着长发,穿着一件松松垮垮不成形的白色连衣裙。"怎么了,女士?"

"你刚才是不是说到了树?我们把丝带系在树枝上,以纪念盖亚(译者注:盖亚是希腊神话中的大地女神)和普世精神。我们与树木相连,我们从树中而来。"

"哦,我现在明白了,"史密斯说,"谢谢你,女士。刚才我没意识到这些,我接受你的指正。"他们继续前进。

"完全是胡扯。"他对苏鲁克说。

史密斯并不憎恶自然,他只是不崇拜自然而已。相反,他的忠诚都献给了《奥索克》,那是一部在一百年前诞生于大革命的帝国法典。它强调爱国主义、社会正义、民主和乡村漫步。它只有两条戒律:第一条是"得体",第二条是"坚持"。

"也许你用不着那样疑神疑鬼的,马祖兰。我们莫洛克人相信,所有的生命都是相联系的。大自然无处不在。"

"这大概就是你如此喜欢狩猎的原因。"

"自然。"

前面的门厅通往一个购物中心。这并不奇怪:大多数殖民定居地都会让免税区尽可能地靠近到达点——但是这里的装饰风格却是新弗朗所特有的。"这儿的彩虹和海豚可真多。"史密斯环顾四周后说道。他又查了一下花名册:"现在,我们要在这附近找一家商店。在这边……"

史密斯径直撞向了一个穿着伊甸共和国海军制服的人。他从那个人石板一样的胸膛上弹了回来。他往后退了一步,这让他可以看看那个如同一堵蓝色石板墙的东西到底是什么。

伊甸人可不好惹:他们心胸狭窄,又有着宗教狂热分子的疯狂自信。他们崇拜一个叫作"毁灭之神"的上帝,虽然这是他们自己创造出来的,但却沿袭了地球上的"神"蓄着胡须、憎恨一切的悠久传统。幸运的是,在人类帝国分崩离析的时候,伊甸人只被限制在了几个联合起来的殖民定居地中。

眼前这个伊甸人是史密斯最不喜欢的类型:结实、肌肉过度发达、随便而粗暴,并且在跟人说话的时候习惯于盯着对方的脑袋上面看。

"喂,蠢货!"那人看着史密斯的头上说道。这意味着他在

02 新弗朗的"和善"人

直勾勾地看着苏鲁克的脸,因为这个外星人站在史密斯身后,而且比他高了一些。苏鲁克微笑着,獠牙也随之分开。那海军仿佛看到了什么腐烂的东西一样,表情变得很难看,于是他又低头看着史密斯。"你走路的时候为什么不看着点?"

"你走路的时候我为什么要看着点?"史密斯生气地顶了回去。他有些慌张,而且似乎还用错了代词,但至少他的反应很快。

三个人都停了下来,思考着这些话可能的含义,然后伊甸人说道:"白痴。该死的异教徒和白痴。"说完便走了。

史密斯说:"你这话是什么意思?"他的声音听起来又尖又弱,在这种情况下,他的声音通常就是这样。

大块头慢慢转过身来,就像军舰上正在瞄准的炮塔一样:"你是个白痴,这个地方到处都是异教徒,你和这里的人都受到诅咒,所以你们都该死。有问题吗?有话要说吗?"

"暂时没有想法。"史密斯回答。

他们看着那个大个子大步走开,步伐沉重而又自负。史密斯说:"天哪!怎么还有这种人?"

"伊桑巴德·史密斯!他侮辱了你,你却任他继续!如果他侮辱了我的话,那么我会把他的头砍下来,再往他的嘴里吐唾沫。"

"我们没武器啊,苏鲁克。"

"那我照样会打他。我一只手有九根手指,我倒要看看他该怎么对付我的花式猴拳。"

"我们在这儿不能随便伤人。这是个中立地区。就这么着吧!我想米切尔小姐应该就在附近了。"

那莫洛克人叹了口气，说："马祖兰，我有些厌倦了。这个地方没有荣誉可言。早知道的话，我们刚到的时候，我就应该去找那群莫洛克船员。也许他们比这个空荡荡的大厅更合我的口味。"

史密斯的眉头皱了起来："嗯，好吧。我想你坐在宇宙飞船上应该比在这里闲逛要好一些。但是假如我听说你把那个人杀了，并砍下了他的脑袋，那么我会非常生气，听见了吗？"

"哦，好的。"

"很好。我们在船上见，我想……大概四个小时之后吧。明白了吗？"

"如你所愿。祝你追捕愉快，伊桑巴德·史密斯！"

史密斯看着他的老朋友离开，他在想让苏鲁克独自探索这个地方是否明智。毫无疑问，这个莫洛克人跟他的同胞在一起会更加安全，最好是坐在他们自己的飞船上，而不是在一个购物中心闲逛，寻找攻击的目标。谁也不敢保证苏鲁克不会因为别人辱没了他的荣誉而大发雷霆、失去理智，进而在路人中引起连锁反应。然而，在没有苏鲁克的情况下寻找这个姓米切尔的女人，无疑会简单很多。

史密斯继续前行，感觉很不自在。他上方的扩音器发出一种缓慢而又尖锐的声音。这个地方闻着有股浴盐的气味。他停下脚步查看地址。

那个伊甸海军军人趁他不注意的时候走到了购物中心的另一边。那个灰皮肤的人不见了，只剩下瘦弱的船长在大厅的一头徘徊，像一个要买化妆品的丈夫一样，不住地看一张纸。大块头躲在一根柱子后面，解下了腰带上的通信器。

02 新弗朗的"和善"人

"长官,我已对目标进行了视觉与听觉确认。目标位于次要目标附近,明显是在探索该区域。他们来了。"

伊桑巴德·史密斯终在商场里找对了地方,到达了蕾哈娜·米切尔工作的地方。这家商店的店面颜色鲜艳,橱窗很大,陈列着许多商品,史密斯对它们的用途一无所知。他透过玻璃往里看了看,想弄清楚这些名字古怪的盒子到底是什么。有好几个上面有海狮的图案:他怀疑它们是否真的含有海狮精油。他断定,那些女性用品很可能只是凡士林或者酚皂的昂贵衍生品而已。

橱窗里的一个牌子上写着:"重新发现你的灵性,让你自己与物质主义分离。我们接受所有的主要信用卡。"史密斯皱着眉头,深深地意识到自己看起来有多么异样,大胆地走了进去。

地板看起来是实木的,他的靴子踩在上面发出很大的声音。他环顾四周,货架上摆满了瓶瓶罐罐。在店里的扬声器中,有一个模糊不清的男声在吟唱着一首关于铃鼓的不连贯歌曲,背景里叮当作响的声音,跟有人在钟琴上小便无异。这家商店里有肥皂、滑石粉及外国茶叶的气味。墙上有一张海报,那是一场诗歌朗诵会的广告,史密斯宁愿跳到脱粒机里,也不愿意去听。他拿起一盒海藻磨砂膏并把它倒了过来,一看到标价,又迅速放回了原处。

柜台后面有一个女人,史密斯走了过去。

"有礼了,欢迎来到人体工坊!你好,我叫蕾哈娜。"她一边说,一边用双手指向她翻领上的一个塑料徽章。上面写着:你好,我叫蕾哈娜。"你需要什么东西吗?"

"你好。"他说。

"需要我帮什么忙吗?"她问道。她的音调有着这个地方共有的那种抑扬顿挫。她的声音用那种不含恶意的方式暗示她帮不了他,因为他走错了地方,而且现在应该离开。

"嗯,是的。恐怕我得跟你谈谈。我是伊桑巴德·史密斯,约翰·皮姆号的船长。"

"哦——好。"她的声音饱含质疑,听起来仿佛是要摇头拒绝一个不恰当的请求,并致以几乎让人信服的遗憾,仿佛她的那些变态的癖好在她的服务范围以外。"那么你需要什么帮助呢?你是来给自己买点东西吗?"

"不是,谢谢。"

"那是为某个女士买东西?"

"当然不是。我不知道你们这些自由性爱主义者会玩什么把戏,但我不需要花钱就可以找到一位女士——哦,我明白你的意思了。嗯,也不是。我可以跟你私下谈谈吗?"

"嗯。"她赞赏地点了点头,好像在品味什么东西一样。她有一张长而小巧的脸,颧骨很明显。这种脸型与卡尔薇丝的脸型正好相反:蕾哈娜·米切尔是那种在恰当的环境下看起来会很漂亮的女人;而卡尔薇丝最多也就是看看可爱罢了,前提是她什么也没说,什么也没做。史密斯回想起了来自卡尔薇丝性格方面的负面影响。

"这是私事吗,史密斯船长?"

"是的。而且很紧急。"

蕾哈娜靠近了一些。"是不是你的太空服磨得你很难受?"她问道,"我们做了一款效果非常好的再生护肤霜。你也可以将它涂在胡子上。"

"不是。这是私事，因为跟你有关系。你是蕾哈娜·米切尔，对吧？"

"在这个圈子里，是的。"

"好。我是范登航运公司的代表。我来这儿是为了用超光速飞船护送你去米德莱特。"

她开始挠起了脖子。他把花名册掉转过来递了过去："懂了吗？"

"哦，我懂了！"她毫无顾忌地放声大笑，"我还以为你腹股沟感染了呢！"一个年轻的女人本来在看橱窗里的商品，听到这话迅速走向了下一家商店。"是的，那就是我。我们什么时候出发？"

"等飞船补充好燃料就走。大概四个小时以后吧！那么，你准备好了？"

"没有。我之前不知道啊！他们也没人告诉我。我得整理一下我的东西，再给店里安排一个替班的人。"

史密斯点点头："我能帮什么忙吗？"

"当然。你能帮我看一下店吗？拜托了。"

苏鲁克在公园里看到了他们。他的两个同胞正站在大公园里热烈地讨论着。他们又瘦又高，没有人类的肥硕体型和大肚子。他们站着的时候重心落在前脚掌上，随时准备奔跑和战斗。

周围没有人类：最近的那群人也坐在二十米之外。苏鲁克踏着大步朝他们走去，他很高兴能在这个无趣的、热爱和平的环境里看到自己的同胞。当他走近时，他们转过身来，品味着同胞接近时空气中的变化。

"我向你们致以敬意，勇士们。"苏鲁克用黏稠的英语说道，不知道他们说的是哪一种莫洛克方言，"愿你们有高贵之名。"

"我也向你致敬，尊贵之人。"靠近苏鲁克的那个勇士说道。他的肩上披着盔甲，手上戴着用金属刺加固的长手套。两人的皮质胸甲、靴子、裤子都是人类制造的，经过重新缝合以适合他们的体型。"你会说阿苏亚语吗？"

"是的，我会。"苏鲁克会说很多莫洛克方言，根据具体情况，这些方言有着自己特定的用途。有一种方言是古代的语言，还有一种方言仅用于混淆那些不会说这种语言的人，类似于威尔士语。阿苏亚语是用来交流的，而不是用来打扰路人的。"我们就说那个语言吧。"

"我同意。"勇士们松了口气，说起了阿苏亚语。

"哇，这真让我好受多了。我很讨厌说英语。它真的没什么表达性，你们懂吧？"

米切尔女士花了好一阵子才做好了离开的准备，等到她结束的时候史密斯已经气得发抖了。对他来说，蕾哈娜的性格结合了许多特点，它们似乎都是为了推迟他们出发而准备的，而且使得他等待的每一分钟都烦躁不堪。她不仅仅是一个女人，还是一个很没条理的女人。她依靠着一个由与她相似的不牢靠的人组成的松散体系在她离开的时候给她替班。这意味着她花了将近一个小时的时间给各种人打电话,吩咐他们照料店铺。等到他们可以离开并去她的公寓拿她的东西的时候,史密斯都准备用电话把她敲晕再把她拽到船上了,就像苏鲁克乘坐飞船的时候总是习惯于拖着他的那些"吃饭的东西"一样。

她的公寓里乱糟糟的。在她把行李往挎包里塞的时候,史密斯坐在一个懒人沙发上等着。新弗朗接入了不列颠殖民定居地的广播网络,他一边喝着一瓶蕾哈娜在冰箱里找到的淡黄色饮料,一边看着一部纪录片,讲的是帝国海军建造新护卫舰的计划。饮料闻起来有水果的气味,尝着像柠果,但是里面似乎有籽和泥土。

那边传来了声音。"我需不需要带一件礼服?"蕾哈娜喊道。

"应该不需要。"史密斯回答。视频中出现了噶斯特帝国的画面:噶斯特人的首领一号正在发表着对人类、民主、地球、大国委员会特别是英国的强烈谴责,他张牙舞爪的,仿佛飓风中的信号器。在他身后,数不清的装甲兵正在发出怒吼。看着他们,史密斯对自己感到很生气,因为他只能坐在这里,喝着肮脏的草药饮料,好像世界末日还很遥远一样。我需要一艘有武器的船,他想。这些外星人需要受点教训,最好是一个让他们无法受教的教训,因为在最后他们都死透了。

"准备就绪!"蕾哈娜回来说道。

史密斯站了起来。"你确定吗?"她穿着一件绿色的长衬衫和一条牛仔裤,它又宽又长,足以完全遮盖她的脚。她走路的时候,史密斯发现她穿了一双塑料凉鞋。她的那些包又大颜色又鲜艳。更令人惊讶的是,一把木剑的柄竟然从一个包里伸了出来。在工业航天飞船上,她的这身打扮甚至都不适合生存。

唉,还好她只在船上待几天。另外,反正她对飞船的正常工作也丝毫没有帮助,穿没穿合适的衣服都无所谓了。"好。"他说,"我来帮你拿行李吧!"

"那艘飞船可真不错。"蕾哈娜说,"它肯定很强大。"

"你看错窗户了。我们的船在那儿。"史密斯回答。

他正坐在他从免税店里买来的东西上:一箱啤酒和两箱茶叶。

她又透过玻璃往外看:"嗯,那一艘也很不错嘛。我是说,起码该有的东西上面都有——引擎、舱门之类的东西……该有的东西它确实全部都有,对吧?"

"哦,当然。只是装的地方可能不对——哈哈,我开个玩笑。"她将信将疑地看着他。史密斯又正经了起来:"该有的都有。实话。不过在我们上船之前,我想说,我们的船员也确实有点不同寻常。"

"真的吗?"

"真的。其中一个船员是莫洛克人——如果飞船有什么紧急状况的话,那他差不多就是我们的吉祥物了,在通常情况下,吉祥物是一只仓鼠——我们的飞行员是一个模拟人。她的技术很好。啊——她来了。"

卡尔薇丝出现在大厅的另一边,她脸上的表情有一丝轻微的困惑。她一边走着,一边从一个纸袋子里掏出一块饼干。

02 新弗朗的"和善"人

"嗨，你们好。"卡尔薇丝说道，"你就是蕾哈娜吧？"

"是的。你好。"

"万一有人想知道的话，那草药茶的味道就是我身上散发出来的。"卡尔薇丝说，"我在岸上一直待在一家……嗯……草药茶馆。那么，那个大青蛙在哪儿呢？我过来的时候帮他取了他的刀。"

"应该快到了。"史密斯说，"我在这儿等着，如果他没露面的话，我就去发一条广播通知。"

"我很快就能把飞船准备好。我们现在可以上船吗？"

"我想可以。"

"好。我带你去你的住处吧。"卡尔薇丝对蕾哈娜说。她提着包走进了气闸舱，蕾哈娜跟在她后面。

在大厅的另一端，苏鲁克和他的两个新朋友正在看着这几个地球人做着无关紧要的事情。"是那个坐着的，嘴上有毛的家伙吗？"山达·洛尔甘问道。

"就是他。他叫伊桑巴德·史密斯。"

"喔，他看上去真的很不聪明！"

苏鲁克做了一个相当于耸肩的动作："他还不错。忠诚而且友好，虽然也经常把事情搞得一团糟。嗯，我差不多得走了。得赶着上船了。"

山达点点头："认识你很高兴。我们给刀上好蜡之后，明天要去东部边缘。说真的，兄弟，如果你什么时候觉得无聊了，就在标准 82 频道发个信号，我们会告诉你在哪儿可以抓捕一些正儿八经的猎物。"

"谢谢！"苏鲁克说，"假如我能逮到什么好东西的话，你知道我会分享的。"

"好的。后会有期，杀戮者苏鲁克！"

"后会有期！"

"那么，"这个外星人返回的时候史密斯问道，"那几个小伙子怎么样？"

"他们说的话很值得尊敬，他们的热情好客与那些大领主们比起来毫不逊色。我也给了他们足够的尊重。"

他们沿着登机走廊向气闸舱走去，史密斯提着他的啤酒和茶箱。"卡尔薇丝！"苏鲁克关上门后，他喊道，"开船，目标米德莱特主要着陆点。我们出发吧！"

约翰·皮姆号飞离了新弗朗，它闪了闪聚光灯算作告别。飞船缓缓地转动，巨大的推进器先将它从飞船泊位推送到一个安全距离，然后超光速引擎启动。一道亮光出现在飞船尾部，从暗淡的红色变成了刺眼的白色。约翰·皮姆号射向太空，仅仅一秒钟的时间，新弗朗已经在几十千米之外了。

十五分钟过去了。

另一艘飞船也脱离了殖民定居地。那是一艘黑色的、虹鱼形状的飞船，没有轮廓鲜明的边线或者焊接线。它也比约翰·皮姆号要大许多。它的名字仅能从一声愤怒的尖叫翻译过来，叫作"星系毁灭号"。

462号中型攻击舰的船长正坐在他的房间里，看着一号结束他的演讲。

这艘飞船上一扇门也没有，因为隐私被视为颠覆活动的温床。86732-4号士兵在房间外的地板上以大声跺脚的方式宣告着他的到来，而不是敲门。

"伟大的指挥官462！"他吼道，"我们正在跟踪那艘弱小的人类飞船！他们的劣质设备没有侦测到我们！"

462慢慢地把他的长脖子转过来。当他的面容进入视线时，一股敬畏之心将这位副官淹没，其中主要是畏。462盯着他的仆从，他的目光像车头灯一样，强烈之余又包含着一种亲切。他仰起头，发出尖厉的笑声："啊哈哈哈哈！很好，很好。那另一艘人类的飞船呢，那艘战舰？"

"我们现在正在被一艘叫作'顽强号'的英国巡洋舰跟踪。这艘飞船并不知道我们已经觉察到了它的存在。请原谅我个人的想法，但是我认为它希望我们攻击约翰·皮姆号，而且在等待着我们迈出第一步。"

"太好了！"462搓着他那奇特的手掌说道，"准备好所有武器，准备执行快速转弯。只要我们能摧毁其中一艘，就可以随心所欲地拿下另一艘了。"

"是，船长！我们会彻底将他们消灭！"

"当然。"462从背后竖起了他的螯臂，满心期待地将爪子搓在了一起。"准备战斗！哈哈哈！"

离开新弗朗已经两个小时了。史密斯在他和卡尔薇丝的椅子之间的地板上发现了一件奇怪的手工艺品。它看起来像一根玻璃管，侧面又伸出一根管子，好像他小时候在学校里用过的冷凝器一样。"这个东西是干吗的？"他问道。

飞行员一边读着《在路上》，一边用一只眼睛看着仪表，偶尔喝上一大口茶。她转身对着他，眼睛睁得很大。"那是我的！"她说，"我在新弗朗买到的。那是一个蚂蚁农场。"

史密斯打量着那个装置，发现有一个小塑料袋："这个小袋子里的叶子是什么？"

"很明显，那是给蚂蚁吃的。"

"好吧。"史密斯坐了回去，翻开了他自己的书：《帝国的英雄》第八卷。他读完那一页的时候，突然想到了一件事："我们船上可没有蚂蚁啊！"

"目前还没有。"卡尔薇丝有些神秘地说道，然后把那东西从他手里拿了回来，"那个卖花的女士怎么样了？"

"你是说我们的客人？"

"就是她。"

"我觉得她应该挺好的吧！事实上我正打算去看看她。我想给我们做几个三明治，看看她想不想要。"

"留点心。她可能是素食主义者。"

"有道理。"史密斯给那一页做好标记，离开了驾驶舱。他沿着走廊走到蕾哈娜的舱门外，敲了敲门。没有回应。史密斯又敲了敲苏鲁克的门。

02 新弗朗的"和善"人

"进来吧!"

这个外星人正蹲在他的凳子上,像个滴水兽一样蜷缩着。史密斯进来时,他的小眼睛睁开了:"你好,马祖兰。"

"你好。你知道蕾哈娜在哪儿吗?"

"那个卷头发的女人吗?她在休息室歇着呢。"

"我想我应该去问问她想不想吃点东西。要过去打个招呼吗?"

"不用了。"

"好的。"史密斯看了看周围。苏鲁克带了一些他最喜欢的战利品,并把它们摆放在他的矛周围,"我很喜欢你处理这些头骨的方式。"

"谢谢。我相信这种方式既能表现出'现代时尚',又能表现出'毫无意义的野蛮'。我暂时就待在这儿。我觉得那个新来的女人很奇怪。"

"嗯,她是外地人。"

"确实如此。"苏鲁克说完,低下了他那长着獠牙的脑袋,又睡着了。

史密斯随手关上了门。"不太友好啊。"他说着,低头穿过门道,走进了那个既是厨房又是休息室的长长的房间。

蕾哈娜·米切尔坐在破旧的仿皮沙发中间,凉鞋脱了放在地板上。她盘腿坐着,双手松散地放在大腿上,好像睡着了一样。

"你好?"史密斯说。

她的眼睛睁开了。她脱下了之前的那件绿色夹克,现在穿着一件白色 T 恤衫，前面印着的似乎是中文。史密斯觉得她的穿着十分奇怪：如果蕾哈娜来自帝国本土，那么她应该穿着裙子、紧身胸衣，以及黑色的短靴。也就是说，她宽松飘逸的衣服似乎很符合她的个性。事实上，如果你喜欢小精灵的话，那么她看起来相当不错。

"你好，史密斯船长。"

"你好。抱歉打扰了。"

她淡淡地笑了笑："不会的。我只是在休息。"

"冥想，是吧？"

蕾哈娜的眉毛上扬："我还以为你们帝国不会有冥想这种东西呢！"

"我们有很多东西。我们有帮助精神集中的思维训练，为战斗或其他事情做准备。不过我的确尝试过一次冥想，为了帮助我休息。"

"你不喜欢冥想吗？"

"我喜欢过头了，因为我睡着了。"

"我还以为对你这样的人来说，那会是很荒唐的事情。"

"不会，不会。苏鲁克总是说，知道如何休息就和知道如何战斗一样，里面有人智慧。不过，苏鲁克还说过，'痛苦之家'乐队的歌《跳来跳去》中也有大智慧。我过来其实是想问问你需不需要吃点东西。"

"我暂时不用，谢谢。而且我是个素食主义者。我应该早点告诉你的。不碍事吧？"

"我觉得没事。这里的食物太糟糕了,就连威尔士干酪里也没什么能让我称为肉的东西。你没问题的。"

"好的。"她优雅地站了起来,光着脚穿过房间,轻轻地关上了门之后又回到了她的座位上,"史密斯船长,我得跟你谈谈。"

"在我的船上不用那么正式,叫我船长就行。"

"那么,船长,你应该能理解这一切对我来说都挺意外的。在我的印象中,的确有一艘飞船会来接我,不过是在几周之后,而不是现在。而且那艘船应该会比这艘大得多。"

"大得多?"

"你懂的,一艘战舰。我认为我会上一艘有武器的船。"

"我还以为你们反对枪械呢!"

"嗯,没错,我的确反对。但是假如我正在挨枪子的话,我会放弃这种立场。"

"我们不会挨枪子的。"史密斯看了看周围,突然开始担心起来,"应该不会吧?"

"应该不会。只是在我的印象中,这艘船应该会大很多。"

史密斯皱起了眉头:"为什么?"

"我本来在等着你们可汗先生联系我。他应该会在几周之后派飞船过来。不过从你提前了这么长时间来看,他一定是觉得事情太紧急了。"

"有那么紧急吗?"

"我不知道。我可没为这次出行花钱。"她叹了口气,靠在了沙发背上。史密斯可以看到她的脚踝。他没怎么见过女人的脚踝。

它们的线条很优美。他强迫自己将目光集中在她的脸上,并不断地回想她店里的那些看上去很愚蠢的东西。谁会想要一个在身上涂抹海藻精华的妻子?海藻到底是什么啊?涂抹。专心致志,史密斯!

她正说着什么。

"你看,史密斯船长,我对目前的政治形势十分忧虑,并决定去往帝国的领空,以防噶斯特帝国打算吞并新弗朗。可汗先生是我认识的一些人的好朋友。他们是很重要的人。他们说这只是时间问题。"

"我明白了。你也不知道他们会派谁过来。"

"嗯,确实不知道。"蕾哈娜打了个哈欠,"我不知道你要过来,只知道有人会来,但不是现在,而且飞船也会更大。"

"好吧,事已至此了。"他回答道,对她想要坐更豪华的飞船的愿望感到很气愤,"它可能很小,米切尔女士,但是它很适合我们——对我们来说,它就是家。"

"哦,见鬼!"卡尔薇丝在走廊里喊道,"这该死的天花板怎么这么低!该死的破船!"她出现在门口,揉着她的头顶。"头儿,有麻烦了。"

"稍等一下。"史密斯站起来,快步走到门口,"怎么了?"

"雷达扫描器上有信号。"卡尔薇丝说道,"有很多个,来势凶猛。从它们的运动方式来看,我觉得应该是虚空鲨鱼。"

"什么?又来?我还以为你说它们很稀有呢!"

"还没那么稀有吧!要我说,咱们直接让它们绝种得了。"

"史密斯船长?"他转过身——是蕾哈娜。

"非得用暴力和杀戮的方式来解决这个问题吗?"她的那种梦幻般的、平淡的声音似乎大了起来。

"不一定。"他说,"不过那样就不是我们不列颠太空帝国的方式了。"

他有些生气地带上了门:"它们多久能到我们这儿?"

"两分半钟。"卡尔薇丝答道。走廊很狭小:他们俩靠得很近,这样感觉很不舒服。卡尔薇丝转过身,匆匆走进驾驶舱,她揉了揉眼睛,想让它们活动起来:"它们肯定是在新弗朗附近等待着,寻找垃圾。不然就是它们闻到了铁锈的气味。"

蕾哈娜在休息室里呼了一口气,闭上了眼睛。排除杂念,她告诉自己。感受压力的消散。用灵魂去触摸世界。想象鲸鱼……

"我来跟它们绕一绕。"史密斯打开武器柜的时候,卡尔薇丝说道,"这应该能让它们晕一会儿。"

史密斯拉出了"马克沁"电磁连射枪,检查了一下弹药计数器。除了弹夹里剩的二百五十六发之外,另一个弹夹里还有整整一千发。他用双手举起枪械,把它们搬到了大厅,渴望着零重力环境让它们不再这么沉重。

太空服放置在走廊里机舱对面的橱柜中。他把枪放在地上,拽出他的太空服,好像拖着一个不省人事的人。他把服装放下来的时候,衣服的四肢部分笨拙地耷拉下来。飞船摇摇晃晃的,史密斯也像喝醉了一样跟跟跄跄,费力地站着。"还有一分钟!"飞行员转过头喊道,"是虚空鲨鱼没错!"

"接着跟它们绕,卡尔薇丝。我马上出去。"

他穿进去一条腿,接着是另一条,然后太空服将它紧紧包住,就像一身盔甲一样。他的手指滑进了手套中,他捡起枪,迅速地把它固定在太空服的一边。

他提着头盔,沿着走廊大步穿过休息室,蕾哈娜盘腿坐在里面的沙发上做着她的训练,没注意到他。他猛地拉开远处的门,走进货舱,又砰的一声带上了门,看到压力表中的指针跳了起来。他现在被密封在里面了。

史密斯通过台阶爬到连接通道。他带上头盔,查了查密封处,启动了太空服上的无线电:"卡尔薇丝?"

"它们很快就要到了,船长。"他走到气闸舱的时候,船晃了一下,"我不能智取它们,你必须得出去。"

"我已准备就绪,在舱口这里。你跟我说一下情况吧!"

"激光雷达显示它们从前面靠近,准备拦截我们。大概二十秒后到达。"

史密斯准备好马克沁连射枪,又检查了一下安全带。"我要出去了。"他到了外面,握住枪的操纵杆。

"等一下。"

他停了下来,胳膊还往外伸着:"卡尔薇丝?"

她的声音在他耳边沙沙作响:"等一下,史密斯。"

"怎么了?"

"它们停下来了。"

"什么意思?"

"它们在我们周围盘旋,没有再靠近了。"

他站在那儿等着:"它们要干吗?等待攻击的时机吗?"

"我不这么认为。它们只是……躲得远远的。我不明白。它们在撤退。"

他听着:"你要让我怎么做?"

"我不知道,你才是船长啊!"

"我就在这儿等着,它们走了以后你通知我。"

史密斯笨拙地低下身子,坐在了气闸舱旁边的地板上。他看着空荡荡的货舱,看着悬挂在天花板上的铁链和滑轮,看着大到足以让卡车通过的后门。他等待着。五分钟过去了。

"你很快就会回来吗?"卡尔薇丝通过无线电问道,"半个小时之前你说你要去做三明治,我现在还饿着呢!"

史密斯站起身,踏着沉重的步伐回到走廊里。蕾哈娜似乎自始至终都没有动过。他把太空服脱下来挂在柜子里,然后他沏了一些茶。

"吃饼干吗?"他回到驾驶舱后问道,"这里有茶。"

"谢谢船长。"卡尔薇丝仍然在控制台上,不断地移动着双手,直到自动驾驶程序让飞船重新回到预定航线。史密斯将连射枪放回了武器柜。

"别问我,因为我真的不知道。"他坐下来的时候卡尔薇丝说,"上帝知道它们为什么决定要离开。它们这样做咱们应该感到庆幸,不然又是一场危机。"

"我怀疑我们的客人根本没有受到惊扰。"史密斯说,"她一直半睡半醒地坐在那里。"

"这么说你不太信任这个神婆?"

"我也不太清楚。我是说,她倒是很迷人,也讨人喜欢,不过我对她所相信的那些东西很难产生好感。那些矫情的谬论,所有那些异教的东西,什么倾听树的声音啊,什么在海豚身上系绳子啊……"他站了起来,"好了,失陪一会儿,我要去睡个觉。"

史密斯仰面躺着,眼睛盯着天花板,尝试着思考。之前在公司的时候,他错过了"船长会谈"。这次回去,他有故事可讲了:与虚空鲨鱼的战斗,与新弗朗人的交流,以及与那群通常会把船体咬穿的生物的第二次不明所以的擦肩而过。所有这些有意思的事情。

他在房间里挂了几张图片,还是他执行任务的时候总带的那几张。有一张是已知空间的地图,不列颠太空帝国像一条粉红色的纽带一样在中心蜿蜒,还有一幅沃特豪斯的画作《夏洛特夫人》的复制品。他想,这才是个真正的女人,不像蕾哈娜那样软弱,也不像卡尔薇丝那样怪异。夏洛特夫人坐在她的小船里,少女的花袖几乎拂到了水面,她凝视着远方,等待着救援。她不会对你冷嘲热讽,也不会花好几个小时坐在沙发上盯着太空发呆。她必定懂得感恩,也值得敬畏,而且擅长做蛋糕。不过她身上可能会有小洋葱的气味。

他迷迷糊糊地进入了梦乡。

史密斯梦到他参加了"船长会谈",他正坐在一把藤椅上,一只独角兽的头部标本挂在他背后的墙上,那是维克顿在宣示外部星系领地的探险中留下的纪念品。他的听众主要是女性,她们在全神贯注地听着他讲述自己如何打败了虚空鲨鱼。他看看周围,卡尔薇丝和蕾哈娜也在那个房间里。"事情可不是这样发生的。"卡尔薇丝说道。"不对,事情就是这样发生的。"蕾哈娜说道。然后,史密斯醒了。

通信设备响了起来,旁边书架上的一本《冒险故事》掉了下来,砸在史密斯头上。他咕哝着,伸了个懒腰,打开通话器:"怎么了?"

"快过来,快点。"卡尔薇丝说。这一次,她的声音听起来没有一点轻率的感觉。

他穿着便袍回到了驾驶舱。其他人都已经到场了,外星人和客人正站在驾驶座后面。"发生什么事了?"

"你看。"卡尔薇丝说道。

屏幕中间,有一个东西在慢慢地转动。从这里看过去,它仿佛一块乌黑的碎瓷片、一块碎骨头,一个断裂、破碎、散乱的东西。它的一部分是空心的,就像破损的蜂巢一样。火苗在它的边缘跳跃。由于没有空气助燃,爆炸的规模都很微小,就像余烬上的火光一样。

"你睡着的时候我们在紧急频道收到了信号。"卡尔薇丝解释道,"可能是自动求救信号。那本来是一艘护卫舰。船上应该有五十个人。"

"我的天!"史密斯说,"还有人活着吗?"

被袭的飞船上突然闪起了新的火光。它的系统正在经历最后的阵痛。核心计算器将化为灰烬，舱门无法保持密封，储存的氧气将泄漏殆尽。它就要消亡了。

"在经历了这种破坏之后？"

"检查一下，卡尔薇丝。"

"有什么意义啊？"

"你检查就行了，女人！"

"它已经不行了。"苏鲁克说道。

她点了点头，摆弄着按钮和仪表盘。"应急求生装备里应该装有信号灯，在救生艇和太空服上……"她一边说着，一边观察着控制台，"没有发现信号灯。"

"五十个人啊！"蕾哈娜在房间后面说道，"太惨了。"

一块原来在船体上的金属漂了过去。它跟约翰·皮姆号的大小差不多，如此巨大的一块金属板，被扭得跟一根麻花似的。史密斯像一个老人一样，缓缓地坐回了船长席。他麻木地意识到自己的便袍没有遮住他的膝盖，于是他把袍子向下拉了拉。

卡尔薇丝用望远镜看了看，然后递给了史密斯。"顽强号。"她说道，"是我们自己的船。"

"它出了什么事？"蕾哈娜问道。她的声音听起来有些迷离。

"引擎仍然完好无损。"史密斯回答，"它的导弹一定是不见了，或者被人用鱼雷击中了。"

"信号器上什么都没有。"卡尔薇丝说，"要不我们走吧！"

"再检查一次。"

"好的。"她再看了看仪表盘,慢慢地用手转动其中一个。他们可以听到她从头到尾检查各个波段时仪表盘发出的嘀嗒声。什么都没有。

史密斯问:"还能收到求救信号吗?"

"可以。信号源距残骸主体三百千米,正在高速远离——可能是被炸飞了。"她转了过来,看着史密斯,"头儿,我知道这很糟糕,但是外面没有幸存者。而且我认为这不是故障导致的。"

史密斯把手插到头发里,从前往后捋了一遍。从严格意义上来说,船上可能还有人在等待救援,希望有人能过去,可能那些幸存者太空服上的信号灯出了问题,或者他们失去了意识,或者他们被吓坏了,不能使用信号灯,或者还有其他一百种原因。这只是从严格意义上来说,然而他们都知道事实并非如此。

"带我们离开这里吧!"他说道,"没有幸存者。设定好坐标,让我们回到预定路线。"

"好的。"卡尔薇丝说道。约翰·皮姆号发出了隆隆的声音:推进器摇摇晃晃地把他们向后推,让他们远离事故现场,他们能听到轻微的轰鸣声。

无线电设备忽然闪了一下。"等等。"卡尔薇丝说,"这肯定意味着什么。设备收到了一些信号。"

她把耳机按在了耳朵上。"这是标准的SOS信号。"她说道,"等一下,最后还有点什么东西……它被加密了。"她回头看着史密斯。"为什么会被加密呢?"

"在解码器里输入'6079 史密斯'。"他说道。

"这是他们的密码吗？"蕾哈娜问道。

"这是我唯一知道的密码。"他回答。

卡尔薇丝把控制键盘拉到她的金属臂上打了一些字："这是发给你的。我想你最好听听这个。"

扬声器在房间的边缘噼啪作响，一个声音开始回荡在他们之间的空气中。它占据了整个驾驶舱，一个深沉的、像演员一般的声音，一个不是很年迈的男人的声音。

"我是本瑟姆·卡特莱特，皇家海军战舰顽强号的船长，隶属于2305舰队。如果你能听到这段语音，那么我有两条推断：第一，我现在是在跟伊桑巴德·史密斯船长以及约翰·皮姆号的船员们讲话；第二，我们要保护你们的任务已宣告失败。对此我很抱歉。

"史密斯船长，毫无疑问，你肯定想知道你为什么要飞到新弗朗去接一个看似无关紧要的异见人士，为什么要在噶斯特帝国可能吞并那块殖民定居地的情况下把她解救出来。我想你目前应该在护送米切尔女士去凯恩世界的米德莱特城的路上。继续执行这项任务至关重要。你应该全速前往目的地，无论任何原因都不要停下来。她必须安然无恙地到达目的地。唯一一件更为重要的事情是，你必须防止她落入噶斯特人或者他们盟友的手中。

"你的上司，苅登航运公司的可汗先生长期以来一直与不列颠及其殖民定居地的深空行动小组保持联系。他之所以把这个任务派给你，是因为你的飞船很不起眼，不像那些大的战舰一样引人注目。他安排我们在暗中跟随并保护你们——如果你听到这段语音，那么我们已经无法做到这一点了。

"可汗先生相信，如果你不知道自己正在被跟踪的话，那么你就不太可能暴露自己，或者犯什么错误。在这项任务中，无知是至关重要的，而你是此任务的最佳人选。然而现在，你已经不再安全。你已经暴露了，而你，只有你可以保证飞船的安全了……"

"我听够了。"卡尔薇丝说道。

"我只能祝你们好运了。希望你们的飞船能够担此重任。"

"没错，我真的听够了。"卡尔薇丝说道。

"我只希望你的船员能够承担起这个责任，并以荣誉和勇气帮助你渡过难关。"

"我也是。"史密斯说道。

"祝你好运，史密斯先生。记住，米切尔女士绝对不能落到敌人手里。如果到了万不得已的时候，那么你知道你应该怎么做。再见，希望你能奋勇向前。"

语音结束了。他们四个人都很安静，仿佛听的是葬礼上的致辞一样。史密斯打破了沉默。"带我们离开这里，卡尔薇丝。全速离开。"

约翰·皮姆号疾速穿过黑暗的太空，远远地离开了事故现场。史密斯严肃地坐在船长席上，他的视线固定在前面的仪器上。卡尔薇丝一言不发地在控制台上操作。蕾哈娜回到了休息室，大概是要向她敬奉的什么东西祈祷。苏鲁克正盯着仓鼠笼子。

"倒还有一件好事。"苏鲁克说道。

"什么？"卡尔薇丝头也不回地问道。

"至少在回家之前，我们有机会参加正儿八经的战斗。"

"你知道，"她回答，"可能你会对此感到诧异，但我真的不想费那个心。"

"安静。"史密斯说，"我们走了多远了？"

"离顽强号吗？大约一万千米吧！"

"很好。继续前进。如果我们能以这个速度保持航线的话，我们应该就不会有事。"

在他们后面，有什么东西爆炸了。飞船猛地向前冲了一下，史密斯被甩回到他的座位上，肺里的空气都被挤了出来。蕾哈娜在休息室里尖叫起来。控制台上的警示灯闪作一团。走廊里传来了汽笛的声音。

"哪里不对劲！"史密斯吼道。

"真的？"卡尔薇丝喊了回去。她咬牙切齿地拉着操纵杆，仿佛在与一条眼镜蛇搏斗。"还用你说吗？"

"该死，我们受到攻击了！损失情况如何？"船长喊着。

"船体左舷严重受损！引擎正在关闭，以防温度过热。我们的效率降到了百分之四十。"

"见鬼！你就不能覆盖那条指令吗？"

"除非你想被立刻送到两个星系去，甚至更多，而且它会爆炸。"

"真是见鬼了！"史密斯捏着自己的额头两边说道。

啪嗒啪嗒的脚步声从他身后的地板上传了过来，他听到蕾哈娜说："我从椅子上掉下来了。什么地方出问题了吗？"

"小问题。"卡尔薇丝喊了回去。她气喘吁吁地松开操纵杆。

飞船回复了平衡:"鱼雷把茅坑炸了。"

"哦,我的盖亚女神啊!是不是——跟刚才那艘船上发生的事一样?"

"看起来是那样的。"

扬声器又尖叫起来。霎时间,房间里充满了尖厉而又刺耳的声音,好像他们无意中进入了一个疯狂、杂乱的鸡窝。这些声音相互咆哮着,仿佛挣扎着向人类表达愤怒的鸡一样。在爆炸之后的寂静中,他们四个人都抬头盯着扬声器,就像等待宣判的囚犯。

"那是什么?"蕾哈娜低声问道。

"噶斯特人。"史密斯回答。

"注意,人类渣滓们!"扬声器尖叫道,"注意,人类渣滓们!噶斯特帝国来电!"

史密斯慢慢地拿起通话器:"让我跟他们讲话,卡尔薇丝。"

"好的。"

"噶斯特船只,我是不列颠太空帝国的伊桑巴德·史密斯船长。你们想怎么样?"

"消灭整个人类种族!宇宙应该清除人类的污点。"

"我是问你想让我们怎么样。还是说你只是对所有的人类感到恼火?"

"你要立刻将那个从新弗朗来的女人交给我们。如若不然,你们将遭到迅速而又无情的毁灭!"

三个船员看着史密斯苍白的脸,他的发际出现了一丝汗珠。他咽了口唾沫:"你们是不会得到这个女人的。你们在噶斯特帝国的领空之外，你们的行为也是非法的。"

"安静！法律是不存在的！存在的只有力量！你要马上投降，并且把那个女人交给我们，不然我们会把你们全部消灭！"

"你们犯了一个非常严重的错误。"史密斯平静地说。

那个声音发出一阵疯狂而又野蛮的笑声："我们从来不会犯错！马上投降！反抗是'涂料'的！"

"你是想说'徒劳'？"

"我就是那么说的！要么投降，要么受死！"

"亏你说得出口！你以为我会因为一个外星暴君的傲慢爪牙对我威逼谩骂，就轻易地放弃一个受到我的保护、关乎我的荣誉的女人？"

"嗯，没错，我是这么想的。"

"那好吧，给我们十分钟的时间。"

"哈哈哈！弱小的人类投——"

史密斯挂断了。

"哦，不。"蕾哈娜闭上眼睛，双手掩面。她的呼吸有些困难"想一些积极的东西。积极的东西。吸入美好，呼出消极。吸入美好……"

卡尔薇丝看了看房间里的其他人。"啊，见鬼。谁能出点什么主意吗？"

蕾哈娜说："好吧，我们来围一个平静之圈。让我们携起手来，试着想象……"

"我去拿枪。"史密斯说道，"卡尔薇丝，去引擎室拿一加仑汽油和一些破布来。苏鲁克，去把你的矛取来，再把刀磨一磨。"

蕾哈娜,快把你的鞋穿上。我们准备出去迎战。"

史密斯站起身时,屋里一片寂静。苏鲁克发出低沉而又狡黠的笑声:"战争!这是整个旅途里最好的消息了!"

03

交锋！太空蚁族

五分钟之后，史密斯来到厨房里，每只手上都拿了一个啤酒瓶子，把啤酒倒进了水槽。旁边的滴水板上还有两个空瓶子。

他看着手里的瓶子。啤酒流得这么快，他想，就跟时间一样，就跟他的生命中已经流逝的岁月一样，一切都要结束在这艘破败的飞船上了。

咕嘟，咕嘟。那么他取得了什么成就呢？什么有意义的人际关系？能给他带来名望与成功的事业？没有。他在米德维奇文法学校的那几年一直是学校唯一的非优等生，之后在哈考特公园男子学校的成长经历也非常残酷，这些都直接导致了他那平淡的职业生涯是作为一个无关紧要的太空飞行员。如果他现在死了，他会上天堂吗？或许吧，只是通过一种默认的方式，他想：他的生活太过平庸了，上帝也不会费心思去看他一眼。

"天啊！"他喊道，"真是浪费！我到底在干什么？"他不再把啤酒倒掉，而是喝了下去。"喜欢把好啤酒都倒完吗？该死的蠢货！"

苏鲁克拿着他的长矛走进了房间。史密斯抬起头说："都准备好了吗？"

"我需要的都拿上了。"外星人掰着手指头说道，"大砍刀、帕兰刀、反曲刀、匕首、鲍伊猎刀、胁差……"他又换了一只手，"还有我的先祖之矛。都准备好了。"

"很好。我在制作燃烧弹。再给自己灌些酒，酝酿酝酿怒气。"

"告诉我，伊桑巴德·史密斯，那艘噶斯特战舰上有多少个噶斯特人？"

"我也不清楚。三四百个？"

苏鲁克思忖了片刻："那么，我们这是要赴死了。"

史密斯意识到，如果他准备投降的话，那么他就完蛋了。他倒不是害怕噶斯特人：在哈罗盖特北边的那所预备学校待了六年之后，他觉得自己任何事情都可以面对。一种隐秘的仇恨在他的心头涌动，那是一种用尖锐的东西刺穿那些成群结队、大喊大叫、妄图支配他的生物的原始冲动。

"他们是不会得到我的同胞的，苏鲁克。我也知道她这个人既扭捏又麻烦，但她是个女人，而且她在我的船上，所以噶斯特人不能把她带走。我很在乎我的船员。对那个谁来说也同样如此，那个飞行员。"

"力战而亡！你能接受得了吗？"

答案很简单。尽管史密斯无法回想出他生命中的哪一部分在某种程度上不能算作垃圾，他还是觉得自己可以为这个世界奉献更多东西：确切地说，他的某些部位可以为迷人的女性奉献很多东西。他觉得自己应该活着：他还要向世界证明许多东西。"我不知道。我宁愿活着。但我不会屈服。"

"事情也并非必然如此。"

"你的意思是什么？"到目前为止，他一直认为，他们只能选择迎战，然后在敌人对他们感到厌烦的时候被杀掉。但是如果杀戮者苏鲁克这么说了，那么或许还有另外一种选择，一条活路，还能从光荣的失败中取得某种成功。

"我有个计划，马祖兰。但是我们需要拖延敌人的行动以让它发挥作用。到那时，我们就可以大开杀戒了：我们可以像勇士一样战斗，但也可以活下来，以投入下一场战斗。然后那位作为奖励品的女性就会想和你交配了。或许另外那个矮小又烦人的女性也会这样，如果你的祖先保佑你的话。"

"无论如何我都会做。我们该怎么办？"

"于是，"掠夺者纳尔扎克讲着，"我就说：'这猎物是我的。'他说道：'没门！这猎物肯定是我的。'我又说：'你找我的麻烦之前先检查检查你的矛，行不行？'他说道：'一边去，小战士。'好像他很了不起似的。"

"有些人就是需要冷静冷静。"阿兹兰格·血锤在房间的另一边说道，"那么你又做了什么？"

"我跟他说别摆那么大臭架子，冷静一点。然后我就砍掉了他的脑袋。控制台上那是什么东西在闪?"

毁容号飞船的控制台跟这艘船的其他部分一样,上面覆盖着一层厚厚的骨头、红色的油漆以及其他一些已经无法食用的东西。阿兹兰格把杂物推到一边,他的小眼睛在黑暗中凝视着控制器。"这是一条信息,"他说道,"是来自杀戮者苏鲁克的。很明显,他是在找山铎·拉尔甘。"

"这可太诡异了,"纳尔扎克说道,"因为他就在这艘船上。"

阿兹拉格快速地浏览着那条消息。"'来加入我们的伟大战斗吧。战争……杀戮……荣誉……十年一遇的狂欢……'通知兄弟们!我们有的爽了!"

卡尔薇丝把霰弹枪搭在她的腰部,然后把弹丸往枪膛里塞。她拉上了马甲的拉链,把富余的弹丸倒进了腰间的口袋里。

"你知道,如果你愿意的话,那么你可以拿那把马克沁连射枪。"史密斯说道。

"不用了。"她回答,"这把枪跟其他枪一样有用。我宁愿把电磁连射枪留给那些不太中用的人。"

"别那么说话。"他说道,"我们会给他们好看的。苏鲁克,你的伙计们有没有说他们多久能到?"

"我不知道。但是他们飞船的引擎比我们的强劲多了,而且他们的飞行员也没这么胖。他们应该不会用太久时间。"

"那么我们要尽量拖住他们。噶斯特人跟我们对接之前还有多少时间?"

"两分钟。"卡尔薇丝说,"而且我也不胖。我能喝一点啤酒吗?"

"哦,抱歉。"他把啤酒递了过去,"拿着。"

卡尔薇丝灌了一大口之后又递了回去:"哇!神清气爽。"

蕾哈娜来到了走廊里。她拿着她包里的那把训练用的木剑。"我准备好战斗了。"她郑重地说道。

"就你这样?"史密斯说,"外面可有噶斯特人的突击队呢。你却穿着人字拖,拿根木棍。"

"他们要的是我,不是你。"蕾哈娜说,"我想帮帮忙。"

"你随时都可以自己离开,这样我们也能脱身了。"卡尔薇丝提议道。

她看到史密斯的目光之后又补充了一句:"只是一个想法。"

"我之前是想这么说,"蕾哈娜说道,"但是我知道他是不会同意的。"

"有道理。"卡尔薇丝说。

他们从货舱里取出一些空的货物箱作为路障。史密斯和蕾哈娜站在门一边的箱子后面,苏鲁克和卡尔薇丝站在另一边。

"准备好了吗,同志们?"史密斯说。

扩音器突然鸣叫起来。

"噶斯特帝国来电!跟你通话的是战舰指挥官462,弱小的人类地球渣滓!星系毁灭号战舰正在准备与你们的破船对接。一旦听到对接管道连接的声音,你们要立刻打开舱门并投降!"

"等一下。我们遇到了一个问题。"史密斯喊道。

"什么问题?"

"我们得了一种,呃,一种高度传染性的绝症。我们至少需要半个小时才能好转。"

"我们对疾病免疫!只有弱小的人才会屈服于疾病,而弱小的人必须被消灭!我们现在就要登船!"

"我们把他们杀光就行了。"苏鲁克说。

"打开舱门,否则我们会用激光瞄准你们的破船,并把它劈成两半!"

史密斯悄悄地递给卡尔薇丝两颗燃烧弹。"你带打火机了吗?"他悄声问道。

"可不是为了这个。"她一边回答,一边从口袋里掏出打火机,"我喝醉了可不是打算做这个。"

"噶斯特飞船?我们会开门的。"史密斯通过无线电说道。

飞船被什么东西撞了一下,沉闷而又巨大的金属声在船体中回荡。"他们来了。"蕾哈娜说道。

他们等待着。

卡尔薇丝从箱子堆里走出来。"我们赶紧把这件事解决了。"她一边说,一边走向气闸舱。

"数到三。"史密斯说道。

卡尔薇丝用手抓住舱门上的转盘:"一、二……"

史密斯打起精神,做好准备。

"三!"

她转动转盘,门开了,发出刺耳的金属声。

他们望着噶斯特人的对接管道:那是一条满是迷雾的走廊,一直延伸到他们看不见的地方。墙壁上有肋条,似乎是一个有机的整体。在迷雾后面的某个地方,有一束光照着他们。

"那都是些什么东西啊?"卡尔薇丝小声问道。

苏鲁克转过来对她说:"小女人,别急。"

史密斯用手紧紧抓住马克沁连射枪的枪柄。枪直接系在他的腰带上,很重。他早都感觉累了,然而他不知道这是因为枪的重量还是因为害怕。

对接通道里的灯光闪了一下,因为有什么东西从它前面跑了过去。"该死!"史密斯骂道,"我没法瞄准!"

那道光消失了,又亮起来,然后它忽然变成了一束跳动的脉冲光线,因为有东西从中一闪而过,然后又一个,再一个——

"他们有好几十只!"史密斯喊道。

卡尔薇丝突然跳了起来,用霰弹枪对着对接管道开火。"过来受死吧,蠢货们!"一声愤怒的尖叫之后,什么东西撞到了地上,发出沉闷的撞击声。管道里静了下来。她回头看了看其他人。"猫和老鼠的游戏到此为止了。"她有些不好意思地说道。

灯光在黑暗中闪烁着,一道道亮光朝他们射过来。"蹲下!"史密斯大喊着,他头顶的墙壁炸开了,金属开始腐烂冒泡。

史密斯倚靠在入口处,猛烈地开火。马克沁连射枪咆哮着,发出仿佛钢板被撕裂的声音,子弹轰隆隆地射进管道。阴影尖叫着,倒下了。一大群噶斯特突击队员朝他们冲了过来。

03 交锋！太空蚁族

子弹和白色的光束让对接管道变成了一个光线的迷宫。卡尔薇丝看到迷雾中有东西冲了出来，四肢旋转着，她给霰弹枪上膛，对着它的胸部开了一枪。它咆哮着摔倒了，一个像一只巨大昆虫的东西沿着墙壁狂奔起来，那东西还没来得及从迷雾中跑到她眼前，就被她击落了。史密斯的连射枪在猛烈地发射，一排噶斯特人倒在了地上，又有更多他们的同类爬进了通道。蕾哈娜尖叫着。

圆形计数器降到了零，史密斯扯下鼓形弹匣，又往里面塞了一个新的。"我们得了一分！"他喊着，又继续开火。噶斯特人的裂解炮的炮弹击中了他旁边的箱子，它化成灰烬垮了下来。

迷雾中又有新的东西出现了：闪烁的光芒，那是电击棒的电极端。"啊！"苏鲁克喊道，"这才是真正的战斗！"这时，一个噶斯特人终于驱散了迷雾，朝他们跳了过来。

卡尔薇丝只看到它一眼——骷髅一样的脸上瞪着一双眼睛，长长的外套，触角从钢盔上的洞里伸出来——然后苏鲁克转到了她面前，把它的头砍了下来。他们不停地射击：敌人疯狂地向他们涌过来。

现在已经没有时间瞄准了。史密斯的手指一直按着扳机，从走廊的一边射到另一边。对接管道里的光线被冲过来的噶斯特人挡住了。苏鲁克朝噶斯特人群里掷了一把刀。卡尔薇丝举枪射击，直到子弹用尽，她又紧张地从腰带上摸出那把左轮手枪。

史密斯扔掉了马克沁连射枪。"我没子弹了！"他喊道，然后他们听到了他拔剑时发出的嘶嘶声。苏鲁克递给卡尔薇丝一颗燃烧弹，她将其点燃后，他把它扔进了走廊。火光闪了起来，他又扔了一个，刹那间，对接管道里已没有了活物。

噶斯特人静了下来。通道里除了烟雾之外再没有任何动静。史密斯看了看他的船员。"他们知道我们的弹药耗尽了。"他说道。

蕾哈娜直挺挺地站着，浑身颤抖不已："他们为什么不进攻？他们为什么不进攻？"

"他们想确认一下。"苏鲁克说道。这时，一批新的突击队员又跑进亮光，朝他们冲了过来。

苏鲁克大吼着跃进了管道。敌人试图绕过他爬向远处的人类，他挥舞着刀刃，砍倒了一个又一个，在砍杀敌人的同时，他还喊着自己所用的招式。他远远地听到卡尔薇丝的左轮手枪发射的声音，又感觉到史密斯来到了他的身边——但那些都无关紧要。他正处于灵魂世界当中，与他的祖先们并肩奔跑，感受着他们指引着自己手中的长矛。

一个噶斯特装甲突击兵跳过箱子，把卡尔薇丝击倒在地上。左轮手枪从她的手中弹了出去。那噶斯特人咧开嘴朝卡尔薇丝笑着，并伸出了它的螯臂。卡尔薇丝被恐惧击败了，她尖叫起来。

蕾哈娜惊恐地盯着它。忽然她发生了某些变化，仿佛慢慢进入了梦境一般。木剑在她手中升了起来，又向后拉，她停在了一个她只在太极中见过的姿势上。剑挥了出去，击中了噶斯特人的头部。

那装甲突击兵被打了个趔趄，但它的螯却猛地抓向她。她并没有移动——宇宙的几何结构发生了变化——不知怎的，爪子扑了个空，从她的身体本应该在的地方掠了过去。它踉跄着跌到一边，当卡尔薇丝抓起左轮手枪又举起来的时候，那装甲突击兵的脑袋落入了她的视野。

周围的世界慢了下来：对卡尔薇丝来说，仿佛在梦里一样。她开枪打死了一个噶斯特人，另外一只进入射程的时候也被她射杀了。忽然，这一切都变得非常容易，虽然说不出具体原因，但她知道是蕾哈娜把一切变成这样的。

蕾哈娜眨了眨眼睛，重新醒了过来。敌人不见了。史密斯大声地朝他们喊着，问有没有人受伤。苏鲁克站在蜘蛛一样的尸体之中，发出胜利的吼叫。卡尔薇丝用一根手指探着蕾哈娜的鼻息。另外一些声音回应着苏鲁克的叫声——不过不再是噶斯特人了，而是莫洛克人，他的朋友们。

"酣畅淋漓。"四十分钟后，山铎·拉尔甘对苏鲁克说道，"我们让船头找准了位置，很顺利地擒住了他们。我们喜欢直接切入，然后，嗯，你懂的，荣誉什么的唾手可得。"

纳尔扎克和洛尔甘与约翰·皮姆号的众人会合了。噶斯特人无法应对两面夹击，所以他们明智地选择了"撤退"。当星系毁灭号逃走的时候，莫洛克人就被遗留在了约翰·皮姆号上。现在，毁容号飞船与约翰·皮姆号对接在一起，以接走苏鲁克的两位同族朋友。

"你们确实做得很好。"苏鲁克说，"我连手指头都快没力气了。你们来得正是时候。"

在休息室的另一边，卡尔薇丝在猛灌啤酒。史密斯坐在她的对面,在他看来,她已经摆脱了吞咽的过程,只是把酒直接倒进了胃里。

"我跟你说,"她顿了一会儿说道,"太奇怪了。她就那么站在那儿,突然一切都怪异了起来,那些噶斯特人仿佛都停止了进攻,所以我打死了他们。她似乎也没有做什么特别的事情。她就那么站在那儿。就好像他们没办法打到她一样。那几乎跟青蛙怪一样让人印象深刻。"

史密斯发现自己很难集中注意力。在过去的十五分钟里,他喝了三瓶啤酒来庆祝死里逃生。结果,他的视线变得有些模糊,喷溅出的拉格啤酒在他胸前留下一道水痕。

"那么你是怎么想的?"在啤酒瓶冒出泡沫的时候,他又强行喝了一口,"你觉得她有什么问题吗?"

"我深思熟虑之后的医学观点?她就是一个灵能杀手。"

"她可能只是受过训练。"

"受过什么训练?通灵忍者死亡训练?为什么她要受训?她是我见到的第一个会在闲暇时间听鲸鱼叫声的忍者。不过,她也是我见过的第一个忍者,我说完了。"

"嗯,确实有些奇怪,一个在健康食品店工作的和平主义者竟然是某种神秘杀手。"

"嗯,是啊。我怀疑她们在素食主义者的世界里经常遭受武士的攻击。另外,事情也并非全然如此,而更像……真不好描述。"

"继续说。"

"那不是武术,而更像让她周围的事物发生了变化的一种方式……她似乎突然在恰当的时候出现在了恰当的地方。并不是说她消失了,或者其他类似的事情。天哪,我是个机器人,而我却想不出该如何解释这件事。"

"我想我能理解。"

"史密斯,那些虚空鲨鱼。她当时一直在冥想,而他们根本没有攻击我们。"

"是的。但是我看不出……等等……不是……你想说什么?"

卡尔薇丝叹了口气:"我不确定,船长。事情太过离奇,我没法恰当地描述。我是一个机器人,一个模拟人。我是完全理性的。我甚至都不喝酒,更别说相信魔力了。嗯,不怎么喝酒。但是万一她是对的呢?万一她真的与大自然合而为一了呢?"

"我明白你的意思了。"史密斯皱着眉头,挠了挠下巴,"我的天啊。想想你拥有这些能力的话,可以释放出多么可怕的力量——就像怪医杜利特①一样。"

"是的,我想是这样的。你知道那只是一本书吧?"

"我是打个比方。"

"不过,你记不记得《白雪公主》里,所有动物都跑出来跟她一起跳舞那一段?"

"我不看儿童电影。"史密斯耸了耸肩,站了起来,"我去跟她谈谈,看她有没有什么话想说。顺便说一下,刚才用霰弹枪的

---

① 怪医杜利特是美国儿童文学家洛夫廷童话作品中的人物。他能够听懂动物的语言,并由此展开一系列冒险故事。

时候干得不错。杀了好几个狠角色呢！我对此表示感谢。"

"不客气。"她一边回应，一边用颤抖的手又拿了一瓶啤酒。

苏鲁克正在走廊里跟他的朋友们道别。史密斯从敞开的舱门中看了一眼他们的飞船：里面粗糙地画着一些他不认识的符号，船舱墙壁边立了许多放战利品的架子。"刚才的计划很棒，苏鲁克。你救了我们的命。"史密斯道。

"我要谢谢你们。另外，我还欠你们一个人情呢！"苏鲁克抽出了大砍刀，"现在，如果你们不介意的话，这个长着骷髅头的外星突击队员就能做一个不错的镇纸。"

史密斯没有打扰苏鲁克，他去敲响了蕾哈娜的门。

"嗨，是谁啊？"

"史密斯。我能进去吗？"

"当然。"她说。他走进来时，蕾哈娜正坐在床上，读一本关于西藏的书。屋子里散发着香条的气味。看来她随身带了些垫子——这种行为既是对新时代的冒犯，其表现出的女性主义也让人有些尴尬。那些垫子上有螺旋形的图案，似乎下意识地想让他把它们扔出窗外。

"你感觉怎么样？"她问着。她看起来很有波希米亚风格，但是给人的感觉很单调。他在记忆里搜寻，想弄清楚她到底像谁。"嗯，"史密斯站在门口说着，他不知道该如何处理这种情况，"刚才确实挺刺激的，对吧？"

"你可以把门关上。"蕾哈娜说。

"好的。"他关上门之后，又站在门边。

她收起双脚,拍了拍床沿:"如果你愿意的话,就请坐吧!"

"当然。"他坐了下来。史密斯突然意识到蕾哈娜让他想起谁了:布鲁克小姐,他八岁时的美术老师,也是第一个吸引他的女性。他第一次注意到了这种吸引力,是在布鲁克小姐发现他偷了铅笔之后不久,为此她还扇了他的后脑勺,并拉着他在全班同学面前示众。他希望这件事情没有影响到他心理的健康成长——如果他当着二十个八岁小孩的面,仅仅因为这种被老师教训的接触而让自己达到了性满足的话,那就太不幸了。

"嗯,刚才那确实很了不起。给那些外星生物一点教训总是不错的。而且大多数时候,他们也活该。"

她点了点头。

"那些噶斯特人很危险,不但残忍,而且有组织性,但是没有道德观念。"他补充道,因为他也不能确定自己是不是挖了一个自己也看不到的坑,"那些噶斯特人就跟那些外地人一样,你懂吧——足够聪明,一种有些狡猾的聪明,不过最终不是那块料,根本不是。"

蕾哈娜举起了食指:"你能暂停一下吗,好让我记住我自己是一个外地人?"

啊,原来是这样。当他知道自己已经跳进坑里的时候,他为找到坑而产生的愉悦感消失了。"当然,你不能算进去。"史密斯说道,"我是说,你又不是法国人或者其他什么的。你只是……与众不同,仅此而已。"

"你真是个好人啊。"

"谢了。"对于自己被称为"好人",史密斯有些谨慎:像很多男人一样,他总是把"好人"理解为"没有男子气概的软蛋"的委婉说法。不过蕾哈娜的语气中并没有通常意义上的那种没有骨气、任人摆布的白痴的意思。他希望自己知道应该如何跟女人打交道。生活并没有给予他太多机会。船长培训课程上的大多数女孩都像从托尔金或者瓦格纳的作品中走出来的一样——更残酷的是,有的时候,两者兼而有之。

"我是说,我的重点在于,那些噶斯特人根本不是什么好东西。假如我们中的任何一个人被绑缚着落到他们手里,那么他们不会以丝毫的体面对待我们。相反,当然,如果你被绑缚着落到了我的手里,那么你可以放心,我绝对不会想着对你做出什么不体面的行为。就是这样。"

"啊?"

"绝对的。那么,你有魔力吗?"他单刀直入地质问道。

"巫术崇拜算吗?"

"不算。"

"那就没有了。为什么问这个?"

"我就是有些好奇。"此时需要采用一些更加巧妙的办法了,"蕾哈娜,当你出去散步的时候,会不会有动物跑过来围着你跳舞?"

"就像《白雪公主》里那样?"

"没错。"

"不会啊。伊桑巴德,你刚才是不是受伤了?或许是伤在脑袋？"

"没有，我很好，谢谢。"

"感谢你保护了我。"她换了个姿势，盘腿坐了起来，这让她离他稍微近了一些。史密斯希望这次谈话能在一个更大一点的房间里进行，最好围着一个桌子，还有一个中间人。"我欠你和你的船员们一个人情。谢谢你们。"

"你太客气了。"他说道，"别客气。你也别觉得你必须以某种方式报答我，不管是从经济上，还是通过其他什么方式。你是我船上的客人，而且你的行程也不会受到任何来自我的干扰。"

她微微朝他靠了靠。史密斯猛地跳了起来，摇摇晃晃地向门口走去。"好了，咱们回见。"他说完离开了。

莫洛克人的飞船离开了，噶斯特人的尸体也被清理了。只有一些痕迹能反映出刚才发生了一场战斗：几个箱子的残骸，被裂解炮击中后墙上熔化的金属，以及噶斯特人在地板上留下的油乎乎的血迹。史密斯急忙赶到驾驶舱。

"这下好了。"他一边说着，一边坐到船长席上。

卡尔薇丝正在研究一个带夹书写板："你走了好一会儿了。你有没有盘问她，或者跟他交换信息？"

"有。很显然她不是白雪公主，也没有什么魔力。不过她有可能在说谎，这是自然的。我当时倒没想到。你手里拿的是什么？"

"这是一个清单，上面是飞船上所有出问题的地方。"

"有什么坏消息吗？"

"多的都可以出版成书了。那个鱼雷可把我们的飞船炸惨了。推进器严重受损,二级凸轮轴发生热变形,右侧的紧急喷射口已完全报废。我们无法推进,传动轴也已经弯曲了。"

"推进器用的是什么种类的引擎?"

"多冲程汪克尔转子引擎。怎么了?"

"我就问问。"

"但这还不是最糟糕的。我们的超光速引擎没了。"

"这是什么意思?"

"嗯,除非我们去高等文明的地界拜访一下,否则我们没有修好损害的希望。以现在这种状态,我们无法穿越星系,就算要回家也起码得花三十年。"

"真该死!"史密斯说道,"我们刚才应该向那些莫洛克人求助。"

"你是在开玩笑吧?他们会直接把我们推到恒星里的。我不知道他们的飞船是靠什么飞行的,但我可不想跟他们共用跨接引线。"

"我觉得你说的还挺有道理。那噶斯特人怎么样?"

她耸了耸肩:"我不知道。如果他们像我想的那样的话,那么他们会重整旗鼓,再来攻击我们。你知道,我们真的需要一个机械师。"

"你不是我们的机械师吗?"

她皱起了眉头:"我是飞行员,我总不能一边驾驶它,一边把它修好吧?你了解宇宙飞船的设计吗?"

史密斯摇了摇头。"我了解的恐怕还不如《修理手册》多。见鬼,刚从油锅里跳出来,又掉进火坑了。"他叹了口气,检查了一下仓鼠杰拉德的水,"你有什么提议吗?"

"我们别无选择,只能飞往距离最近的文明世界,看看他们能帮我们什么忙。如果没有文明世界的话,那只能去有人居住的地方应付一下了。"

史密斯点点头:"找个地方降落吗?"

卡尔薇丝说:"'落'是指从天上掉下来吗?没错。我会尽量让我们安全着陆,但是可以确定,在没有助推器的情况下,我们是无法再起飞了。"

"好。嗯,我想在这种情况下我们也只能做到这些了。很快我们就会进入伊甸共和国的领域。他们可是一群好战的狂热分子,其疯狂程度足以让噶斯特人躲得远远的。"

"你的意思是什么?"她问道。

"我会在导航计算机上跟你细说的,如果我能找到它的控制台在哪儿的话。"

"有一个机器可以定位到它。"

"什么?一个导航系统的导航系统?"控制台发出哔哔的声音,卡尔薇丝指向一面屏幕,上面有一个三维的银河系模型在慢慢旋转。史密斯放大了他们所在的位置。

"我们还在新弗朗的领空内,是吧?"他说道,"我们越早进入伊甸共和国的领空越好。弗朗人太过软弱,即使噶斯特人在他们的领域内发动了战争,他们也不会动一根手指头。但假如噶斯特人想在伊甸共和国的领域内摧毁中立国的飞船——就像我们这艘——他们是断然不能接受的。伊甸共和国戒备森严，一旦我们进入他们的领空，噶斯特人就不敢攻击我们了。明白了吗？"

"这招高明。"卡尔薇丝说道，"不过要指望那些人来保护你的安全还是挺糟糕的。话虽如此，我们还有什么选择呢？"她叹了口气。"你说的对，头儿。我来设定直接飞往边境的航线。火坑就火坑吧！"

462坐在星系毁灭号的船长席上，用他的螯敲着椅子的扶手。一个仆从站在他旁边，擦拭着他的头盔。462伸出手来拍了拍通信设备的话筒。

"禁卫队来舰桥集合！"他喊道。

"遵命！"一些声音喊了回来。他在座位上重新坐好，阴沉地抿了一口杯子里的红色液体。那是一杯噶斯特汁，用他的一个在执行任务的时候没有完成任务目标的仆从榨成。他的身后蹄声大作，那是他的护卫队来了。给他擦拭头盔的那个仆从畏缩在一旁。

他们是噶斯特人中最精英的阶层，比那些在舰桥附近跑来跑去、努力让自己看起来很忙以免自己被注意到的船员要更加高大，皮肤颜色也要更深。他们的头盔下面没有脸，只有像猪一样难看的小眼睛和牙齿。他们的触角挺得很直。

"报告受损状况！"462命令道。

"受损状况严重，伟大的主人！飞船被那群莫洛克暴民损毁得很严重!虽然我们击退了他们,但是他们对二级系统造成了严重破坏。工程师报告说修理有困难。"

"毙了那些工程师。"462本能地回应道。

"遵命!"

禁卫队转了过来,他们的蹄子敲打着地板,踏着大步离开了,外套在空中飘动。擦拭头盔的仆从松了一口气。

"禁卫队立定!"462喊道。

他们停了下来,纹丝不动。

"你们可以转过来。"他补充道。

那些野蛮人转过来面对着他,等待着他的指令。

462露出他的獠牙,邪恶地笑着。他的眼睛微微眯了起来。"取消刚才的命令。"他说道,"威胁要枪毙那些工程师。"

"绝妙的计划!我们一定遵守我们指挥官的天才命令。"

462想,正是这样的点子让他成为人上人的。

通信设备里突然响起了一阵小号吹奏的响亮军乐。"伟大的462,我是副官7835——"

"别浪费我的时间了。你的批号不重要。"

"当然!伊甸共和国的飞船'正义之拳'号正在接近。我要不要招呼一下这些弱小的人类渣滓?"

"不用了。"他站了起来,把外套合上,"我会亲自跟那些弱小的人类沟通。他们会对我们有用的。毕竟,在盟友之间,只有面对面的对话才是恰当的方式。"他暗自发笑。他的笑声越来越尖,越来越大。出于恐惧,周围的船员们也跟着笑了起来,仿佛一个管弦乐队在给他们的第一小提琴手伴奏一样。咯咯的笑声充满了舰桥，在武器架、噶斯特人一号的巨幅照片以及装饰墙面的横幅和海报之间回荡。

"您的头盔已经擦亮了。"仆从说道，"还有什么命令吗？"

462止住笑声，看着他。"准备胜利吧！"他说完又笑了起来，然后踏着大步去迎接他的客人。

04
天堂一夜

约翰·皮姆号仅存的引擎断断续续地运转着,一束孤独的光在飞船的一侧闪烁。慢慢地,飞船加快了速度,转弯飞向位于伊甸共和国领空边缘的微小的阿尔塞斯蒂斯星系。窗户里出现了一个蓝色的点。通过望远镜,史密斯看到它像一个被重新配置过的地球。在《海恩斯手册》的帮助下,卡尔薇丝将损坏的引擎上的电力转到了工作引擎上,飞船以一个长长的、近似弧线的轨道接近那颗星球,直到整个窗户都被白光占据,飞船的鼻锥也开始发出红光,这时他们开始降落在一个名为"天堂"的世界。

"我们现在处于大气层顶端。"飞行员喊道,"后面的情况会越来越糟。如果你想祈祷的话,那么现在正是时候。"她转向船长。"你想让我把船停在什么特定的地方吗?"

约翰·皮姆号直插入云层,发出咔咔的声音。

史密斯在控制台上打字,搜索着约翰·皮姆号的机载数据库。什么东西击中了飞船底部,让它摇晃起来。"我找到了《简易指南》。"他说道,"天堂星拥有令人着迷的酒吧,当地人会聚在那儿讨论小龙虾的收成。市中心已被过度开发,只能吸引团体游客。"仪表板上的玩具士兵掉了下来。史密斯翻页的时候,一场雪暴席卷了镇纸中的议会大厦。"但是那该死的码头在哪儿?"

蕾哈娜走了进来,拉下一个紧急座椅,给自己系上安全带。"大家都还好吗?"她问道。

"很好。你呢?"卡尔薇丝咬着牙说道。

"我完全相信你的能力。"蕾哈娜一边回答,一边蜷缩起来,把头蒙上。飞船晃得让人害怕。狂风拍打着他们,火焰在鼻锥周围肆虐。

"我找到地图了!"史密斯说道,"我们在陆地上方。你试着把飞船降落在海岸附近。飞船鼻锥应该着那么大的火吗?"

"别看着我!"卡尔薇丝吼了回去。她检查了一下扫描器:"情况看起来很糟糕,船长。我们必须迫降在我们到达的第一个湖面上。头儿,我都快尿出来了!"

"把你的腿夹紧,女人!"

"紧急降落伞弹出来了!"当降落伞打开的时候,飞船颠簸了一下,但它还在继续飞行。卡尔薇丝费力地拉着操纵杆。火势蔓延到了风挡玻璃的边缘。

"即将碰撞——五,四……"

"坐稳了!"史密斯喊道。他伸出双臂保护头部。飞船撞上了什么东西,它旋转着,又撞到了别的什么东西,然后拍在了水面上。撞击力将他向前甩去,安全带猛地挡住了他的胸口,仿佛他被扔到了栅栏上一样;他剧烈地咳嗽,又砰然落下,大口地喘着气,这时他才意识到自己还活着。驾驶舱里红灯闪烁,一个损坏的汽笛慢慢地发出了像放屁一样的声音后,便彻底坏了,然后,他头顶的控制台上跳出的火花充满了整个房间。

突然又能动弹了之后,史密斯啪的一声解开安全带,连滚带爬地离开了座位。他摇摇晃晃地走到驾驶座,把卡尔薇丝拉了下来。她的眼睛还在打转。"怎么了,船长?"她迷迷糊糊地说道,然后呻吟着,用手揉了揉太阳穴。

"你没事吧?"

"没事。你去看看魔法公主怎么样了。"

史密斯想她指的应该是蕾哈娜,于是他又跌跌跄跄地向门口走去。蕾哈娜在她的座位上蜷成了一团,膝盖挡在面前。她慢慢地展开身体。"我们的飞船降落了吗?"她问道。

"降落了。"史密斯回答。

苏鲁克看了看门框周围。他似乎有些好奇。"我的装饰品都掉了。"他说道,"你死了吗?"

蕾哈娜迷迷糊糊地眨着眼睛,用麻木的手指解开安全带。史密斯伸手拉了她一把,她站了起来。

卡尔薇丝把一根手指伸进了仓鼠笼的栅栏里动了动,想引起杰拉德的注意。史密斯想,在经历了一场"地震"之后,这样一只小动物最不愿意看到的,应该就是一只巨大的蠕虫把它给戳醒了。尽管如此,杰拉德的心理创伤还不是当务之急。还有许多更重要的事情要去做。

"我出去侦查一下。"他说道。

"走顶部的舱口。"卡尔薇丝说,"我们漂在水面上呢!"

史密斯走出驾驶舱,来到了走廊,他推开掉下来的线缆,仿佛一个走在丛林里的探险家一样。他穿过休息室,走进货舱,登上台阶,走进气闸舱,回头一看,惊讶地发现蕾哈娜在他身后。"你好啊。"他一边说着,一边抓住打开顶部舱口的把手,"你还好吧?"

她看起来似乎有些轻微脑震荡,不过这倒也算正常。"我挺好的。"她答道,"你呢?"

"我经历过更糟的情况呢!"他费力地想着那是在什么时候,同时拉动把手,舱口打开了,露出一片令人惊叹的蓝天。一股新鲜的空气像一剂猛药一样冲击着他,但是他的身体却难以承受,只是惊叹于空气的纯洁。"我们出去看看吧!"

他攀上梯级,爬出了舱顶,呼吸着清新的空气。蕾哈娜跟在后面,他弯下腰,伸出手想拉她上来,结果却把她的胸前看了个一清二楚。她往出爬的时候,史密斯突然意识到,在刚刚穿越了大气层之后,飞船外壳可能还很热,于是他检查了一下,以免蕾哈娜的人字拖在船壳上熔化了。还好只是温热。她爬了出来,站在他旁边。

他们在一个湖的边缘。在天堂星,这应该算初夏的温度。阳光有些刺眼。湖岸上耸立着针叶林。大雁在空中拍打着翅膀,飞向一个缓慢移动的外星生物,它看起来像翼龙和手帕的结合体。一阵微风吹动着蕾哈娜的喇叭裤。

"多好的景色啊!"史密斯感叹道。

蕾哈娜踮起脚尖,深深地吸了一口气,把头往后一仰,热情地伸出双臂。"天啊,我太喜欢待在户外了。"她大声说道。

"是啊,当然。"史密斯回应道,"呼吸点新鲜空气,是吧?"

"嗯,对啊!"她闭上眼睛,把光滑小巧的脸转向太阳,"我真的感觉自己更加接近万物了——也更加接近世界——就像这样。我太喜欢与大自然接触了。"

"嗯,是啊。让人感到愉悦,真的。"史密斯同意她的看法,不过这种谈话的方式让他感到不自在。他对自然的看法总是与登山靴及上蜡帆布的气味所表现出的轻松自在和男子气概有关。他所认识的唯一一个自称喜欢户外活动的女性,是一个身材敦实、名叫希拉里的人,她喜欢对拉布拉多猎犬大喊"快点儿"。他怀疑,蕾哈娜对于田园生活的向往,有可能只是想在田园之中与自己亲密接触一下。这虽然很吸引人,但是在《漫步者杂志》中却鲜有报道。他拍了拍自己的脑袋,好让自己想一些干净的东西,比如说一名防暴警察鼓励一名静坐抗议者"朝前走"。

"你们在外面还好吧?"卡尔薇丝在下面喊道。

"我们俩挺好的。"史密斯回答道,他的声音听起来有些内疚。

"这儿有一艘小艇。"卡尔薇丝说道,"我在机库里找到的。你们需要用它划到岸边。"

"好主意。"史密斯爬进舱口,回到了货舱油乎乎的环境之中。在卡尔薇丝的靴子旁边,有一艘充好了气的黄色小艇。

卡尔薇丝突然想起了什么,她低头看了看那艘大约一米二宽的小艇,又抬头看了看仅有六十厘米宽的舱口。

"哦,该死!"她叨咕着,"我就知道把它吹起来是一件错事。"

卡尔薇丝划着船将史密斯和苏鲁克送到了岸边。蕾哈娜在飞船顶上望着他们三个人。

史密斯踏上了地面。蕾哈娜朝他挥了挥手,他也挥了挥手以示回应。"祝你们好运!"她喊道。

"谢了!"

"是啊,祝你们好运。"卡尔薇丝在小艇上说道。

"你们知道,"她又补充道,"我们离地图上最近的城镇有六十多千米。你们确定这是个好主意吗?"

"我很确定。我们会想办法找块高地并发出信号。如果有人想找到我们的话,他们就会寻找信号,而不是我们的飞船。"

飞行员皱起了眉头:"大概是这样吧。你看,船长……"

"怎么了?"

"他们想要的是蕾哈娜,不是吗?"

他回头看了看蕾哈娜,她正在飞船发黑的顶部晒太阳:"我想是的。这也是她要跟你待在一起的原因。远离危险。"

"如果你们俩有什么需要的话……"面对表达乐于助人的新奇感,卡尔薇丝不知道该说些什么好。"你们知道该怎么办。"她把手伸到船里拿出霰弹枪递给了他。

"谢了,卡尔薇丝。不过是我让咱们陷入这摊浑水的,把咱们弄出去也是我的职责。"

"是他们把我们卷进来的。我是指噶斯特人。"

"没错,主要是他们。"他凝视着飞船,眼神有些空洞,"你知道,帝国真正派我们出来是为了让我们做诱饵,以把噶斯特人引出来,就像用一只山羊来引诱老虎一样。但是噶斯特人要比他们想象的还要聪明,在顽强号拿下它们之前就把它炸飞了。所以现在已经没有猎人了。只有我们,也就是山羊,对抗老虎。"

"我知道。"她说,"不过仔细想想,你表现得还挺好的。"

"我们出发吧!"史密斯说道。他转身大步走进树林,苏鲁克跟在他一侧。

四个小时之后,史密斯回来了。

"晒死了。"苏鲁克说道。

接近黄昏了,阳光强烈而炽热。空气中有昆虫飞动。飞船残破的白色尾翼插向空中,就像一只鲨鱼的鳍一样。它有些不修边幅,让自己变成了啤酒和馅饼。

卡尔薇丝和蕾哈娜正坐在岸边的板条箱上。她们的脚边扔着几个啤酒瓶子和许多食品包装袋。卡尔薇丝抬头看了一眼,然后把她在新弗朗买到的奇怪装置递给了蕾哈娜,就是之前她说是蚂蚁农场的那个。空气中有一种奇怪的气味,就像把纸和香料放在一起煮了一样,有一种干燥的草药味儿。

卡尔薇丝抬起头来:"嗨,船长。要加入我们吗?"

史密斯大步朝她走过去。

"找到什么了吗?落脚点?什么人?海盗的宝藏?"

史密斯走近了,他的脸绷得紧紧的。"你们这是在干什么?"他质问道。

卡尔薇丝眨了眨眼睛。"没什么。我们只是享受了一段……"她满怀期待地看了蕾哈娜一眼。

"美好时光。"蕾哈娜接道。

"没错。女士专属的美好时光。当然,我们也欢迎两位先生的加入。"

"当然不要!你是一名海军军人,而你现在显然是喝醉了!你应该注意警戒,或者用树枝或其他什么东西盖个房子。"他停顿了一下,用鼻子嗅了嗅空气,转了一圈,仿佛在检查一个隐形的光环一样,"而且我还闻到了大麻烟的气味。"

卡尔薇丝说:"行家是不会说出'烟'这个字的。"

"好吧,我不算什么行家,谢谢你的提醒。我打算在没有被大麻吹疯的情况下完成这个任务。当你们和大麻烟在奇妙的灯光下漫步的时候……"

"大麻。"蕾哈娜安静地说道。

"随便——我又不是瘾君子——我为了安装这个发射器一直在外面侦查。我不得不登上每一座山……"

"还要蹚过每一条河?"卡尔薇丝问道。说完她偷偷地笑了。

"没错!就是这样!我走了那么远的路才回来,却发现你们一直在偷懒。你们除了把自己灌醉、往你的蚂蚁农场里吹泡泡之外,帮忙做过什么事情吗,嗯?"

"这不是蚂蚁农场,这是个大麻烟斗。天哪,船长,你别那么紧张行吗?冷静一点。"

"我不会冷静!我是一名英国军官……"

"我知道。但我不是。"突然,她显得异常认真。岸上一片寂静,只有湖水轻轻拍打飞船的声音。远处有大雁在鸣叫。"请坐下来。天啊。船长，你要是再这么紧张兮兮的，你的脑袋会爆炸的。你就坐下吧。我们会给你一个解释。"

"可以。"他说道，"但是我不能容忍这些，一点都不行。而且我认为你侮辱了你的工作，在我们需要修理飞船的时候，你却在吸食非法物质。"

"我能说两句吗？"蕾哈娜问道。

史密斯在一个箱子上坐了下来："嗯，可以。我想没什么问题。"

"我们为什么不能心平气和地谈呢，是不是？我们没必要吵架。来吧，伙计们。让我们好好谈谈，行吗？我们都冷静一点，找一个让我们开心的地方，围一个真心话之圈，然后开始通过对话而不是大喊大叫来处理我们的问题，好吗？"

"你别瞎说了。"

"打扰一下。"苏鲁克走上前来。他们所有人都忘记了他的存在。那外星人似乎庄重了许多，他到目前为止一直在回避刚才的争论，这让他文明得有些怪异。"我可以提一个建议吗？在我们族人中，有一个专用于解决这种争端的习俗，以便让所有人都能有机会平等地表达自己的观点，而且没有人会因此丧失尊严。"

"这个习俗有没有可能跟竞技场和锋利的刀子有关？"卡尔薇丝问道。

那外星人问："你也这么做过？"

"我们别着急。"卡尔薇丝说道，"先交流，然后再谈斩首的事。"

"哦。"苏鲁克回应道，"我们把你们称为弱小的人类是有原因的。"

"史密斯船长,"蕾哈娜先开始说了,"我能理解你现在的艰难处境。但是我真的认为你应该努力让自己放松一下……"

"她说得对。"卡尔薇丝插嘴道,"无意冒犯,不过你的肚子里真的压了不少东西。我敢押一大笔钱打赌:你之前肯定在扫帚上坐过,而且你站起来了以后发现扫帚不见了……"

蕾哈娜笑了。"嗯,那或许有点困难,波莉安娜。"

"除非你是一个被压抑的神经病。"

"够了!"史密斯喊道,同时一跃而起,"我不是一个被压抑的神经病,而且我也不想再谈论这个话题了!"

他气冲冲地跑到了树林里。

"奇怪。"苏鲁克说道。

蕾哈娜开始穿她的鞋,这让她费了很大劲儿。

"我去吧。"卡尔薇丝说道,"你待在这儿。"

史密斯走了十来米才意识到自己没有地方可去,但是他还得走三十米才能停下来,然后再考虑自己应该做什么。他想知道是什么让他像弹弓射出来的弹丸一样从人群里冲了出来。但是当他站在这儿,蚊虫在他周围飞来飞去的时候,他才发现自己也说不清到底是什么在驱使着他。

是卡尔薇丝的不称职吗?不是。他甚至从来没有过类似的念头。在让他们残破的飞船迫降时,她做得非常棒。不管她有多么烦人,他们之所以没有被摔成肉酱,很大程度上是因为她的飞行技巧。

当然,这跟她是一个讨人厌的懒鬼并不矛盾。

然后是蕾哈娜。蕾哈娜,跟她的那些手牵着手唱圣歌的蠢话、

04 天堂一夜

她的冥想和扁豆餐、她漂亮的脚踝和棕色的长发。当然,她是好意,而这也是问题所在。她的动机是好的——而且,他怀疑她的体格也是极好的。他也不知道该如何面对她。最重要的是,她可能还是待在银河系的另一端比较好。

他站在那儿,夜晚闷热的空气像毯子一样把他裹得严严实实的,这时他意识到了自己的愤怒究竟来自何处。舰队指挥部欺骗了他。他能得到这项任务,不是因为他是一位出色的船长,而恰恰是因为他并非如此。可汗选择他是因为他是那种会像浴盆里的婴儿一样穿越太空的傻瓜,他会在身后留下很多气泡,这样噶斯特人就不会注意不到了。此时噶斯特人会开始行动,然后顽强号会对他们发动攻击,力挽狂澜,并揭露这些外星人对帝国航运活动的掠夺性攻击。并在这个过程中,把约翰·皮姆号的傻瓜船员们从他们自己的愚蠢中拯救出来。受命保护蕾哈娜的人根本就不是他。他从来没有被指望着做任何事情,除了当一个活靶子。认识到这一点很伤人。

"头儿。"卡尔薇丝走了过来,一手一瓶啤酒。

"我来贿赂你一下?"

"好啊。"他说着,接过她递过来的啤酒瓶,"谢谢。你没往里面下毒吧?"

"当然没有。"她等他喝了一大口之后问道,"口水不算毒,对吧?"

史密斯转过身来,她对他笑了笑。史密斯勉强回了一个微笑。

"你知道,如果我真的是一名飞行员的话,"她说道,"那么我在岗位上吸大麻什么的,你对这一切的看法都是对的。"

他的笑容消失了。"什么？我不明白。"他说道。

"我不是一名飞行员——起码不是一名有资格的飞行员。我的文件是伪造的。我是自学成才。"

"我还是不懂你的意思。"

"我是个骗子，史密斯。"

"但你是一个模拟人啊。你被造出来就是为了当飞行员啊，否则他们也不会造你。"

"他们造我确实有目的。"她说道，"不过不是为了当飞行员。"

他往后退了一小步，微微转身。他的腰带上挂着一把剑，他用右侧面对她的话更容易把剑抽出来。"那么你是什么？"他问道。

"我是个性爱玩具。"

"什么？"

"我是个定制的性爱玩具。"

"但是你——不可能的。我是说，你看起来不太……"

"不能充气吗？"

"不，我不是那个意思。你看起来……不是很……"

"有魅力？"

"不，不。那完全不是我的意思。不是的。你一点都不缺乏魅力——你只是，嗯——与众不同罢了。我并不是想说你没有足够的魅力来胜任——该死，没错，我就是那个意思。"

他看着卡尔薇丝。卡尔薇丝正在专注地盯着他看，好像生怕她错过了他说的哪句话。"怎么样？"他问道。

"什么？"

他现在觉得有必要为批评那些不言而喻的缺点而道歉,这似乎很不公平。女性该如何应付这些东西呢?"我只是……呃……碰巧把你看作一个船员,而且我很难把你想成一个有很多面的人,而仅仅当作一个性对象。"

卡尔薇丝像一个卡通机器人一样伸出双手,并把嘴张成了O形:"这样对你有帮助吗?"

他耸了耸肩:"其实有点儿过了。"

她把胳膊放了下来:"不过你说的没错。我都不太喜欢我这种类型,更别说其他人了。我是为一个专门的人开发出来的。他们根据一份问卷的答案定做了我。很显然,我正是他想要的那种女孩。当然,除了头发。那是我自己在水槽上染的。"

"我确实很好奇。"

"就是这样。我无意中听到他们在讨论那些事情:就在他们培养我的水箱旁边。一有机会,我就制服了为首的科学家并逃了出来。幸运的是,那附近有一些管制措施。"

"那么,你的飞行员执照呢?"

"那是我伪造的。"

"但是那上面有商务部的签名啊!"

"是我签的。"

"那部长的照片呢?"

"是我戴了顶帽子。"

史密斯在黑暗中注视着她。说来也奇怪,她看上去从来没有如此真诚、如此漂亮。她从来没有这样说过话:她身上的那种洋洋自得和轻浮都不见了，好像一只贝壳被打开了一样，露出来的只有下面的稚嫩。"我相信你。"他说道。

"我就是觉得我应该跟你提一下。我是说，噶斯特人肯定会来抓我们的，而且，能敞开心扉也挺好的。"

"没关系。"他说道。

"很抱歉惹你生气了。"

"别为那个担心了。顺便说一句，你是个很好的飞行员。"

"我把那些信息直接下载到我的小脑里了。大部分。我当时时间紧迫。"

"谁下令把你造出来的？"

"保罗·戴弗林，戴弗林集团的那位。我们根本想象不出来他们有多富裕。他们经营着一些行星。这也是他为什么有这个实力的原因。很显然，他太堕落了，没有一个正常的女人会跟他上床。很典型，是吧？我被造出来要见的那个人能把萨德侯爵吓个半死。"她叹了口气，"那么，呃，就是这样了。我们回去吧，好吗？"

"他们有没有对你的思维做什么手脚？我知道模拟人的性格都是预先构建好的。"

"我不确定。我对自己意识的独立程度感到惊讶。或许他们的确篡改过我的头脑。"

"可能只是拿你的头往地上撞了撞。"

"我不知道。我能感觉到一些东西，某种行为抑制器。比如说，有时候我发现自己很难不说一些有暗示性的话——不止是跟性有关的东西，还有一切幼稚、粗俗的东西。我可以正常地说话，就像我们现在这样,但是可能突然之间,我就会不由自主地说出那些东西。在我意识到发生了什么之前,我总是会滔滔不绝地说个不停,我会把事情搞得一团糟,甚至连把嘴闭上的尝试都变得毫无意义了。"

"这倒是真的。那么,卡尔薇丝是你的真名了?"

"差不多吧。"她耸了耸肩,"名字是我自己选的。波莉安娜·卡尔薇丝。你觉得怎么样?"

"非常好。想象一下你要制造一个人,一个真实的人,这样你就可以对她做各种变态的事情。"史密斯若有所思地说道,"这真是我听过的最下流的事了。"

"显然,一旦他有了合适的道具,他还可以更下流。"

"嗯,在我看来,你是个真诚的人。你是我们的飞行员,这就够了。不过,如果你能把飞行员手册的其余部分下载下来的话,那么我会很感激的。"

"干杯,头儿。"

"如果我们能有办法离开这里,那么我会尽我所能,保证让你不再回去。"

"我会确保让咱们离开这里。那么我们又是朋友了?"

"当然。我们再去喝一杯,怎么样?"

"同意,船长。"卡尔薇丝答应道。他们转身向飞船走去。

天亮了,史密斯醒了过来。突然,他又有了活力——太有活力了，休息室的颜色深深地烙进了他的脑海，仿佛他是睡在了一盏霓虹灯前面。他摇摇晃晃地站了起来，活像一个无精打采的提线木偶，但他的大脑却在颅骨之下飞速运转着。什么东西从他身上掉了下来，他像个活死人一样愣愣地转过身，想看看是什么东西。那是卡尔薇丝的靴子。

卡尔薇丝则躺在对面的沙发上。那么她的靴子为什么会在他身上呢？他想起了他们昨晚的争吵。是她把它当作友谊的象征送给他了？或者更有可能的是，她错把他当成门垫了？也许她只是用它来砸他的脑袋了。这似乎是一个令人满意的解释。他像世界末日之后从地底下钻出来的唯一幸存者一样，惊讶地看了看他周围的残骸，然后决定置之不理。这是卡尔薇丝的烂摊子，所以应该由她来清理。不管怎么样，那都是她应该操心的事。

他来到卫生间里，开始刷牙，然后发现那管牙膏看起来很像蕾哈娜的一件东西，叫作"香脂足膏：针对长茧和发硬的皮肤"。他又急急忙忙地去找牙膏。

刷完牙，史密斯决定出去透透气。这似乎是一个好主意。他来到了主气闸舱，然后才想起来要是打开它的话，飞船会沉到水底。"幸好！"他从门口退回去的时候想。你骗不了我的。我是船长。我机灵得很呢——他跟跟跄跄地朝货舱走去。

蕾哈娜房间的门开着，她正在床上和衣而睡。她看起来很美，除了嘴角上的那一小摊口水沫子。在架子上，有三个空瓶子。"奇怪，"史密斯想，"她居然会喝酒。"啊，对了，那是他在新弗朗买的有机啤酒。

04 天堂一夜

有机啤酒不是不会让人宿醉吗？这是哪个骗子说的？他离开了房间，来到货舱。他摇摇晃晃地攀着梯级，就像在暴风雨中往桅杆瞭望台上爬的老水手一样。他艰难地爬到了那艘残破飞船的船舱顶，炽热的光线照到了他的脸上。

苏鲁克正背对着史密斯蹲在船顶。那外星人眺望着湖面，几乎一动不动。空气非常清新，其中似乎还夹杂着从他身上渗出来的、被啤酒取代了的生命力。在湖心的一个小岛上，有一只被芦苇环绕的苍鹭正疑惑地望着远处。

"你好，马祖兰。"苏鲁克说道。

"你好。"他谨慎地回应道，"我听得出你的脚步声。今天早晨天气不错，朋友。我发现在这样的地方，生命的旋律可以很好地流动。一切事物似乎都联系在一起。"

"如果我的脑袋没有被疼痛淹没的话就更好了。"

"当然。"苏鲁克平稳地站了起来，"那些女性们怎么样了？"

"还在睡。"

"你跟她们繁殖后代了吗？"

"当然没有！"

"人类。你们的繁殖系统太复杂了。"他耸了耸肩，"无性生殖还是有它的优势。我不需要为漫长的求偶行为费心。"

"那肯定很好。"史密斯一边说着，一边挠着头，眼睛盯着水面。

"确实。尽管有时候见完我的勇士同胞们，我会问自己：'当我跟醉汉在床上缠绵的时候，我该如何称呼这段时间呢？我怎么能变成几年前跟我结婚的那个类人生物呢？'"

史密斯捏了捏他的额头。这听起来有点像他之前曾试读的菲利普·K·迪克的一本小说中的情节。"别说了。你说得我头都晕了。我们应该想想如何才能把这艘飞船修好。"

"没错。不过目前还有一个更要紧的问题,史密斯。"

"是吗?什么问题?"

"你听。"苏鲁克抬起了他的头。史密斯听着,在清晨的寂静之中,他也听到了动静:一艘船的发动机正随着它的靠近而越来越响。"不管是朋友还是敌人,马祖兰,他们都来找我们了。"

05

占领河口

那艘船又小又矮，比划艇大不了多少。一个矮矮胖胖的黑人男子坐在船头，驾驶着船。在他身后，一个瘦瘦的、戴着棒球帽的白人男子正吸着一根卷烟，他左顾右盼，肩膀上挎了一支步枪。

当他们靠近的时候，苏鲁克已经不见了。"除非有我的命令，否则不要伤害任何人。"卡尔薇丝和蕾哈娜来到史密斯身边的时候他说道，他希望苏鲁克也听到了。

卡尔薇丝拿着霰弹枪："拿着，头儿。以防万一。"她把左轮手枪塞给了他。他把枪别到了自己的裤子后面。

"嗨！"小船的驾驶员在发动机隆隆的声音中喊道，"你们还好吗？"

"你好！"史密斯对他喊道，"我们很好，谢谢你，不过我们飞船飞不起来了。"

"我还纳闷你们怎么会来到这里。"舵手说道，"飞船坠毁了，是吧？"

"没错。"

他关掉了引擎。瘦子把手中的烟扔进了水里。"我们是法律的代言人。"瘦子说道。

"警察?"

"他们看着可不像警察。"卡尔薇丝咕哝着说。

"地方民兵。"瘦子说道,"如果那东西沉了,我们就会获得海难救助权。"

"行了,弗朗索瓦。"那黑人说道,"这可不是打招呼的方式。不过,他说的也对。我叫安迪·德拉克洛瓦,这位是弗朗索瓦·拉维耶——我的副手。欢迎来到天堂星。"

"小心点,伙计们。"史密斯审慎地低声说道,"他们可能不值得信赖。这个叫弗朗索瓦的家伙在我听起来颇有些法国人的味道。"

他清了清嗓子,大声说道:"我是伊桑巴德·史密斯,这艘飞船的船长。这是我的船员们。我们需要让我们的飞船重新起航。你们知道有什么船厂可以帮我们吗?"

那两个人互相看了看对方,商量了一会儿。弗朗索瓦耸了耸肩,朝水里啐了一口。史密斯转向卡尔薇丝。"绝对是法国人。"他说道。

"你们现在的情况有点麻烦。"安迪对他们说道。"当然,你们能找到可以修理的地方,但是如果你们不付钱的话就没法离开这个世界。而且你们还得为此交税。"

"交税?"

"因为空气污染。"弗朗索瓦说着,并发出了一声短暂的嗤笑。他摘下帽子,仔细地看了看里面。

"见鬼。"卡尔薇丝抱怨道。

"这不是件好事,对吧?"蕾哈娜问道。

弗朗索瓦点了点头:"你们要是想离开这个地方,就必须通过防御网,不然的话,你们的飞船会挨导弹的。而且控制防御网的那个人会把你们这些人榨干。"

安迪点了点头。"我的副手说得对。要是价钱合理的话,我们自己就能修好你们的飞船。但是你们得付钱给苛沃,让他放你们走,不然这些都是无用功。另外,他这个人很难讨价还价。"

"谁是苛沃?"卡尔薇丝询问道。

"另一个法国佬。"史密斯说。

"苛沃总督。"安迪回答道,"你们不会想跟那家伙起争执的。他直接对伊甸共和国当局负责。"

史密斯皱起了眉头。他发现苏鲁克正趴在飞船上方的一棵树上。那外星人正像一只蜘蛛一样,慢慢地沿着树枝往外爬,准备跳到小船里。

"你们能带我们去船厂吗?"史密斯问道。

弗朗索瓦咧开嘴笑了:"我们可以带你们去一个仅次于船厂的好地方。上船吧。我就是干那个的,懂吗?修理机器。我们现在就可以带你们过去。"

"我还以为你说你们是民兵呢!"

"不完全是。那只是我们必须尽的责任而已。"弗朗索瓦瞅了一眼他的步枪，又耸了耸肩，"你不会认为我带着这东西只是因为好玩吧？"

小船发出隆隆的声音，在靠近岸边的地方冲开波浪。史密斯和卡尔薇丝站在船的后面，被弗朗索瓦看管着：作为船长的安迪则掌着舵。卡尔薇丝拿着霰弹枪，而那把左轮手枪则藏在史密斯的腰带里，被他的外套挡住了。卡尔薇丝靠了过去，低声问道，"这是个好主意吗？"她的声音被发动机盖过了，那两个人听不到。

"你说的是哪一部分？"

"随便哪一部分。"

"或许不是。但我们别无选择。"史密斯抬起头，看到弗朗索瓦正盯着他们，他的步枪放在他的大腿上，"听着，我们必须尽快让飞船开动起来。这两个人或许能帮到我们。"

"那么，如果他们选择不帮忙呢？如果他们打算把我们的飞船当废铁卖了呢？"

"那我猜我们就只能开枪打死他们了。无论如何，我们都需要在大蚂蚁们过来抓蕾哈娜之前离开这里。伊甸共和国或许是中立国，但那也不能阻止噶斯特人偷偷摸摸地潜进来。"

"有道理。但是我不知道我们应不应该把蕾哈娜和那只大青蛙一起扔在那儿。他们在太空里都还只是新手呢！"

"那我想，你是个太空专家了？"

"相对来说是这样啊！等我们回去的时候，飞船可能都不复存在了。顺便说一下，我没有冒犯你朋友的意思。"

"我不介意。"

卡尔薇丝抬起头。弗朗索瓦正在盯着她看:"你们对这次出行还满意吗?"

"哦,当然。"她回应道,"我经常在想,自己来水边的机会太少了。天啊,快让我闭上嘴吧!"

他们看到前面的树朝两边分开,中间留出一条滑道。在滑道后面,有一些金属建造的长型建筑正坐落在大片的草地之中,就像农场上的房子一样。在安迪让小船转弯的时候,史密斯眯着眼睛往树丛里看了看,想弄清楚这些建筑是做什么用的。在一个大棚屋和一个状如巨大眼镜盒的建筑之间挂着一根晾衣绳。

"空气闻着不太好啊!"史密斯悄声说道。

"那房子里面肯定藏了什么好东西。"卡尔薇丝摸了摸她的霰弹枪,"我得拿一把更大的枪才能感觉安全一点。"

"你觉得这儿很危险吗,卡尔薇丝?"

"你看这个地方。即使里面住着一头猛犸象,也不会更让人毛骨悚然了。我都能听到油锅的声音了。这些人可能走一段路就换一个名字。"

史密斯小声说道:"我确信他们没事。"

"我只是希望当你发出猪叫的时候,你不会太诧异,仅此而已。"

安迪转动方向盘,当小船靠近岸边的时候,他们看到滑道旁边有一个女人,她朝一条脑袋又粗又短的斑点狗扔了一个玩具。那狗跳到玩具上,咬住它晃了晃,又把它扔到了一辆矮小的四轮自行车下面。在建筑物的后面,史密斯看到了一台小起重机,它像恐龙的脖子一样从建筑群中升了起来。安迪朝那女人挥了挥手，她却浮夸地回了一个飞吻。小船隆隆地驶向岸边，弗朗索瓦跳到岸上把船拴了起来。

安迪示意他们下船："你们都下去吧！我们不会伤害你们的。"

史密斯和卡尔薇丝走到陆地上，然后紧张不安地站在船边。"嗨，玛丽！"安迪喊着，他大步走过滑道，抱了抱她。

"嗨。这两位是谁？"那女人询问道。她的皮肤被晒成了深色，四十岁上下，穿着一条牛仔裤和一件短袖衬衫。她有一头浓密的棕色头发。

"两个英国人，他们在远处坠机了。"安迪回答道，"我们听到的时候正在巡逻。看起来他们的飞船需要修理。"

"飞船，嗯？"

"完全正确，夫人。"史密斯走上前来说道。他伸出手："我叫伊桑巴德·史密斯，太空飞船约翰·皮姆号的船长。我们在一次海盗袭击中迫降在这里。照目前的状况来看，我们的飞船严重受损，我们的超光速引擎坏了，除非进行全面维修，否则我们不可能离开这个世界。这两位先生告诉我，这里是进行维修的好地方。"

她发出一声短暂的哼笑。"如果你开的是一台割草机的话。要是你的引擎碰巧是用吸尘器做的，那么应该没问题。"

卡尔薇丝朝他靠了过来。"我认为我们的情况不是这样的。"她小声说道，"但是我也不确定。"

"你这话可不太公平啊。"弗朗索瓦一边从小船那儿往过走，一边说道,"当然,我没说过我能修好他们的引擎。但是我懂的可不光是拖拉机,喷气式飞机、稳定器什么的我都懂。你记得我去年装配的那辆车吗?"

"那台割草机?"玛丽问道。

"那可不是普通的割草机:那是喷气动力式割草机。用它来割草挺不错的,但是我不会再用它了。我的小腿被它烧伤了。"他看着史密斯。史密斯的目光在三个当地人的脸上移动着,最后落到了他的飞行员那写满了怀疑的脸上。

"好吧。"史密斯说道,"我们马上就把飞船拉过来。"

苏鲁克和蕾哈娜在货舱里度过了一个小时的欢乐时光。的确,他们相处得太好了,以至于当船顶的舱门打开,卡尔薇丝朝里看的时候,他俩谁都没有注意到。

"我的天哪!"她大喊道,"他在朝她的头扔刀子呢,船长!"

史密斯把脑袋伸过舱口,就在卡尔薇丝的脑袋旁边。"喂!"他叫道,"别朝蕾哈娜扔刀子,苏鲁克。"

那外星人抬起头来:"可是……"

"没错,就是这样。如果你们俩不能愉快地相处的话,那么我只能下去了。"

史密斯爬下梯级,进入货舱。眼前的景象很奇怪,与其说是在太空飞船里,还不如说是在马戏团中。蕾哈娜靠着货舱的门坐着,双目紧闭。在她的身体附近散落着许多刀子,包括船上的大部分餐具。苏鲁克站在货舱的另一端,身旁有一个满是叉子的托盘。

"似乎我只要一离开,狂欢节就会到来。"史密斯说道,"这到底是怎么一回事？"

卡尔薇丝跟在他后面跳了下来。"你好，蕾哈娜，你好，伙计。"她看着掉落在蕾哈娜脚边的刀刃，"看来你们是在做对尖锐物体的耐受性训练啊！你那儿有两把弹簧刀呢！"

史密斯把双手叉在胸前，脚尖不停地点着地："苏鲁克？"

"这女人对刀刃免疫。"苏鲁克说道。

"这是什么意思？"

那外星人收起了他的獠牙："她似乎能够在武器接近自己的时候让它们转变方向。你在她身边看到的刀子是我用来验证这个假设时扔的。她进入了一种十分专注的状态，我的刀子飞不到她身上。"

蕾哈娜睁开了她的眼睛："真是太奇怪了。他扔出刀子，我努力思考，然后刀子就飞走了！真的奇怪。你看起来好像不太相信啊。"

史密斯轻声问道："船上有镇静剂吗，卡尔薇丝？"

"即便有，现在也已经被我吃了。"

"真是奇怪。"船长说道，"不过太危险了。我想你们还是别再玩了，以防蕾哈娜精力不集中，你再不小心给她的脑袋上插上几个'触角'，把餐具捡起来，好吧？我不希望看到它们没有被清洗就放进碗橱。顺便说一下，我们要去下游。"他一边说着，一边大步走向休息室，"那儿有几个家伙觉得他们能把飞船修好。"

他到门口的时候，卡尔薇丝喊道："船长？"

"怎么了？"

"抱歉耽搁一点你的时间。我知道你很忙。但是,出于单纯的兴趣,我想问一下,有没有其他人注意到这个女人是一个反常的怪人吗?"

"没有。"史密斯答道。

"没有。"苏鲁克答道。

"我更喜欢'另类'这个词。"蕾哈娜说道。卡尔薇丝抬起双手,用手掌做了一个安抚的手势:"好吧。我明显是少数派了。我知道我的观点有些不太恰当,甚至有些极端——但是这真的太奇怪了!"她看了看房间里的其他人。

"没有人觉得这个魔法力场有问题吗?"她可怜巴巴地总结道。

史密斯挠了挠他的下巴。"我明白你的意思了。"他说道,"但是我们得先让飞船出发。我们可以稍后再验证这个问题,但当务之急是先让飞船动起来。卡尔薇丝,你是我们的专家。不管怎样,起码文件是这么写的。虽说那是你伪造的。请你把我们的飞船驾驶到下游吧,好吗?"

外面下着雨——在卡弗岩,雨从来没停过。雨滴落在房顶上,持续而又无情地滑过霓虹灯招牌和巨大的公寓楼街区,仿佛上帝想要洗刷掉肮脏的街道上的罪恶。

瑞克·德莱基特想:上帝也许无所不能,但他永远都不能如愿做到这一点。

他披上大衣,漫步在街头,经过了成百上千个不同的路人,也经过了成百上千种不同的罪恶。他留意着夹克里的那把手枪,它正暖暖地抵在他身体的一侧。

在他的头顶上,一块广告牌正缓缓地从天空中飘过。"去另一个外星殖民吧!"它大声地播报着,"既然可以重新开始,为什么还要留在这儿呢?"

德莱基特停在了乔林的店门口。"说得真对!"他对着广告牌说道。

"那就赶紧走啊!"它回答道。

他低头走过门楣,走出了大雨,又走进了烟雾。

自动点唱机正在播放一张尼克·凯夫的唱片,但是速度不太对劲。凯夫先生的歌曲描述了他是如何以一己之力屠杀了一家酒吧中的顾客,其细节过于详尽,甚至到了让人觉得不必要的程度。他目前正在用一个像砖头一样大的烟灰缸杀死一个男人。德莱基特瞥了一眼附近桌子上的烟灰缸。改天吧,他想。

吧台后面有一个瘦削的女人,她慢慢地用毛巾擦着一排蒙尘的玻璃杯。天花板上的吊扇悠懒地旋转着,速度只快到让人无法把一根绳子扔过去。一个肥胖的男人正坐在一个小隔间里哭泣。

"回到家了。"德莱基特说道。他走向吧台:"你们这小破店里卖哪种黑麦威士忌?"

"跟昨晚的一样,伙计。"那女人头也不抬地答道。

"那就要跟昨晚一样的吧!"他拿了酒,坐了下来。没有人过来跟他一起喝。他慢慢地啜饮着。

有人在他背上捅了捅:"瑞克。"

"沃尔多。"他连头都没回就答道。

沃尔多出了很多汗:汗液似乎都要从他那脏兮兮的脸上低落下来了。他戴着一顶同样脏兮兮的帽子,大肚子上裹着一件脏兮兮的皮夹克。德莱基特转过身来说道:"你真脏啊,沃尔多。"

"很高兴见到你,瑞克。"

"坐吧。"他回应道,"你挡住了我看那几只死苍蝇的视线。"

沃尔多坐了下来:"我看到你昨晚干的好事了,瑞克。令人敬佩的作品。"

"是啊……"

沃尔多环顾了一下房间:"那么,你这是在庆祝了?"

"对。我正在举办一场派对。占边威士忌已经来了,过会儿尊尼获加也要来。"

"你和占边是吗?挺好。你一直都是个有趣的人,瑞克。"

"没错。我在这儿喝着酒,外面的霓虹都市里,有钱人变得更有钱,子弹划过夜空。每个人都把赌注压在遥不可及的东西上,而明天却永远不会到来。我坐在这儿,回想着那些我希望不曾真实发生的事情……"

"你知道现在去猫头鹰餐厅可以找到乐子,对吧?"

"你觉得我会想花时间跟一群不认识的人喝廉价啤酒,整晚盯着女服务员的胸部看吗?"

"没错。"

"沃尔多,我看着他们的时候,我看到了死亡。我看到了一大摊血。"

"胸部吗？你有病吧，瑞克。"

"我说的是人。我沿着这条黑暗的街道走了很长的一段路，沃尔多。太长了，任何机器人都不应该走这么长的路。我都快受不了了。我不知道在这个充斥着廉价梦想和颓丧的未来的虚伪城市里应该做何感想。"

"瑞克，你有没有想过少喝点酒，让自己休息一下？"

"我是在休息。远离一切，远离杀戮。永远地！"

"你想跟我说什么？"

"我退出了。"

"什么？"

"我退出了。我是个机器人。我不应该做这些事情。我应该伸出我的胳膊肘，用娘娘腔的语气说一些有关礼节的话，而不是到处去杀人。"

"喂，别跟我说这些。你被制造出来应该做什么，你就去做什么。"

"我昨晚杀的那四个人……我可能也会处在他们的境地。最后那一个，穿着西装的家伙——我朝他开了枪，他死的时候我一直盯着他的眼睛。他可能是个机器人，就跟我一样。那儿没有灵魂，没有怜悯，只有冷漠。比人类都没人性。跟我一样。"

"他是哪一个？"

"那个律师。"

沃尔多耸了耸肩："嗯，这倒说得通了。很多机器人都是这样的，瑞克。他们会杀一些没有道德感或者同情心可言的人类,而且觉得自己可能也会落入同样的境地。你不是第一个这么想的人。"

"我看着那些人会想,他们可能是模拟人。"

"你不能退出,瑞克。你是最优秀的。我需要你在某些人身上施展你的才能。"

"没门。"

"有门。因为那些不互相帮助的机器人是不会有好下场的。还有那些胡言乱语地说看着人类像机器人的机器人,以及明明有感情,却说自己麻木了的机器人。瑞克,当你像现在这样拒绝我的时候,你应该小心点。指不定你哪天早上醒来的时候,会在旁边的枕头上发现一个被割断的头部垫圈。"沃尔多擦去了他额头上的汗水,"目标是个女人。她充满活力,友好,有天分和人道主义精神。她的那些特征你都不具备。她一点都不像机器人。"

德莱基特抬起头,但他什么话也没有说。他等待着。

"她是个人类。"沃尔多接着说,"血肉之躯。公司想要她的命。"

他递给德莱基特一张立体照片。德莱基特仔细地看着照片,把那张脸牢牢记了下来。那是一个讨人喜欢,但样子有些奇怪的女人,她很漂亮,但是算不上惊艳。他把照片斜了过来,以便看清楚她的侧脸,又把照片转了过去,以便能看到她的后脑勺。他有一种感觉:她应该挺小巧的。

"她做了什么?"

"你管那么多干吗?公司想要她的命。在这儿,公司就相当于共和国。而对那些不按规矩办事而又不信神的机器人来说,共和国就是一张通向废料堆的单程票。"

德莱基特哼了一声:"我会去做的。不过这是最后一次,我是认真的。这座肮脏的城市让我觉得恶心。你不觉得我已经厌倦了这里的鲜血、腐败和巴拿马草帽吗?我要走了,沃尔多。我有些积蓄。我要找个暖和的地方退休,给自己找几副机器爪子,再找几个娘们。"他把酒喝完,站了起来,"但是在那之前,我会把这件事做了。确保在停机坪上给我停一艘飞船。"

他看了看照片下面的名字:"波莉安娜·卡尔薇丝。你太不走运了,卡尔薇丝小姐。"

沃尔多看着德莱基特消失在雨中,然后沿着马路向猫头鹰餐厅走去。

他们从船顶的舱口爬了出来,看着安迪的农场。

"嘿,伙计们。"安迪一边喊着,一边走过来,"你们怎么样?"

"还行。"史密斯说道。

"烤架上有几条鱼。"安迪说道。

卡尔薇丝顺着梯子爬下机翼的时候回头看了看史密斯:"我们该怎么付钱给他们?"

史密斯低声说:"我在想办法呢!"

"你的办法跟闪亮的步枪弹壳没关系,是吧?"

飞船像一只船一样停在水面上,安迪走到水边,以帮助船员们上岸。"女士。"他对卡尔薇丝点头致意,说道。

史密斯向飞船上的蕾哈娜做了个手势:"这位是米切尔小姐,我的一个朋友。"

安迪点了点头:"见到你很高兴,米切尔小姐。我相信——老天爷!那是什么鬼东西?"

"杀戮者苏鲁克,厄运的供应商。"外星人大声回答道,一脚踢上了他身后的舱门。他的两个大拇指钩在他的腰带上,獠牙下垂打了一个友好的招呼。"我是九剑阿格煞德之子,暴怒的乌尔加之孙。我向你伸出我的友谊之手,并以勇士之身向你奉上我的剑刃。汝道其姓名,吾取其性命。"

安迪轻声笑了起来:"这些都是你自己教自己的?"

"那叫自学。而且你说的没错,我是自学的。"苏鲁克鞠躬致意。

安迪若有所思地晃了晃脑袋。"嗯,他的确了不起。不过我也不太确定。谢谢你,苏鲁克先生。我是安迪·德拉克洛瓦,一个一事无成的人。那位是弗朗索瓦·拉维耶,割草机之王。认识你们很高兴。"

"谢谢。"史密斯说道,"你真是个好人。"

弗朗索瓦拿着半块三明治踱了过来。他站在那儿,打量着他们四个,他的嘴慢慢地咀嚼着,好像在反刍一样。"那么,"他问道,"你们哪一位是飞船的工程师?"

"是我。"卡尔薇丝说道,"至少我在引擎室里待过。"

"能带我去转转吗?"

"当然可以。上来吧!"她答道。

史密斯看着弗朗索瓦爬上了约翰·皮姆号,然后转身跟安迪向岸上走去，苏鲁克和蕾哈娜跟在一旁。

"过来坐吧！"安迪指着一张塑料桌子和几把椅子说道，"恐怕跟你们在飞船上使用的东西不太一样。"

"虽然你的家具没有生锈，但是我会习惯的。"他们四个人坐了下来，前面似乎是安迪的房子：那是一个长长的金属建筑，好像一个放大了的抛光半圆营房。乍一看，它显得既古老又先进，仿佛20世纪50年代人们想象中未来的样子。

玛丽大步走了过来。她身材颀长，五官端正，还有一双看上去很灵动的眼睛。"你们饿不饿？"她说。

安迪拍了拍他的大肚子，他的T恤衫也随之起伏。"当然饿了。"

"饭还得一会儿，我们大概在四点左右能准备好。"

"谢谢你。"史密斯说道，"你真是个大好人。"

"不客气。另外，在杜拉克外面，你们也只能在这儿吃到东西，去那边要花半个小时呢！"

"那是一座城镇吗？"蕾哈娜问道。

"大概也是这个星球上唯一的一座。我真是个差劲的东道主。"安迪站起身来，走到一个冰桶前面并把它打开。"你们喝啤酒吗？"他拿出四瓶啤酒放在桌上，又掏出一把折刀，给玛丽开了一瓶。她慢慢走回屋里。

安迪喝了一大口之后叹了口气："啊，真痛快。杜拉克是这个星球上唯一真正的定居点。其余的大部分地方都是农场，而其中大多是自动化农场。老实说，在这个地方，只有两件事：种地和破坏。有人说，住在天堂星就好像植入了廉价乳房假体一样：你就是待在原地，也会觉得不堪重负——想要逃离的话，只会得到两个黑眼圈。至于我们，我们选择待在原地。大多数时候，我们靠修理农场的机械为生。"

蕾哈娜仔细地看了看她手中瓶子上的标签，耸了耸肩，谨慎地抿了一口："如果你不介意我问的话，那么为什么这儿所有东西上的名字都是法语？"

"这里之前是法国人的移民星球。"安迪回答道，"之前打仗的时候——也就是裁军之战——伊甸共和国控制了这里，从此就再也没有放手。要是按照我的意愿，那么我们会追随自由联邦，但是木已成舟。伊甸共和国肯定觉得这颗有四千人的行星有一定的价值。"

"如果他们派飞船过来的话，的确。"史密斯应道。

"没错。我们处在一条贸易路线上。如果你知道有多少船只为了补给而降落在杜拉克附近的话，你就会非常惊讶。那儿有一个飞船起降场，以及其他一些设施。然后那些船员们会发现他们被导弹防御网锁定了，如果想出去，就必须付钱。很简单，但是讨人厌。"

史密斯皱起了眉头。这让他想起了他曾听过的一些故事，有关康沃尔郡的破坏者。他是在一本达夫妮·杜穆里埃的书中读到的：讲的是一群穿着红色外套的地精利用杀人鸟破坏船只的故事。差不多就是这种东西。

"但是，该死，这可不是写在书上的东西。"史密斯说道，"用这种手段坑人太卑鄙了。为什么没有人派战舰过来，从轨道上轰炸这个地方呢?无畏战舰式外交:在不列颠太空帝国,我们就是这么做的。给那些混蛋们上一堂礼仪课。或者直接把他们炸飞。"

"行不通。苛沃总督的后台可硬着呢!另外,那样不算侵犯领空吗?"

"啊,没错,你说的有道理。"

那条狗站起身走了过来。蕾哈娜俯下身子唤它,它靠在了她的身边。

安迪说道:"狗待在你那儿没关系吧?"

蕾哈娜抬起头笑了笑。她看着真美,史密斯想着。

"哦,没关系。我表弟也养了一条狗。它整天就躺在那儿给自己挠痒痒。"

"我表弟也一样。"史密斯应和道,"那么,我该怎样才能见到这个叫苛沃的家伙呢?"

"见他?"

"当然。我得说服他,让他放我们走。难道他不在这个星球上?"

安迪摇了摇头:"他倒是在这儿。不过即便是他,也没法离开。民主共和国在给人星际旅行权的问题上非常谨慎。"

"这样的话,我们或许可以安排一下顺路把他送到某个更好的地方。"

"他们不会喜欢的。"

"他们不会知道的。"

安迪笑了。他把狗的玩具扔到了草地上,狗蹦蹦跳跳地追了过去。

"你不太喜欢这个总督,是吧?"蕾哈娜问道。

"没错,一点也不喜欢。他身上集合了所有我不喜欢伊甸的地方,不过我本来就一点都不喜欢伊甸。他们一直都讨厌我和玛丽在一起,所以我觉得我也有权利反过来讨厌他们。"

"他们为什么讨厌你们在一起?"史密斯询问道,"你不像一个蛮不讲理的人。"

"你看看。"安迪比画着他自己说道,"能看出什么不对劲吗?"

史密斯仔细地看着他:"嗯,我猜,可能是因为你有点胖?"

"我想他的意思是说他是个黑人,而玛丽是个白人吧。"蕾哈娜说道,"我听说所谓的'伊甸共和国'并不喜欢不同种族的通婚。"

"哦,对,你说的对!"史密斯说道,"你知道,我都没注意到这一点。很敏锐啊,蕾哈娜。"

"我们甚至都没有结婚。"安迪笑着说道,"那真是两次地狱之旅。"

不知道为什么,苏鲁克几乎把一整个啤酒瓶塞进了他的嘴里。"人类真是愚蠢。"他把瓶子拿了出来,大声说道,"我们的族人对狭隘的偏见可不感兴趣。一位睿智的勇士曾经告诉过我,'不管你的莫洛克兄弟身上的灰绿色是深是浅,你都要尊重他。'"

"这些话说得真好,苏鲁克。"蕾哈娜说道。

"'然后,当不同种族的愚蠢人类互相争斗的时候,你可以偷他们的东西,砍掉他们可笑的小脑袋,站在他们的血泊中放声大笑。'"

"这些话说得也很……"她思索着合适的词说道,"诚实。"

苏鲁克耸了耸肩:"虽然人类有着许多不同的肤色,同一肤色的面容也有些许区别,但是如果你观察一个人的内心深处,你就会发现人类都是一样的。都是红色,而且扑通扑通的。"

那外星人咯咯笑了。安迪看着他的啤酒。蕾哈娜问道:"嗯,这儿是不是变冷了?"史密斯啪的一声合上双手:"行了,咱们换个不太吓人的话题——我们在哪儿能找到这个苛沃老兄?"

与此同时,卡尔薇丝正带着弗朗索瓦参观飞船。"这里是驾驶舱。"

"你们的飞船可真不赖啊!"弗朗索瓦说着,低头进了门。

"不算太差劲。它开起来的时候速度挺快的。那儿是船长的船舱。这扇门里是我的房间——别,别打开那扇门——那个房间里,嗯,全都是头骨。"

"哇。"弗朗索瓦看着苏鲁克的房间惊叹道,"这间是那个外星人住的,是吧?"

"没错。"

"那是他的圣坛吗?"弗朗索瓦指着一堆由骨头堆成的小金字塔,后面是苏鲁克的长矛——他祖先的武器,"他就像个武士一样,对吧?"

"更像一个发狂的疯子,不过这两者之间或许有些共同之处。"

"喔!那也太严重了。"弗朗索瓦弯下腰,拿起一个长方形的浅盘子,里面装满了仔细耙过的沙子和卵石形状的小东西。他拿起其中一个，"这是他参禅的小花园吗？"

"如果我是你的话，我就会把那个放下。"

"太神圣了？"

"也不是。那是他的便盆。"

他们离开了苏鲁克的房间，弗朗索瓦在他的工装裤上擦着他的手掌。"现在，穿过这里就到引擎室了。"她说着，打开了休息室入口旁边的一扇小门，"就在这些台阶下面。当心点。"

他弯下腰，跟着她走进一条昏暗的红色走廊。里面看起来好像一个潜水艇上的东西：两排活塞一动不动地立在房间的两端，等待着另外一排活塞从上面俯冲下来，发动超光速引擎。从引擎室的后三分之一处伸出一根长长的杆子，弯得不成样子，上面沾满了烟灰。几个红棕色的引擎悬挂在他们头顶。其中一个引擎上，一个又短又黑的控制面板悬挂在几根电线上。它散发出烧焦的气味。

"情况看着不太乐观啊！"弗朗索瓦说道。

"他们把我们逼上绝路了。"卡尔薇丝解释道。

"看起来的确如此。但是我想我还是可以让外面的喷射器运行起来的，没问题的。不过我之前还从来没有这么近距离地观察过一台超光速引擎。它是怎么工作的？"

卡尔薇丝皱起眉头说道："嗯，这个还挺复杂的。说白了，它是一台快子分流器，可以加速到实体空间的最大速度，然后，绘图计算器会增加或减少质量以调节与质量指数有关的速度。用外行人的话说就是：它之所以能工作是因为它就是这么工作的。行了吧？"她抬起手来，指着从屋顶上垂下来的那个烧坏了的控制器说道:"问题是,那个就是用来绘图的设备。"

"所以说,就是那个东西让引擎工作的。"弗朗索瓦用力地挠了挠头,"没有新的绘图设备,你们就无法飞行了。"

"不能以超光速飞行。"

"那东西对我来说太难了。到底是谁干的?"

"噶斯特人。它们的一艘军舰无缘无故地攻击我们,所以我们被迫在中立空间紧急降落。"

"攻击你们?"昏暗的红光让弗朗索瓦的面容难以辨认,"为什么?"

"说来话长。但是如果你想知道的话,那么我会一五一十地告诉你。"卡尔薇丝叉起胳膊,靠在了舱壁上。她深深地吸了一口气,希望自己不会进入自己的性爱机器人时间。

"嗯,当时我们正在平稳地飞行,几乎没有什么动作。突然,噶斯特人从后面袭击了我们,朝我们发射了一枚鱼雷,把我们的引擎炸坏了。他们一定看到我们的后面暴露出来了,因为他们把管子伸了出来,这样他们就可以进去。但是船长命令我们准备好家伙,如果他们想强行进入的话,我们就把他们赶走。他们一起从管道里冲了过来,但是因为史密斯开枪打断了他们的腰,而我也竭尽全力射光了所有弹药,最后我们给了他们点颜色,逼得他们不得不撤退。不过我们都累坏了。那会儿连保持航向都很困难,更别说全速前进了。所以当我们看到这个湖的时候,我们决定先把飞船扔在水里,直到我们能把船修好,让它再次出发。情况大概就是这个样子。"

"哇。"弗朗索瓦摘下了他的帽子，捋了捋头发，"你们现在还能走路？"

"咬紧了牙关，我的朋友。咬紧了牙关。"

安迪喝完了他的啤酒："想找到苛沃并不困难，他应该在镇上他的房子里审理案件。今年的几乎每一个周末，他都在忙那个。但他是一个超级大坏蛋。他之前杀过人，我知道的。你们想见到他的话很容易，但是假如你们想离开，或者跟他吵架了，那就另当别论了。他手下人多势众，而且在这个星球上假如有什么像样的枪械的话，那肯定就是他的。不是说我们不能持有自己的枪械，而是说他那儿有些好家伙，而且还派人看守着。"

"他住的是什么样的房子？"

"挺别致的。跟你说，那地方豪华得很呢！哪儿都收拾得干干净净，而且他雇的人多到可以做任何事情。他肯定是多长了几个屁股才需要那么多人给他擦。"

史密斯看了看蕾哈娜，以确保她没有被冒犯到。她在笑。

"他把自己看得跟个小国王似的。"安迪接着说道，"种地赚的大部分钱都到了他的口袋里，保护费也是。有很多人都想干掉苛沃，但是大部分人都没有那个胆儿。"

史密斯点点头，表示理解："这种情况在国外经常发生。"

"另外，如果你们身无分文，又想大摇大摆地走到他面前，那么还是打消那个念头吧！那儿的着装要求是穿晚礼服，不能带武器。那是一个完全不能带工具的聚会。"

"杀人的话，我用双手就够了，不需要任何武器。"苏鲁克说道，

"我就是一件武器。"

"没错。"史密斯说道,"但是我们不能过去杀人。我不想发生屠杀事件。苏鲁克,我是一个文明的、有教养的人,我反对盲目的暴力。我们要做的,是去跟这位总督先生谈谈,心平气和地问问他能不能关闭导弹防御网,好让我们通过。假如他不乐意的话……"

"我们把他大卸八块?"

"嗯,也只能如此了。"

安迪的烧烤野餐棒极了。那一晚,史密斯和他的船员们酒足饭饱地回到了飞船上。蟋蟀和青蛙让温暖的夜晚多了几分喧嚣,星星在他们的头上眨着眼睛,虽然很小,但很明亮,仿佛是在提醒他们家园犹在,而他们还要走很长的路才能回去。

"喂!"卡尔薇丝大叫着,很开心地听着自己的声音在湖面和群山之间回荡,"真好玩!"她脚下一滑,史密斯赶紧抓住了她。

"哎呀,船长,我感觉我可能喝多了。他们这儿酿的酒挺烈的。我从来没想过从一只甘蔗蟾蜍身上可以榨出这么多酒精来。"

"看来是可以的。我这儿伸了几根手指头?"

"你身上那么多手,说的是哪一只?"

他们艰难地往船顶上爬。史密斯帮助蕾哈娜和卡尔薇丝上了船,苏鲁克自己爬了上来。史密斯看着蕾哈娜打开舱口爬了进去,那外星人跟在后面,这个过程中卡尔薇丝一直在盯着他。

"爬梯级的时候当心点,蕾哈娜。还有,别再扔刀子了!"

他在他们后面喊道。

一只手碰了碰他的胳膊。卡尔薇丝往后站了站,她小巧的脑袋歪向一边,就像一只困惑的小鸟。"你喜欢她,对吧?"她平静地说道。

卡尔薇丝似乎很清醒,一动不动的,又或许是因为史密斯晃动的视线跟她晃动的身体达到同步了。

"我喜欢她身上的某些东西。"史密斯说道,"但其他东西我也不确定。"

"我看蕾哈娜似乎还挺不错的。但是她很怪异,船长,不光是因为扁豆和听鲸鱼的叫声。我不知道帝国那边让我们承担了什么苦差事,但是噶斯特人想要她肯定是有原因的。如果你问我的话,那么我认为原因肯定非同寻常。"

史密斯停顿了一下。"我知道。"他说,"我明白你的意思。但是我们必须离开这个星球。这是当务之急。其他的事情都可以缓一缓。除非你觉得她对我们来说是个威胁。"

那模拟人凝视着远处的湖面,湖水黑得像天鹅绒一般:"不,我不觉得她是个威胁。不是那样的。只是怪异而已。"

蕾哈娜从舱口中探出头来:"你们还要进来吗?"

"要。"史密斯答道,"我马上就下去。我们最好早点上床睡觉,蕾哈娜。还有很多事要做呢!我说的是明天,当然。不是在床上什么的。"

"我等会儿再上床。"蕾哈娜说道,"我想出去透透气。"

"我下去了。"卡尔薇丝说完爬进了船里。

过了一会儿，蕾哈娜出来了。她走到史密斯身边，看了看天空，叹了口气。"夜空真美啊。"

"确实如此。"

"我觉得那些星星好浪漫。"她说道，"有时候，当我抬头看着它们的时候……"

"喝杯茶吗？"伊桑巴德·史密斯说道。

"什么？"

"你想喝杯茶吗，蕾哈娜？"

她手足无措地说道："啊，好的，谢谢。我猜。我觉得那些星星……"

"好嘞。"史密斯转身离开了。蕾哈娜把她那件开襟羊毛衫裹得紧紧的，等在那儿。她坐了下来，用手指来回敲打着船顶的金属，气呼呼地望着天空。

几分钟之后，她听到身后传来脚步声。

"我觉得那些星星好浪漫。"她又继续说道，"当我是个小女孩的时候，我曾相信它们是一位仙女挂在天堂里的灯。"她向后靠了靠，甩了甩头发，笑了起来。"现在听着蛮好笑的，那么天真，那么幼稚。"

"我想我可能不是你想要的听众。"杀戮者苏鲁克说道，"伊桑巴德·史密斯让我把这个给你。"

他把一杯茶塞给了她。

"哦。"她冷冷地说道，"他还真是友好呢！"

"我也喜欢仰望星空。"那莫洛克人说道，"我能从它们中看出一些意义。有一些要比其他的亮,这会让我想到我的祖先们,他们都是杰出的战士,我渴望同他们一样建功立业。这些星星离我们要远一些,让我想到我们:紧紧地绑在一起,孤独地处在宇宙的虚空之中。而我把这一颗称作伊桑巴德——很大,但却不是很明亮。"

"喔。我从来不知道你懂这么多。你知道星座吗?"

"当然。"

"那个是什么,看起来像棵小树的那个?"

"长着小翅膀,像天使一样的那个?勇敢的人都称它为'末日之刃'。"

"那它旁边那个兔子形状的呢?"

苏鲁克指向天空:"凝血之锤。然后是五脏六腑……还有血鼬……然后是大犁。"

"大犁?这个名字对你们来说是不是有点太温和了?"

"如果它是锄向血鼬的脑袋的话,就不会显得温和了。"

"你们所有的文化都是建立在暴力之上的吗?"蕾哈娜问道。

"文化,还有民间舞蹈,没错。还吸收了一些流苏花边之类的东西,不过主要还是暴力。"

"我觉得这很难与我的非暴力原则相协调。"她一边呷着茶,一边说道,"不过,一个在人类主导的星系中,作为另外一个物种的人,这并不容易。我想暴力是对迫害的一种自然反应吧?"

"迫害是指有人无缘无故地伤害你吗?"

"是的,没错。"

"啊,是的。那很有趣。"

半个小时之后,星系毁灭号飞进了天堂星的一个高空轨道上。462 坐在舰桥里他的椅子上,等待着。

噶斯特帝国在天堂星的管理上没有发言权。他的第一感觉是着陆之后,让他的士兵们把这颗毫无价值的行星翻个底朝天,以找到约翰·皮姆号,但他知道那是不可能的。侵犯伊甸共和国的领土是非常愚蠢的行为,尤其是在还有其他更民主的国家需要吞并的时候。

还有更巧妙的办法。462 在伊甸共和国的熟人能够把史密斯带到他身边来。只要史密斯来了,他们的战利品——蕾哈娜·米切尔也会随之而来。

第二天早上他们开始工作了。卡尔薇丝起得特别早,史密斯还在穿衣服的时候就听到了她和弗朗索瓦修理推进器时电钻发出的微弱噪声。安迪从被他当成车库的谷仓里取出一些零件,用四轮摩托车和拖车把它们拉了下来。到中午的时候,基本的定向推进器已经修好了,他们可以启动约翰·皮姆号的引擎,让它飞到二十米之外的陆地上。

史密斯帮了些忙,但他很烦恼。当卡尔薇丝用铆钉把苏鲁克扶着的一块金属板钉到船舷上时,他正坐在自己的房间里,试图制订一个计划。两点二十分,他制订好了计划,并在大家吃三明治的时候告诉了大家。

"今晚我们要去参加一个聚会。"他宣布道,"据我估计,今天是星期六,我想这意味着苟沃总督会在今晚开庭审理案件。我们要把自己打扮得漂漂亮亮的,演一出好戏。如果他问起来,我们就说我们是帝国派来的代表。有什么问题吗,卡尔薇丝?"

"那儿会有帅气的小伙子吗?"

弗朗索瓦正靠在船上,嘴里嚼着东西。"怎么应付安保人员?比方说,他不想让你待在那儿——或者不想让你出去?"

"我考虑过这个问题了。我到时候会宣称我们是一个外交使团,这将赋予我们一定的豁免权。希望这样能让他认为我们有军舰保护。当然,他不一定会这么想,这也是苏鲁克要跟我们一起去的原因。有他当我们的保镖,那些人想跟我们翻脸的话一定会三思而后行。"

苏鲁克露出了他的牙齿:"我很期待。"

"但是记住,苏鲁克,我们去这个聚会是为了跟总督谈谈,不是因为我们渴望那些人的骨肉。你也一样,卡尔薇丝。我希望我们至少能有尊严地尝试一下。记住,你们都代表着你们的国家,所以你们应该按照帝国的规矩行事。"

"就是说,我们可以肆意地烧杀抢掠,然后宣称这颗星球被我们占领了?"苏鲁克问道。

"不,不尽然。我说'不尽然'的意思是'完全不是这样'。懂了吗?"

蕾哈娜举起一只手:"那衣服怎么办?你们有你们的制服。史密斯船长之前跟我说过,我是不会需要晚礼服的。"

"我当时没想到在太空会用到它。"史密斯回答道。

"我相信玛丽可以借给你。"安迪说道。他慢慢地点着头,把他们一个个打量了一遍。"那么就这个计划了。"

06

敌军的溃败

"哈丁·沃特斯夫妇!"安装在礼堂入口处的扩音器喊道。队伍往前挪了三四米。"理查德·米尔福德夫妇与贵公子保罗·米尔福德!"又往前挪了挪。"温莱特医生与夫人!"

卡尔薇丝打了个哈欠。在他们前面,有大约十五对夫妇站成长长的一排,把整个门厅都占据了。佣人们顺着队伍收集外套,提供饮料。

"嗯,挺不错。"那模拟人从一个侍者那里拿了一大杯白葡萄酒,一口气喝了三分之一后说道,"再给我来这么四杯的话,我就不介意站在队伍里等着了。"

"你再喝上这么两杯,恐怕根本都站不住了。"史密斯说道。

"或许吧。好了,我看起来怎么样?会不会太性感了以至于让人望而生畏?"

"嗯,我是不会碰你的。"史密斯说道。她恶狠狠地瞪了他一眼。卡尔薇丝借了一件很显眼的蓝色连衣裙,这让史密斯想起了他那从未结婚的姑妈用来藏厕纸的一个东西。她穿着长靴：那是她的工作靴，也是他们能找到的唯一适合她的鞋子。"你看起来像朵花。"史密斯说道，"也就是说，花魁，舞会之花。就是这样。"

"你这话简直是胡扯。"她用一种生气的语调说道。

"你非常与众不同。"蕾哈娜在后面说道，"我是说，你很博人眼球。"她的情况要好一些，选了一件及地长裙和白衬衫，搭配着从玛丽那儿借来的一件黑色夹克。这让她看起来既像一位冒险家的妻子，又像早期的清教徒——除了靴子和带扣的帽子。

卡尔薇丝怒气冲冲地看着她："去烧你的坩埚吧！"蕾哈娜是那种天生丽质到让人嫉妒的女性。她与生俱来的优雅特质实在让人气恼。卡尔薇丝想，即使她穿着小丑的装束，头上戴一个乌七八糟的灯罩，看起来也能很性感。

"我们看着都不错。"蕾哈娜坚持说道，"即使苏鲁克也一样。你看着还真像那么回事，史密斯船长。"

"嗯，没错，我的确努力了。"

卡尔薇丝叉起胳膊，铁了心想把她的怒火发泄给某个人："如果我们旁边有一个可怕的外星人的话，那么事情会不会有什么不一样呢？至少你可以整理整理自己的头发吧？"

苏鲁克哼了一声："我是战士，不是交际花。只有在最后的狩猎季节才能绑脏辫。"

"先生，请问你们是谁？"一位仆人在史密斯的身边问道，"我猜你们之前没有来过这个庄园吧？"

史密斯说出了他们的名字。

"我知道了,先生。这位灰皮肤的先生呢?他是你的男仆吗?"

"他是我的朋友。"

"我们这里没有多少非人类,你看,他们大多充当的是服务人员。"

"你也一样,我的朋友。"卡尔薇丝举着她的空杯子说道,"那就去干活吧!给女士多拿些葡萄酒,谢谢。"

"没问题,小姐。不过你说的那位女士在哪儿?"

终于叫到这一行人。"伊桑巴德·史密斯船长和蕾哈娜·米切尔小姐!波莉安娜·卡尔薇丝小姐和杀戮者苏鲁克,九剑阿格煞德之子,尤赛斯平原的胜利者,以及——怎么这么多废话?"

他们走到门口,朝大厅里看了看,走了进去。

"哇!"卡尔薇丝感叹道。

那大厅有三层楼高,长宽都有三十米左右。其中,有数百人在三三两两地聊着天,或者以一种克制的方式跳着舞。大厅一隅,有一个小乐队在演奏着。穿着西装,打着时髦的蝶形领结的男士们亲吻着身着长裙的女士们的手。玻璃杯的碰撞声与上流社会式的笑声持续地传过来,盖过了音乐的声音。

"我把刚才说的话都收回来。"卡尔薇丝仰起脖子,看着天花板说道,"这个地方我实在高攀不起。我现在应该把自己扔出去,省得给别人添麻烦。"

"瞎说。"史密斯说道,"你跟其他任何人一样,在这里很合适。来吧,让我们看看能不能找到这个苟沃。"

"我们为什么不分头找呢?"蕾哈娜提议道。

"当然。"史密斯应道,"女士们,我们就不碍你们的事了。如果你们见到我们的东道主,记得过来叫我。"

"可怜的卡尔薇丝。"他一边看着她走向吧台,一边想着。虽然有那么多的冷嘲热讽,而且后面还会有更多,但是抛开这些,有些人根本就没怎么体验过这个世界。她应该玩得开心一点。哦,然后再看看蕾哈娜那可爱的小屁股。

别这样,他告诉自己。还有正事要做呢!他从两堆聊天的人中间穿了过去。当苏鲁克经过的时候,他们安静了下来。"看看这个人。"有人压低了声音说道,但还是足够响亮,"又灰又绿的,跟你的帽子一样。"毫无疑问,外星人在这里是不受欢迎的。即便是在帝国,他也会显得异于常人;在这种穷乡僻壤,他就不仅是格格不入,而且应该被驱赶出去了。

前面有十来个人站在一个人的周围。他们衣着讲究,神情严肃。史密斯瞥见一套白色的西装。他转向了他的朋友。

"苏鲁克,我想我刚才看到这位苟沃老兄了。我得再走近点看一看。你不介意在这里稍等一会儿吧?"

"当然不介意,马祖兰。不过你小心一点。我在这些轻浮的人群中看到了许多警卫。我会在酒桌旁边等待战斗信号。"

"好,玩得开心——但是别太过了。回见,苏鲁克。"出发吧,史密斯严肃地想着,然后他大步走向苟沃。

苏鲁克看着史密斯走过去之后,自己转身走向了餐桌。食物看着还挺不错,虽然有些过于精致了。一切看起来都那么小巧。背后的声音太过嘈杂，让他很难思考。愚蠢的人类交配仪式！桌上唯一一件尺寸正常一点的物件，是一个装着某种黄色东西的金属杯，周围有一些小嫩枝做点缀。他端起那温热的杯子喝了起来，是奶酪味的。

"不像以前那么好了。"一个女人在他的右边说道，"上一次他们准备了奶酪火锅，还有手指食物。"

他转向她，试图让自己看起来友好一些。"非常正确。"他说道，"这手指食物里面明显一根手指都没有。"那些人类闻言都无礼地匆匆离开了。他喝完了杯子里的东西，把它放了回去。

有人在他的背后捅了捅。"你！小子！"一个胖女人说道。他低头看着她。喝完了那些黄色的东西之后，他感觉饿得慌，如果换一个不同的场景的话，那么她应该很合她的胃口。"把我的外套拿着，小子。"

"谢谢。"他回答道。这时，她后面的一个男人把一顶礼帽塞进了他怀里。

"你真是太体贴了，先生。"苏鲁克更高兴了。

"至少他还有点自知之明。"那个男人对那个女人说道。他们走了之后，苏鲁克穿上外套，戴上帽子，欣赏着他穿了新衣服的样子。他对着镜子笑了笑。到目前为止，派对都还不错。

史密斯在人群中间找到了苛沃。总督先生穿了一套白色的亚麻西装和一件奶黄色的衬衫，领口敞开着。他看起来像一只乌鸦，史密斯这样想到。他瘦瘦的，头发乌黑，双手瘦骨嶙峋，嘴角两边有长长的法令纹。他的皮肤松弛而黝黑，仿佛太阳把他的脂肪都晒干了一样。

"比星球外的价格要贵一倍。"他说着。旁边的人听得连连点头,一阵赞许的声音在人群中响起,比音乐的声音还要低一些。"这就是为什么那些贸易通道对这里的商业如此重要。"苛沃说话的时候慢吞吞的,似乎显得他既睿智又温和。这让他精明的眼神得到了掩饰。史密斯端着酒杯站在人群后面,不时地啜饮一两口,等待着加入谈话的机会。

苛沃抬起头来,双眼直直地盯着史密斯:"这儿正好有个人可以问问。先生们,我想这位应该是伊卡博德·史密斯船长。"

史密斯伸出一只手:"伊桑巴德。其实是伊桑巴德。很高兴见到你,苛沃总督。"

"我很高兴你能认出我来。抱歉了,伊桑巴德。"那些脑满肠肥的人们都把脸转向史密斯,对着他点头、微笑,"史密斯先生来自不列颠太空帝国,是个商人,我说的对吗?"

"没错。"

"我听说才刚刚着陆。"

"的确。"史密斯应道,"你没错过太多消息,苛沃先生。"

"当然。在这样一个世界上,也没多少东西可错过。"

"嗯,我没打算待太久。恐怕是我的日程表安排得太紧了。"他说话的时候,那些商人们发出了一种无言的赞许声以表示理解。他们的声音听起来好像一场前卫的养蜂业表演。"我计划尽快起飞。非常遗憾,因为这里似乎是一个令人相当愉快的世界。"

苛沃笑了起来:"这里的确很好。你甚至可以说是绝好的。"

其他听众也笑了：他们的脸上露出了深邃的笑容，尽管他们的嘴唇一直紧闭着。史密斯说了下去。

"其实，这也是我想跟你讨论的内容，总督先生。我猜这里的领空会征收某些税款。"

"确实有，老伙计。很不走运，但事实就是这样。"

史密斯这时才知道苛沃是在取笑他。商人"吟唱团"对此照单全收，他们的笑容也从幸灾乐祸的窃笑变成了毫不掩饰的露齿而笑。

他环顾四周，想找点支援。苏鲁克正站在一面镜子前，不知道为什么，他正戴着礼帽，穿着裘皮大衣，自我欣赏。卡尔薇丝不知去向。蕾哈娜在跟一个军人模样的男人跳舞。史密斯感到一阵嫉妒，回头看了看苛沃，又想起来自己正在被人嘲笑。

"我知道，如果想离开地面的话，你就会收一些税。"史密斯说道，"对此，我想跟你商量一下。"

"我不怀疑你会这么做。你的同胞们肯定很想召回他们拥有的每一艘飞船，鉴于目前噶斯特帝国对你们虎视眈眈的。真不走运啊，老伙计。"苛沃说道，"我开出的条件没有商量的余地。而且在我看来，你也没法跟我商量。这可不是笔好买卖。我说得对吗，伙计们？"

那些马屁精们发出附和声以表赞同。

"你知道，你根本就不是个懂得讨价还价的人，史密斯。如果你也算得上是船长的话，那么我真的太惊讶了。"

"至少他不是个自大的乡巴佬。"一个女人说道。

是蕾哈娜。她跟那位军人站在人群的边缘。她的眼神冷冰冰的。那个军人看着别处。苏鲁克从镜子前转过身来，看着他们，若有所思地摩擦着他的獠牙，等待着真正的乐趣开始。

卡尔薇丝仍然在大厅里转悠，心中惊叹不已。一个长相粗犷而英俊的人从她身边经过，她对他笑了笑，对此，那人看都没看她，直接走了过去。"我也很高兴认识你。"她闷闷不乐地咕哝道。

大厅周边有一些椅子，她坐了下来。她宽大的裙子像波浪一样鼓在她周围。跳着华尔兹的夫妇们在她旁边转来转去，好像旋转木马一样。在舞池边缘，一个高个子女孩正在跟一个戴着眼镜的年轻人聊天，她穿的裙子明显漂亮得多。她的几个朋友站在她身后，仿佛期盼着强行介入，并用拳头解决问题。

"好像我会那么做似的！"高个子女孩激动地说道。如果再往远处走十米，那她化过妆的面容就会看起来很漂亮：从这么近的距离看，会让人觉得还是隔上十米要好一些。"我能花时间告诉你，你就应该觉得很幸运了，还想让我跟你跳舞？"

那人没有回答。显然，他受到的口头攻击不在他的预料范围之内。"朝她下巴狠狠地揍一拳。"卡尔薇丝自言自语道，然后喝完了她的酒。

"你说什么？"卡尔薇丝正在盯着她的杯子看，抬起头才发现那个瘦女孩已经站在她面前了。"你刚才说什么了？"

"你好。"卡尔薇丝回应道。

"我问了你一个问题。"那女孩说道。卡尔薇丝感到很困惑。她眨了眨眼睛。那女孩猛地到了她面前，那张梳妆打扮后的脸也变得丑陋而又凶恶。

"我不记得了。你就不能让我一个人待会儿吗？"

那公主哼了一声："略略略，村妇。你把你的羊落在家里了吗？"

"它们要是在这颗星球的话，可能会跟你的兄弟在一起。"

那姑娘吸气的力道几乎足以将卡尔薇丝的发带吸走："你好大胆！你就没点教养吗？"

"一点也没有。"卡尔薇丝开心地说道，同时站起身来。她又高兴起来了。

"真无耻。"那瘦女孩转身离开了。

"不过，胸部我还是有的，你这个'飞机场'。"卡尔薇丝又接着说道，但是她不确定她的对手有没有听到。她转身面向那个戴眼镜的好人："你好，戴眼镜的好人。我是波莉安娜。想教教我怎么跳华尔兹吗？"

苟沃看着蕾哈娜。"所以这位是谁？"

"蕾哈娜·米切尔。我是跟史密斯船长一起来的。"

"明白了。"一个端着银托盘的仆人停在人群中。在那些葡萄酒杯中间有一听啤酒。苟沃拿起啤酒，打开拉环，喝了一大口："那么我猜，你是他的亲属？"

"只是朋友。"

那个军人皱起了眉头。他说道:"在我来的地方,一个正经的女人是不会随便出门的,除非她的丈夫带着她。"

史密斯本来想说明蕾哈娜可以去任何她想去的地方,但是抢在了她前面:"在我来的地方,我们对婚姻并不是很热衷。"

"我还听说,你们也不是很虔诚。"那个男人的脸上仍然没什么表情,但是他的语气中有谴责的意味。

"我相信灵性,而不是有组织的宗教。"蕾哈娜回应道。

"所以你是一个该死的没有信仰的人。"

史密斯说道:"你可是在跟一位女士说话呢!"

"也许你们刚才在舞池里的时候,就应该谈论这个问题。"苟沃看起来有些厌倦了,"而且,我也不知道上帝这么容易让人沮丧。"他的亲信们笑了起来。

史密斯转向那位军官:"我可以问一下你的名字吗,先生?"

"可以。约翰·布拉德利·基列船长,隶属于伊甸共和国海军。你一定是史密斯了。抱歉,我只和有信仰的人握手。"

史密斯注意到,基列的脸几乎没有动过。这个男人的面容中有种固定不变的略微惊讶,这是伊甸共和国的高级军官所特有的。史密斯知道,这是"超重复塑炼手术"的结果,他曾听一位军官这么说。

"我原谅你了。"史密斯说道。

基列的方下巴微微动了动:"那么,据我所知,你是那艘被困在这里的飞船的船长。约翰·皮姆号,我说得对吗?"

"没错。"

"不过，为什么要给飞船取这个名字？约翰·皮姆是个名人吗？"

"他是一位早期的民主活动家。他曾为了人民而反抗国王。"

气氛似乎突然变得紧张起来。他决定缓和一下。"另外，在我听到的那么多船的名字当中，这还算不上是最奇怪的。我之前认识一个约克郡的人，他把他的船命名为'诺福克和机会'。我曾问过他，'为什么要把船叫作诺福克和机会？'他回答，'因为有诺福克和机会，它才能离开地面。'哈哈哈哈！哈……哦。"

乐队正在给乐器调音。在草坪上，有一只蟋蟀摩擦着它的腿。

"好吧。"史密斯说道。他环顾四周以寻找离开的路线，因为他的心中升起了一股绝望的情绪。他曾想过用一种文明的方式离开，最好是通过与别人交谈，但是现在，他忍不住想不管不顾地跑过大厅，直接冲出落地窗，把自己那泡憋了许久的尿撒在苛沃的草坪上，以示轻蔑。

"蕾哈娜！"他开心地说道，"想跳舞吗？"

"你穿着太空服的靴子。"卡尔薇丝的男伴在他们跳舞的时候说道。

"你说得太对了，赫克托。"她笑着回应道，"想知道更多关于我的事情吗？"

蕾哈娜跳舞的时候似乎不是很高兴。另一方面，史密斯却有些开心过头了：因为他不仅躲过了宗教偏执狂的例行羞辱，还在跟一位非常迷人的女士跳着舞。旁边有人来回经过,他们或许会觉得他跟蕾哈娜晚上睡在一张床上吧?

"你玩得开心吗?"他问道。

"不。你踩在我的人字拖上了,伊桑巴德。"

"抱歉。"他调整了一下姿势,"不过,肯定比跟那个叫基列的家伙跳舞要好一些吧?他真是个讨厌鬼!"

"他不光是个法西斯主义者,还是个卑鄙小人。"他们旋转着经过苏鲁克的时候,她回答道。史密斯对她激烈的反应感到惊讶:他本来在期待着一些负能量的东西。"跳舞的时候,他一直把手放在我的屁股上。"

史密斯的手倒是很老实地一直放在她的腰上:"你应该跟他说让他把手拿开的。"

"我怎么能告诉他?他是伊甸共和国的军人。在这儿,他的话比总督的话更接近法律。"

"这个混蛋。我真该为此揍他一顿。"史密斯说道,他很后悔自己没有被训练成一个非常狠毒的太空船长。这一事实让他愤恨地感到自己被欺骗了。

"你知道暴力并不能一劳永逸地解决任何问题,对吧?"

"除了能降低这些太空人渣的增长速率。我也应该马上把总督制服了。"

"他们看着你呢!"

"听着,我们待在这儿会有麻烦的。我之前说要跟这些人讲道理的时候,并不知道我们会来到一个聚集了全星系的废物的集会。我想我们应该考虑离开了。"

"那么你打算怎么离开这个世界呢?"

"看来我得跟苏鲁克偷偷地处理这件事了。我们可以在明天晚上回到这里……"

"哦,不!"蕾哈娜的眼睛紧紧地盯着他肩膀后面的什么东西,"卡尔薇丝被他们抓住了!"

史密斯回过头去,看到两个身材高大的警卫站在卡尔薇丝的两侧,还有一个他不认识的男人。她看起来忧虑不安。

"我马上回来。"史密斯说完,大步穿过房间,蕾哈娜匆匆跟在他后面。

"这是怎么回事?"史密斯一边靠近,一边质问道。

"别摆那么大架子。"一个警卫说道,"我们在私人房间里发现了这个女人,她跟这个男人在一起。婚外性行为未遂在这里会被判处五到十年监禁。"

史密斯说道:"一切都在掌握之中。这是我侄女。她患有一种罕见的遗传性疾病,这让她完全变成了一个傻子。我对你很失望,侄女,你怎么能就这样走开了?我最好还是带她回家吧,先生们。我们走吧!"他对卡尔薇丝说道。

"走?可我还没开始呢!"

"你最好把她绑起来。"一个警卫咯咯地笑了起来,然后他们转身离开了。

史密斯靠了过去:"该死,卡尔薇丝,你在想什么呢?"

她的歉意看上去很真诚。"我真的很抱歉,头儿。我只是想找点乐子。"她痛苦地说道。

"我们出去吧！我跟总督没有交上朋友。这儿有些很讨人厌的家伙。"

"我自己能应付得了。我的内衣里有一把手枪，船长。"

他拽着她的胳膊拉她走。卡尔薇丝朝她的那位绅士挥了挥手，他们三个匆匆向大门走去。

苛沃正在大厅里等着。两个人远远地站在他对面的墙边，他们的脸色无情而木然，两把猎枪举在他们胸前。

"史密斯船长！"

史密斯低声问卡尔薇丝："你多快能把手伸到自己的内衣里？"

苛沃笑了起来。"急着要回家吗？"他走上前去，手里拿着一杯鲜啤酒，"我知道你需要什么，史密斯。我来跟你谈谈条件。如果你想离开这个世界，那么我也可以安排。明天中午来嘉德斯特农场吧！我们应该可以解决一些问题，假如你去的话。"他耸了耸肩。"我得回去了。那么，祝你俩今晚玩得开心。我说这话是不是有点多余？"

他居高临下地朝他们笑了一下，然后转身向舞池走去。

走廊里的空气很凉爽。在外面，他们恰好看到了一个离奇的画面：苏鲁克蹲在一张野餐椅上，戴着一顶礼帽，跟两个侍者和一条狗一起分享着满满一盘肉馅油酥饼。他们接近的时候，他跳了下来。

"我们要走了吗？"

"对，我们要走了。"史密斯回答道。

他们朝着大门走去。苏鲁克竖起衣领，听着史密斯介绍刚才发生了什么。

"那么你觉得在这个农场会发生什么?"蕾哈娜问道。

"听起来像个坏消息。"卡尔薇丝说道。苏鲁克走在她身旁,调整了一下帽子。他和卡尔薇丝看起来像《爱丽丝梦游仙境》中的角色,不过是由黑社会扮演的。

史密斯舔了舔指尖,给他的小胡子正了正型:"嗯,这只是我的一种观点,我想说,那儿就是他们打算谋杀我们的地方。"

安迪在休息室的桌子上铺开地图。"嘉德斯特农场已经废弃了将近六年。那里有一家农舍和许多外围建筑,现在应该已经被搬空了。这两个长方形是储藏室。北边的这些塔楼应该是用于瞭望的。如果我是苛沃的话,我就会派一个人带着枪上去。"

"听起来我们需要侦查一番。"卡尔薇丝说道,"那地方看上去可不太友好。"

"的确。据说那儿是苛沃干脏活的地方。那地方名声很差:四年前,帕克警长在那个地方失踪了,他当时去那里是想以受贿的罪名把总督赶出去。最后他们只找到一个警徽和几根手指。他可能被扔在那口井里了。"

弗朗索瓦吹了声口哨,走到桌子旁边。他们六个聚在一起,让飞船的休息室显得有些狭窄。"没错,那儿是真正的杀人碎尸一站式服务店。"他说道,"要是你没把像样的枪就去那儿,我想你会完蛋的。"

"谢了。"史密斯说道,"我很感激你们的帮助,还有这张地图。可惜它是1∶50000的,不过话又说回来,不可能万事俱备。"他看着地图上的小图案。"要想让苛沃缴械的话,我们就得有一个好计划。"

其他人把头抬了起来,互相看了看。"缴械?"卡尔薇丝说道,"你想活捉他吗?"

"我们需要他关闭导弹阵列,这样我们才能离开这个世界。"

"但是活捉?难道你真的以为我们可以全副武装地走到那里,然后让他投降?你把我们当什么了?要我说,咱们进去把那些混蛋射死。或者,你进去把那些混蛋射死,完了之后我过去接你。嗯,这才是个合理的计划。"

"女士说的有道理。"安迪说道,"那人可有军队呢!"

"我同意安迪的说法。"卡尔薇丝应道。

史密斯举起一只手,让她安静下来:"别害怕,多虑的公主。苛沃或许在人数和阵势上有优势,但我们有足够的技巧和坚定的品格来看清这一切。他们一旦认识到自己所面临的状况,会乖乖弯腰投降的,就像这样。"他打了个响指。

"他们只会笑得弯腰。"卡尔薇丝说道。

"那么,计划是这样的。苏鲁克,你身为战斗者,肯定熟悉如何从背后刺杀敌人。我需要你绕过农场的正面,干掉他们可能部署的每一个狙击手。你觉得你能做到吗?"

"小菜一碟。"

"很好。现在,看看地图,我们可以预料,苛沃会在农舍附近占据一个位置,也就是这两个小正方形旁边的小正方形,我想苛沃会在这个地方给他的手下发信号,让他们先发制人。但是他不可能做到这一点,因为那时苏鲁克已经把他们解决掉了。

"我会找到控制装置或者苛沃本人,然后关闭导弹防御网。卡尔薇丝,你全程待在飞船里,不要关闭引擎。一旦我发出信号,你就飞到嘉德斯特农场把我们接走。现在,你们每个人知道自己该做什么了吗?"

大家发出赞同的声音。苏鲁克发出低沉的吼声,活动了一下手指。

蕾哈娜举起一只手。"嗯,我要做什么?"

"你最好还是待在飞船里。"史密斯说道。

"我觉得我应该跟你一起去。"蕾哈娜说道。

"为什么?"

"我或许能给他讲通一些道理。我总觉得自己比你更善于说服别人。"

史密斯皱起了眉头。"我不知道。毕竟你是个女人。"

"而且还有魔力。"卡尔薇丝在他耳边低声说道。

"我不知道。这可不太安全。"

"她也许能——你知道——帮上忙。"

"好吧。"史密斯说道,"蕾哈娜,如果你愿意的话,那么你可以跟我一起去。卡尔薇丝,我需要你把这张地图扫描到飞船主计算机里。然后我们要做的,就是把自己武装起来。"

安迪说道:"有个问题:如果你们被抓了,或者被杀了,那么我们怎样才能拿到报酬?"

"对,报酬。"弗朗索瓦附和道。

"嗯,"史密斯说道,"这个问题问得好。非常好。你们看,你们也不喜欢这个总督,对吧?"

"对。"

"如果一切顺利的话,那么不仅我们可以离开这个地方,你们也可以选举一位新总督,并加入自由联邦。你们两个谁都能胜任这份工作。"

"我懂了。"安迪说道,"所以你们压根就没想过给我们报酬。"

"不是以钱的形式,而是通过服务的方式,没错!安迪,现在可不仅仅是钱的问题。这关乎解放,关乎自由,关乎推翻腐败和专制的精英阶层。我们必须齐心协力打败总督,然后你们就可以举行自己的选举,做出自己的决定,而不用担心遭到报复——甚至还能向自由联邦提出申请,成为他们的一员。在未来,你的子孙会感谢你让天堂星又一次变成了天堂。"

"所以,没有钱。"

"是的。"

"弗朗索瓦,去拿步枪。"

"我们可以想办法凑一凑。"卡尔薇丝说道。

"好了,我们没必要用不文明的方式解决问题……"弗朗索瓦离开房间的时候,史密斯说道。他们听到他的靴子踩在台阶上发出的嗒嗒声越来越小，然后又越来越大。苏鲁克张开獠牙，摆出战斗姿态。

"这儿有一把308式摩根平原人。"弗朗索瓦走进房间的时候说道。他手里拿着一把长长的，有木质枪托的狩猎步枪："在边境上，人们把它称作'边境特供'。在其他地方，人们把它称作'特供'。弹药储存在枪托里，在这儿，或者一个一个地装填进后膛里。它最多能装填18发45毫米加强型步枪弹丸，用温彻斯特式拉动把手来给枪上膛，就像这样。"他用手握住把手，先向前推，然后又拉回来，金属把手滑进枪里，发出一声响亮而令人满意的咔嗒声。"这把枪一枪能直接打穿一扇保险门，时间充裕的话，你能打穿十扇。这把枪相当不错。所以，好好照顾它。"

他把枪递了过去。史密斯接住枪。卡尔薇丝又重新恢复了呼吸。史密斯用手抱着那把枪，举了起来，通过瞄准镜看了看房间的远处。

"瞄准镜是最棒的部分。"安迪笑着说道，"是我自己做的。上面有夜视仪和复合热成像仪，还有一个运动探测器。真是个好东西。"

"它有名字吗？"史密斯问道。

"当然没有。你觉得我像一个痴迷于枪械的红脖子乡巴佬吗？"

"嗯，从字面意思上说，你的脖子其实不是红色的……"

"你真是太好了。"蕾哈娜插嘴说道，"分享能够传播和谐与和平。"

"非常正确。我用这个可以把一个人打得粉身碎骨。"史密斯说道,"太好了。安迪,弗朗索瓦,谢谢你们。对此我感激不尽。"

他们做好了准备。史密斯在飞船上找到了两套轻便的防弹衣,薄得可以穿在外套里面。他取了一套给自己,另一套给蕾哈娜。卡尔薇丝扫描地图的时候又检查了一下他的武器。

"船长。"他把剑往身上系的时候她轻声叫道。

"怎么了,卡尔薇丝?"

"昨晚我看到了一些有意思的东西。就是跟我遇到的那个小伙子待在那个房间里的时候。"

"超值套餐里的最后一根小香肠,是吗?"

"不,不是那样的。我们走进了一个台球室,你懂吧。那儿很黑,我一开始没有注意到,后来发现那儿的墙上有铭牌,上面是船的名字。"

"船?"

"对。太空飞船。他摧毁了那些飞船之后收集的战利品。这真是一个破坏者的星球。那些铭牌肯定是他挂在那儿的,就像你家里的那些动物头部标本一样。"

"你从来没去过我家。"

"我就是知道。"

"天哪,这也太诡异了。"

"我敢打赌,你家里还有很多粗花呢衣服。不管怎样,重点是:我在这儿还从来没见过哪一个人不是本地的,如果你能懂我的意思。"

"你的意思是,他杀了那些船员。"

她耸了耸肩。

"我的天!他把飞船引诱下来,杀光船员就是为了把它们扒成废铁。这老兄不知道他即将面对的是什么,卡尔薇丝。"

她顿了下,叉起胳膊。她眉头在小脸上皱了起来:"你小心点,头儿。确保你跟蕾哈娜能平安地回来。"

"我会的。"

在正午的阳光下,嘉德斯特农场像骨头一样白。一座座塔楼竖立在高低不平的地面上,一个螺旋桨在其中一座塔楼上迎风转动,发出的声音如同门上生锈的合页。谷仓上有许多洞,里面空空如也,乌鸦的叫声在其中回荡。农舍的窗子看起来好像骷髅上的眼窝一样。

史密斯把望远镜递给蕾哈娜。

在农场边缘,长眠着许多太空飞船,仿佛坠落的飞艇,又像恐龙的遗骸。它们很大,被拆得只剩了骨架。玻璃、隔热板、马达和钢板都被抢走了,成了那些妄图在苛沃的世界着陆的愚蠢行为的纪念碑。有好几艘飞船腹面或侧面着地,现在已是废墟了。史密斯在其中一艘飞船的正面看到一面西班牙国旗,另一艘上是日本菊花,第三艘上是印达斯坦的标志。

"有一艘还是英国的。"他低声说道,"真是头卑鄙的猪猡。"

蕾哈娜放下望远镜:"这个地方太大了,像个小镇一样。每个地方可能都有他们的人。"

"苏鲁克会找到他们的。他有多少时间？"

"大概半个小时吧！"她拍了拍身上的灰尘。蕾哈娜的衣着并不适合战斗，她穿了一条喇叭裤、一双凉鞋和一件袖子上印着鲜花的白色长衬衫。他们站在一块露出地面的岩石的阴影中，离安迪放他们下来的湖边有五十米远。"你跟他真的很亲近，对吧？"

史密斯点了点头："我们相互认识有一段时间了，如果你是这个意思的话。他是那种很正直的人。"

"你们似乎是很好的朋友。尽管这很难说出口。"

"我想是吧！"史密斯回头看着她，对她这个时间提起这茬有些恼火，"他最好能活着回来。"

"我懂。他对你很重要。"

"他拿了我的折刀。你一定觉得他那种人肯定会带足够多的刀，对吧？典型的外星人。你可以看出来为什么我们不得不为他们管理太空。"他把望远镜放进了他的外套口袋里，"好了。我们准备就绪了。你仍然确定你想跟我一起进去吗？"

"是的，我想我能帮上忙。"

"说不定看到女人会让他们温和一点、软弱一点。我们走吧！"

他们走进了农场。

在一座塔楼上，有一个拿着步枪的男人看着他们接近。他戴着太阳镜，在太阳镜下，他的脸绷得紧紧的。

通往农舍的道路两侧有一些谷仓。史密斯的眼睛在谷仓之间游走。那儿有几条由又长又高的墙夹起来的小巷。谷仓后面有一辆小型车在悄悄地前进，速度与他们保持一致。上面有三个人。那辆车看起来很轻巧。

史密斯双手握着步枪。他的外套在他身后嗖嗖作响。

"我不喜欢这种局面。"蕾哈娜说道，"哪儿都是他们的人。"

"他们知道我们不是蠢货。"史密斯回应道。

一个男人从房舍黑洞洞的门里走了出来，并喊道："喂，蠢货们！在这儿！"他用手捂住嘴，灰色的外套在微风中拍打着他的靴子。

"我好害怕，伊桑巴德。"

"别怕。有我在呢！会没事的。"

一只乌鸦尖叫了一声，然后一切都陷入沉寂。随着他们走近，周围的寂静似乎要将他们吞没，仿佛一个响亮的声音就能把这一切打破。那个灰衣服男人走进房子里。

史密斯说："我不应该把你带过来。这不是你该来的地方。"

"不是女人该来的地方？"

"不是你该来的地方。听着，如果情况不对劲，那么我希望你能跑开，好吗？我确信我能收拾这些傻瓜，但我不想让你受伤。跑开，然后去叫苏鲁克。"

"史密斯船长？"

"你说。"

她踮起脚尖在他的脸颊上亲了一下："谢谢你载了我一程。"

"让我们把这破事儿解决了吧！"他说完，拉了拉外套，大步走了进去。

苟沃坐在一间漆成白色的长房间里面，房间里除了一张桌子和一把椅子之外别无他物。他还穿着那套白色的西装：看起来好像他连睡觉也不会脱下来似的。他的手里有一支很细的香烟，但是前面没有调节气氛用的啤酒。

两个人站在他身后。他们轻轻地握着猎枪，随时准备举起来使用。苟沃的椅子后面有一扇门。

"史密斯先生。"

"应该是船长。"

"好吧。"苟沃打了个哈欠。他身后的一个人朝水泥地板上啐了一口。"昨晚睡得可好？"

"沉得像块木头。"

苟沃哼了一声："你的脑袋也像块木头，居然敢走进这里。以一敌三。或者可能还要多一些。"

"你想怎么样？"

"应该是，你想要什么吧？我猜，应该是这个。"说着，他把手伸到了西装口袋里。史密斯的手指紧绷，准备去拿他身侧的左轮手枪。"看这儿。"苟沃说完，把一个小小的黑色装置放在了桌子上，那东西的大小和形状都跟一个电视遥控器差不多。"我相信这应该是你在寻找的东西吧？"

"是的。你想要多少钱才能放我们离开这里？"

"一分钱也不要。"苟沃耸了耸肩，"世道变了。这也是我亲自找你过来面谈的原因。"

"这是为什么？"

"为了告诉你计划变了。我不再想要钱了。我要她。那个女孩得跟我们走。"

"什么?"

"跟我们走。"那是一个新的声音,但是听起来很熟悉。史密斯的目光转向门口。基列船长走进房间,站在了苛沃旁边,他穿着他那身整洁的蓝灰色制服,腰间系了一条腰带。"计划有变,史密斯船长。我们需要的是你的那位女士朋友。"他的拇指搭在腰带上。

"你们到底要她做什么?"

基列笑了起来。这个表情在他那紧绷的脸上看起来很不自然:"我有我的理由。三天之后,伊甸共和国会和噶斯特帝国签署一份正式的互不侵犯条约。到那个时候,我们会把这个女人交给他们,以表示我们的善意。"他伸出一只手,"跟我来,女人。"

"我的天啊!"史密斯喊道,"你们愿意把一个女人交给邪恶的外星人?你们怎么堕落到了这种地步?"

"因为我们聪明。好了,史密斯船长,快把你的小贱人交给我。"

"不可能。"史密斯说道,"很抱歉要坏你们的好事,我是不会让你们得到那位女士的。"阳光斜射进窗户,照在他脸上。

"不可能?"基列朝下面看了一眼,苛沃在座位上转过来看着他。

"好吧。"基列对苛沃说道,"动手吧。这件事已经拖得够久了。"

苛沃打了个响指,好像在叫服务员一样。

他们互相看了看。时间一秒一秒地过去。

史密斯打破了沉默："早就想到你们会耍这种卑鄙的花招了。"他说着，嘴角浮现出一丝微笑，"你们瞧，我让我的外星朋友去做了一次侦查。你们那个拿着枪的人现在可能已经被干掉了。"

"那么我不得不亲手把你杀了。"苛沃回应道。史密斯赶紧把手伸向身侧。苛沃伸手到他的夹克里，刚刚抽出一把大左轮手枪，这时史密斯的枪已经响了，把他打到了墙上。基列大步跳出了门。穿长外套的男人举起他的猎枪，武器发出的巨大隆隆声响彻房间，史密斯迅速趴到地上。蕾哈娜尖叫了一声。史密斯在地板上开枪打死了穿外套的男人，打了个滚，又朝苛沃的另一个警卫开了两枪。房子外面传来男人的叫喊声和马达的轰鸣声。

房间里充斥着火药和粉尘的气味。史密斯站在中间，一只手上拿着步枪，另一只手上是冒着烟的左轮手枪。"看看现在！"他咆哮道，"你觉得怎么样，老家伙？"

苛沃靠在墙上，说道："不……太……喜欢。"他顺着墙滑了下来，身体的一侧落在地上，死了。

史密斯抓起遥控器，把"导弹防御系统"调到"关闭"，然后拿出了他的对讲机。"卡尔薇丝！"他对着听筒喊道，"需要紧急起飞！马上把我们接走！卡尔薇丝？见鬼，她没有回应！我就知道她靠不住！"

"你拿反了。"蕾哈娜说道。

他把听筒转了个个儿："卡尔薇丝，我们需要立即撤离。你听到了吗？"

"我现在过去。"她回答道。

"那就快点。这边的情况马上就会变得很糟糕。"

"放下武器!"约翰·布拉德利·基列站在门廊里,手中拿着一把短粗的全自动手枪,"放下来,脸朝下,不然我就把你们俩都送进地狱。"

"下地狱的人是你才对。"史密斯说着,但是他没有动。

基列笑了起来。"我给你敢于尝试的勇气打满分,史密斯。你战斗得很勇猛,但却是为了一个不敬畏神的混蛋。"他举起枪,"永别了,笨蛋!"

基列扣动了扳机。蕾哈娜挡在了史密斯前面。

"不!"他大喊道,这时有十来发子弹在空气中划过。烟尘在房间里盘旋着。蕾哈娜站在桌子旁边,墙灰沾满了她的头发。她的眼睛紧闭着。

史密斯眨了眨眼睛:"啊,你还活着。太好了。"

"见鬼!"基列扔下枪跑出了房间,"支援,我需要支援!"

史密斯把他的左轮手枪放到了皮套里,又捡起了苛沃的枪。"我们走吧。"他说着,走进了刺眼的阳光之中。

史密斯射杀了他看到的第一个人,幸运的是,那人正好是苛沃的一个爪牙。蕾哈娜尖叫起来。"别总这么尖叫!"他喊道。一辆小型车冲了出来,在后面扬起尘土。在车后面,一个炮手站在一个黑色的、管子长长的武器上面。

"激光——趴下!"史密斯喊道,一束红光从他们头顶的空中滑过,随着车呼啸而过,墙上被划开一道口子。光束碰到的地方,沙子变成了玻璃。突然,炮手尖叫了一声之后倒了下去,一把刀柄从他的脖子上伸出来。史密斯往上看了看。苏鲁克站在旁边一座塔楼上，对他轻笑了一声。

小型车转了过来，坐在乘客座上的男人把一个弹夹塞进了他的枪里。史密斯躲在两个谷仓之间，把蕾哈娜拉到了他身后。在谷仓的阴影中，他检查了一下步枪，然后把遥控器递给了蕾哈娜。"把这个拿好。"他拿出了对讲机，"卡尔薇丝，那艘该死的飞船在哪儿？"

"在这儿附近。"

"这儿是哪儿？"

"给我一分钟。"一辆皮卡从谷仓旁边冲了过去，车后面跳下来一群人。有个人躲在谷仓的拐角处朝他们开了一枪，看没打中，又躲了回去。

"待在这儿。"史密斯对蕾哈娜说道，"除非迫不得已，否则不要动。如果他们扔手榴弹过来，赶紧跑。跑的时候试着把胳膊放下来。这很有帮助。"

一个身影靠在了谷仓之间。史密斯举起步枪，在那个人还没反应过来的时候开了一枪，把他打死了。他跑到了谷仓的边缘，向外张望。

到处都有人。苟沃手下起码有二十个人，史密斯想着。那辆车看到他之后掉了个头，又朝他冲了过来。史密斯举起步枪，闭上一只眼睛，打开瞄准镜。一颗子弹在他的头顶倏然飞过。目标在移动，距离较短，还在迂回前进……

他扣动扳机，驾驶员趴在了驾驶台上。车晃了一下，突然转了个向，撞进了房子里，令人失望的是没有爆炸。史密斯躲进了巷子里，身后传来一阵枪声。

他发现苏鲁克在蕾哈娜身旁等着他："你们好，勇士们！"

"我们被包围了。"史密斯说道，"我把他们的小型车干掉了。我们或许能够让它重新跑起来，但是他们有辆车，而且我们离小型车还挺远的。"

"飞船在哪儿？"

"我不知道。我告诉过她……"

他那句话还没说完，声音就被淹没在了飞船引擎的轰鸣声中。约翰·皮姆号冲到了农场上空，喷射器转向下方，准备降落。

他们跑到谷仓边上。苛沃的手下被这艘巨大的飞行器吓得四处逃窜。但是当飞船调整方向的时候，史密斯看到那辆皮卡冲进了飞船的阴影之中，船上的监控无法看到它。在皮卡后面，有一个男人正在装配一门长管大炮。

史密斯认出了它：那是一门轨道炮，是为数不多的能够打穿太空飞船装甲的步兵武器之一。如果它射中了喷射器，约翰·皮姆号就会坠落到地面上——甚至可能会爆炸。

"卡尔薇丝！你下面有一门轨道炮！"

"我什么都看不到！"她喊道。

"该死，他在盲区里呢！我去帮帮忙。"

他低着头朝飞船跑了过去。

"他在哪儿？"卡尔薇丝喊道。

那个人把什么东西推到了轨道炮里，准备射击，目标对准了飞船的腹部。

约翰·皮姆从天而降。它径直落在了皮卡上面，随着一声震耳欲聋的金属撞击声，轨道炮和车上的人一起消失了。"那辆车在哪儿？"卡尔薇丝喊着。

史密斯停下了奔跑的脚步。"我不会操心那个了。"他说道。飞船周围升起一大团尘土，像一张床单一样把飞船遮住了。当灰尘散去的时候，侧面的舱门突然打开，卡尔薇丝跳了出来，身上系着那挺马克沁连射枪。她的身体好像比以前稍微大了一点。

"来啊！"她一边喊着，一边慢慢地走下台阶，"谁想尝尝子弹的滋味？快过来，混蛋们！"

她看到史密斯站在那儿一动不动。"怎么？"她问道。她看了看周围，连射枪的重量让她有些喘不过气来。"他们都去哪儿了？"

一股细细的红色液体从船体下面流了出来。"他们在飞船下面。"史密斯说道，"你降落在他们身上了。"

卡尔薇丝接受了这个说法。"没错。"她说道，"降落在他们身上了。没错。我是故意那么做的，你看出来了吗？每次都能成功。那么，我们赢了吗？"

"我们当然赢了。"史密斯说道，"我们做得很好。我不光找到了导弹控制器，还捡到了这么一把漂亮的手枪。大家伙儿的表现都很精彩。"

"我还给你带了这个!"苏鲁克骄傲地说道,他手里提着一个塑料袋。

"呃,那是什么?"卡尔薇丝问道,"它好像在滴血。"

"你说你想要解除敌人的武装。"

"没错。所以那是什么?"史密斯说道。

"这是他们的胳膊。"

07
谜之蕾哈娜

那天晚上，发表胜利演说的重任落在了卡尔薇丝的肩上，这完全是通过淘汰决定的。史密斯给自己又拿了一杯酒，蕾哈娜早已喝得烂醉了，而且大家一致认为，让苏鲁克拿麦克风说话，就像让成吉思汗知道了怎么去一家搞促销的斧头商场一样。于是，在市政厅前面，在新任临时市长和一群热情地民众面前，卡尔薇丝尝试着表达着她的谢意。

"是街上最好的飞船。"她说道。她说话的时候有点摇晃，这让她的声音有了一种奇怪的频闪效果，这种效果在前卫摇滚乐之外很难听到，"我们来自另一个伊甸的幸福岛屿。我们很棒。谢谢，天堂星！我们让星球从暴政、压迫和——这个伊甸共和国中解放出来。青蛙怪能取敌人首级，船长呢？船长只用他的胡子就可以杀人。史上最好的船长。我很自豪能在他手下工作。我并不是说我曾在他身下——但是女士们，你们可以。你们知道人们是怎么评价留着大胡子的男人的吧？说得一点也没错。世界上最好的飞船。喂……你要干什么?"

史密斯把她抱起来放到了舞台的一边:"谢谢大家。很抱歉。感谢你们的热情款待,还有晚餐。"

"我不抱歉!"他把卡尔薇丝拉开的时候她坚持说道,"大胡子!你记着!"

史密斯把她放在一边,然后爬下了演讲台。蕾哈娜在下面等待着。

"那么,那是真的吗?"她笑着问道。

"嗯……"史密斯说着,酒精和赞美让他的舌头有些大,"据说我在那方面相当不错。当然,我不想自吹自擂——不过如果我努力的话就应该没问题——但是之前在沃金板球俱乐部的浴室里,有时人们的确会想,是不是有一头小象在乱跑。"

"我不明白。既然你有世界上最好的船员,那为什么你会被错认为是一头小象?你长了四条腿吗?"

史密斯努力克制住了想要逃跑的欲望:"因为那儿……嗯……离沃金动物园很近。不管怎样,我的确有一群优秀的船员,尽管从严格意义上讲,只有卡尔薇丝一个人。想不想做一个荣誉船员?"

蕾哈娜笑了。"谢谢。"她敬了个礼,"好的,船长!我做得对吗?"

看着蕾哈娜尝试着用英国口音向他致敬,史密斯心中涌起一股强烈的欲望,这几乎让他有些晕眩。如果她再这么做一次,他就会觉得难以承受,然后吐在她的人字拖上。这会是一个非常失礼的行为。"差不多吧。"他虚弱地说道。

"在通常情况下，我不能容忍暴力。"蕾哈娜继续说着，挥着一只手以说明她的观点，"但是你很擅长，我还是很欣赏的。我的意思是，我相信每个人都有各自的天赋，所以培养自己的天赋是很重要的。而你，嗯，似乎过于压抑自己了。"她叹了口气。"你知道，如果一个星期前有人对我说起你，那么我肯定会把你想成一个一心渴望着战斗的偏执的殖民主义者。但是我的那种想法是错的。"

"肯定是因为你是外地人才会这么想的。再喝点儿？"

但蕾哈娜的注意力转移到了某种当地的舞蹈上，然后走开了。史密斯留在原地，觉得自己错失了一次机会。他看着他的杯子叹了口气。安迪在吧台边上等着他。"你们这次的活儿干得真漂亮。"他这话已经说了四五次了。

"谢了。"史密斯打开旋塞，看着杯子里接满了啤酒，"谢谢你借给我那把步枪。"

安迪耸了耸肩。他在红色的T恤衫外面穿了一件燕尾服，以体现他作为新市长的庄严形象："不客气。你留着吧！听着，我们找到了一个让你们离开这个世界的办法。"

"我们随时都可以直接飞走吧，不是吗？"

"当然。但是基列会在轨道上等你们，那儿超出了我们导弹网的射程。一旦你们穿过了大气层，他会用枪林弹雨来迎接你们。"

"哦，我懂了。没错，你说得有道理。我之前没想到这一点。"

"嗯，我和弗朗索瓦想出了一个方案。我让人给我们准备了一艘火箭，做调虎离山之用。我们预设它从星球的另一边冲出大气层,当基列去追赶它的时候,你们就有机会逃跑了。"

"这计划不错。"史密斯说道,"相当不错。等一下。如果他们做生物扫描呢?火箭只会显示成一根金属管子。"

安迪咧嘴一笑:"这就是我们聪明的地方。火箭的鼻锥是空的。我们会往里面放一些植物。"

"植物?那会不会小了一点?"

"这些植物可不小。转基因花椰菜。我们有一些富余。反正我们也不会心疼它们:在这儿,没有人吃转基因食物。"

"味道不太好,对吧?"

"不清楚。目前还没有人抓到过它们。不过我想我们可以驱赶一些到火箭的鼻锥里,只要它们不蜂拥而上。然后,我们要做的就只剩下点火升空了。"

史密斯抿了一口啤酒,若有所思地挠了挠他的下巴。"但是你们真的认为噶斯特人会把一堆蔬菜错认成我们?不,不用回答这个问题。这个过程得花多少时间?"

安迪给自己倒了一杯啤酒:"我想我们可以在明天早上开始着手准备,应该能在十一点左右让导弹竖起来,假如那个时候我们能赶一些花椰菜进去的话。然后你得给它大约一个小时的时间,让它飞到星球的另一边,再竖直向上……你们可以在中午的时候离开。"

"这个计划听起来非常不错。"史密斯赞同道,"好,那就十二点了。那样的话,我们得抓紧一切时间。"

462 在他的房间里，用手指划过他收藏的一排录像资料，思忖着今天要看哪一场演讲。今天上午的"排队叫喊"活动已经结束了，他的刑具早已擦得光亮，而距离收音机播放《倾听伟大的一号》还有一小段时间。他可以花大约一个小时的时间来观看领袖某一个演讲的前五分之一。他有全套的设备。

要从生动励志的《今天你也可以成为一名突击旅长》和充满激情的《现在毁灭全人类》之间挑选并不容易。谁能忘记当一号激动地忘了如何说话，而只是像一个坏掉的汽笛一样尖叫的动人时刻？没有人，因为任何一个胆敢忘记的人都已经被枪毙了。

通信设备响了起来："伟大的 462！"

"我听着呢！"他咆哮道，"讲！"

"弱小的人类共和国飞船正义之拳号已经跟我们对接！人类船长正在接近！"

"啊哈哈！我要在舰桥上跟他说话，给我准备好。"他一跃而起，把他的手臂一对一对地塞进外套里。

当基列大步流星地走进来的时候，462 正坐在一把高背椅上等着他。基列快步走到房间中央，笔直地站着，帽子夹在腋下。在驾驶舱那些满是肋条的有机墙壁和黏糊糊的、没有巡航控制系统的控制台之间，这位伊甸船长显得局促不安。

啊，人类，462 想着。如此愚蠢，如此弱小。他们一个踩着一个往上爬，只为了能有机会与噶斯特人结盟，为了奉承那些注定要毁灭他们的生物。他看着这位新来者，看到了他身上的骄傲、狡猾和几乎与他自己不分高下的野心。这个特殊的人类，这个基列，自有他的用处。

"你没有抓住他们。"462说道。

"没有。"

"我很失望，甚至有些悲伤。你被骗了，这很让人遗憾。"

"他们的伪装很让人信服。"那个人类说道。

"让人信服？我很怀疑。"462把手伸到他椅子旁边的一个箱子里，从里面拿出一只很大的花椰菜。在花椰菜前面，有一张用记号笔画出来的粗糙地笑脸：两只大而茫然的眼睛，和一个大大的笑容。462举起它的时候，那张脸盯着基列，露出陈腐的快乐："如果我说错了话，那么请原谅，但是我相信在通常情况下，人类应该不是绿色的吧？"

"不是。"基列说道。

"不是？你这个蠢货！"462从他的椅子上跳了起来，"要不是因为我们是盟友，我早把你枪毙了！你的愚蠢让人无法忍受！要是你是我的手下，我就——我就——啊！"

他气得说不出话来，于是脱下一只手套，往他的一个副官脸上狠狠地抽了抽。

"嗷！"那个副官叫道。

他转了过去。"有什么问题吗，副官？"

"是的，有。你刚刚用手套打我的脸了！"

462觉得他周围的世界崩塌了："史密斯依然在逃。我们已经扫描了附近地区，但是没有找到他的飞船。毫无疑问，弱小的人类用这个毫无意义的世界的另一面作为掩护。现在，看好了……"

他伸出瘦骨嶙峋的胳膊，用拇指转动了四个扶手中的一个把手。基列旁边的墙壁上出现了一个孔口，随着一阵咕叽咕叽的声响，一面屏幕滑了出来。屏幕上出现了画面：行星。那是该星系的地图，天堂星位于中央，太阳位于边缘。

"史密斯是从这个世界逃走的。"那噶斯特人解释道，"他的飞船看起来是一艘谢菲尔德级的飞船，飞船上的超光速快子分流器已经损坏，似乎只有推进器能工作。假如他以亚光速全速飞行，那么这是他现在所能到达的最远距离半径。"

地图上出现了一个以天堂星为中心的球体。

462叫道："所以，我们必须计算一下他现在在哪儿。很明显，他在这个圈里的某个地方。但是在哪儿？如果你们是伊桑巴德·史密斯，那么你会做什么？"

"寻求维修。"基列盯着地图，挠了挠他的下巴。地图发出油光。

"你似乎无法提供一个准确的位置。"462说道。

"不，我很清楚。我只是不想碰一台从你飞船的肛门里拉出来的电脑。"

462转向他的一个禁卫队员："阿克！阿克斯那克尼克那克！"那禁卫队员敬了个礼，然后大步走开了。"我给我们准备了一些小点心。"462解释道，"那么，我们的猎物会在哪儿？"

"他得去整备他的飞船。光速引擎需要维修。"基列露出笑容，"在这个范围之内，只有一个地方拥有足够好的设施。杜特洛诺米。"

"我没听说过。那是个什么星球？"

"那不是个星球。那是一座城市，是我们的一个生产世界的首都。卡利斯坦4号星。在上面那儿。"他急切地用手戳了一下屏幕，然后看了看他的指尖，"呃，黏液。你有手帕吗？"

"杜特洛诺米。我很期待着去拜访一下这个卡利斯坦4号星。让那些港口官员们准备好。他们要亲自到场。你要把他带到我面前。"

"你听好了。"那噶斯特人的口气让基列船长十分恼火。"我们是合作伙伴。"他说道，"我不会在这儿接受任何命令。"

"哦，你会的。在这里，没有平起平坐，只有等级制度。在任何时候都会有一个发号施令的人和一个接受命令的人。你们的教派跟我们站在一边是非常明智的，基列船长。很快，我们就会对整个银河系发号施令了——如果我们没有决定摧毁它的话。我们将拥有我们的领地，而你们也可以得到你们所需要的帮助以建立你们自己的小帝国。当然，在我们的阴影之下。"

一位助手出现在他们旁边，手里拿着托盘。462拿了一个透明的、看起来不太健康的东西，把红色的液体挤到了他嘴里。基列的饮料装在一个塑料杯子里。462看着他抿了一口。基列笑了："你们的外星食物还不错。有点像奶昔。不管怎么说，能跟我们站在一边，你们才应该感到幸运。很快，我的朋友，我们这些依照上帝的形象而创造的人将会开始我们的伟大征程，把那些不敬神和不顺从的人从宇宙中的每一颗有人居住的星球上消灭。银河系将会因数十亿的异教徒燃烧而发出火光，而我们会看着他们像摩押人一样四分五裂，他们的子孙也将在无情的土地上消亡。"

他说这番话的时候，一直在盯着窗外看，全神贯注地想着人类被焚烧的画面。他身后的哼声让他转了过来，他看到462正在偷笑。

他显得很生气,脸上写满怒容:"有什么好笑的?"

"你那天真的宗教狂热让我感到好笑。你不明白吗?在宇宙的背后没有什么超人的伟力。只有力量。力量!以及所有的生物为了生存而进行的无休止的斗争。"

"别说了。这话听起来像毒蛇说的。"

"当然。适者生存。这应该是太空的运行方式。你和我就比周围这些仆从更伟大,在他们失败的地方,我们应该胜利。统治者必须捕食被统治者。就是因为这个原因,我们现在才能喝用我一个仆从的尸体榨成的汁,而不是反过来。"

"呕!"

"但是你要抓住这个人——还有他的船员,事关重大。我们必须抓住他身边的那个女人。"

基列严肃地点了点头。"我清楚她的重要性——比你更清楚。"

"很好。那你就明白,为了成功,你必须动用你的所有资源。这是件很严肃的事,基列。我们容不得半点差池。记住,我们玩的可不仅仅是一个幼稚的游戏。"

"卡尔薇丝小姐?她在有条管道的那间引擎室里。"蕾哈娜指着走廊说道。

"好嘞。"史密斯说完,走到下层舱室,打开门,把头伸了进去,"卡尔薇丝?上来玩会儿拼字游戏?"

07 谜之蕾哈娜

她正抬头盯着那台绘图计算器的残骸,手里拿着一截管子:"我一会儿再上去,头儿。我似乎修理完了之后还剩了一些零件。我们技术人员把这种时候称为'乐高时刻'。"

当卡尔薇丝到达的时候,其他三个人正在休息室的桌子旁边等着。"好了,"她说道,"我们开始吧,嗯?"

"我们会开始的。"史密斯有点阴郁地说道,好像他要宣布什么令人不快的消息似的,"但是首先,蕾哈娜有话要说。"

然后他们都陷入了沉默。唯一的一点动静,是苏鲁克漫不经心地咀嚼什么东西时发出来的。

"没错。"蕾哈娜向桌子靠了靠,说道,"首先,我想感谢每一个人,你们用非常专业的方式解决了我们目前为止遇到的所有麻烦。现在,虽然我不赞成暴力,也认为它不是解决问题的办法,而恰恰是问题本身,我还是要感谢在座的每一位在船上照顾我的人。谢谢大家。"

史密斯看起来有些紧张。卡尔薇丝吸引住他的目光,对他挑了挑眉毛,他虽然无法解读她想表达的准确信息,但他知道关乎风月。苏鲁克看起来毫不在意,他在一个小袋子里翻找着,想找点别的东西吃。

"很好。"史密斯说道,"你说得太好了。谢谢你,蕾哈娜。非常得体。我是说……我,而且我觉当我说'我'的时候是在代表我们所有人,试着……"

"我们棒极了。"卡尔薇丝打断了他,"在这一点上有人支持我吗?"

"棒极了。"苏鲁克赞同道。

卡尔薇丝点点头:"一致通过。我们都超级棒。如果有人对此感到害羞的话,那么我可以跟他们说他们很棒,他们也可以跟我说我很棒。下一点?"

蕾哈娜看起来有点惊讶,她把头发捋到了耳朵后面,说道:"哦,好吧,我想现在应该是时候好好谈谈了。"

其他三个人用怀疑的目光互相打量着,好像有个侦探刚刚宣布这个房间里有个杀人犯一样。"谈谈?"史密斯说道,他的语气听起来好像有人在说"有什么好谈的"。

"是的。我觉得既然现在我们都在一起,那么应该是一个很好的机会,我们可以分享一下自己可能有的感受,把心里的想法跟其他成员开诚布公。"

"这涉及情感吗?"史密斯谨慎地问道。

"可以涉及,如果你愿意的话。"

"呃,不,不用了,谢谢。"

苏鲁克坐在他的凳子上,位置很突出。他说道:"我经常想杀死一些东西,这算是一种情感吗?"

"可以算。"蕾哈娜说道,"关于这一点你还有什么要说的吗?你有什么想要跟大家敞开心扉分享的东西吗?"

"那种感觉非常好。"

"好吧,我这个问题真没水平……其他人呢?波莉安娜?"

"不用了,谢谢。"卡尔薇丝说道。

"我也没什么好说的。"伊桑巴德·史密斯说道。

卡尔薇丝拍了拍手:"好了,这个话题就到此为止了。我们都很好。让我们继续……哦,等一下。我的确有话要说。"

蕾哈娜点了点头:"好啊。现在是你的发言时间。慢慢说。"

"你是外星人吗?"

"什么?"

"你看,"卡尔薇丝说道,"我一直在纠结这件事,好吧?我是一个模拟人,一个机器人,而且我的思考能力也不算太差。这段时间我渐渐明白了。我觉得你身上肯定有什么不对劲的地方,而现在我们应该了解真相了。"

突然,蕾哈娜僵住了,她看起来很害怕。她说话的时候脸几乎都没有动:"我其实不明白你在说什么。"

"好吧,我列了个清单。稍等。"卡尔薇丝从她的裤子口袋里掏出一张纸,然后打开,"好了。我在这个清单上把你做过的所有奇怪的事情都列了下来。准备好了吗?"

"准备好了吧,我猜。"她回答道。

"第一次,当虚空鲨鱼第二次袭击我们的时候,它们突然就飞走了,那会儿船长刚准备好出去对付它们。你当时正在冥想。"

"我看不出……"

"我当时也没看出来。现在,我们看下一个。与噶斯特人的战斗。当他们试图登上我们的飞船时,你在我旁边。其中一个噶斯特人靠近了,而且准备用它的螯攻击我。你还记得吗?"

"嗯,我记得。"

"当时发生了一些事,一些奇怪的事。我都不知道该怎么解释:

就好像宇宙中泛起了一阵涟漪,然后在某种程度上改变了周围的一切。好像时空连续体打了个嗝一样。你知道那件事吗?"

蕾哈娜耸了耸肩。"我为什么会知道?"她有些受伤,听起来像在自卫。

"你当时在那儿。是你做的。你让它发生了。"

"喂,我可没必要受这种气!这算什么,法西斯分子的压迫时刻?我为什么要因为你的消极态度而受到指责?"

"对她和善一点,卡尔薇丝。"史密斯说道。

"我挺和善的。"

"或许只有银河系才清楚这件事。"苏鲁克说道。

"你别打岔,青蛙。我只想知道真相,万一蕾哈娜是一个乔装的太空怪物呢?我觉得这倒挺合理的。现在,我可以继续吗?"

"我会听你说完的。"苏鲁克回应道,"之后可能会把你打昏过去。但是你可以继续。"

"然后,是飞刀子那件事。那是怎么回事?我刚离开飞船十分钟,回来之后就发现你生成了一个力场。这太不自然了。另外,如果苏鲁克和史密斯船长不是一对迟钝的傻瓜,那么肯定是你对他们的脑子做了什么手脚,让他们觉得这些事情都是很自然的、光明正大的。嗯?"

"我没对他们的脑子做什么手脚。"

"哦,好吧。但是你对刀子免疫,这是不正常的。还有,船长告诉我,之前在天堂星的时候,在一场枪战中你挡在了他前面,那个伊甸军官对着你把整个弹匣都打光了,但是一颗子弹都没打中。这可不光是奇怪了，这简直就是传奇。你解释一下？"

飞船的设备在他们周围发出嗡嗡的声音。他们三个人把脸转向她。慢慢地，蕾哈娜张开双手，耸了耸肩。"我也不知道。"她说。

"你不知道？"

"我真的不知道。我是说，我一直相信因果报应。这样有帮助吗？"

"你前世肯定修了不少福，才让你这辈子变得刀枪不入。"卡尔薇丝回应道。

史密斯平静地问道："蕾哈娜，你一直以来都能做到这一点吗？"

"一直以来？"

"或者说，你从出生到现在。"卡尔薇丝补充道，"听着，我不知道你究竟是什么，但是我有一个猜测的清单，而其中的每一个选项看起来都不太令人乐观。"她把那张纸转了过来，看着背面的字迹，"这是我猜的：第一，你是个外星人；第二，一个被政府洗脑了的刺客——确实有这种情况，我在电视上见到过——或者……第三，某种具有灵力的魔法师。"

"哦，求你了！"蕾哈娜喊道，"我受到的烦扰已经够多了，猎巫人小姐。拜托，我看起来像个外星人吗？"

"你可能是。外星人除了头上的一些装饰物之外，可能看起来跟人很像。其中的差别可能非常小。"

"未必吧？"苏鲁克说道。

"蕾哈娜，"史密斯温柔地说道，"你能回忆起过去生活中发生的任何类似的事情吗？你一直以来都能做一些不同寻常的事吗？比如说，你的父母。说说他们怎么样？"

"嗯，他们是嬉皮士。他们在裁军之战刚结束时就逃离了伊甸共和国。他们最后留在了新弗朗，但是一开始，他们去了地球，沿着 20 世纪 60 年代的老路走了走——伍德斯托克、丹吉尔、摩洛哥、布莱顿、斯凯格内斯——他们没怎么看地图。"

"我明白了。他们还做过其他什么事？"

"配置过迷幻药。他们还研究水晶球什么的。他们是沃尔疯子。"

"什么，球形的小东西？"卡尔薇丝问道，她迷惑地皱起了脸。

"沃尔疯子。"史密斯说道，"沃尔是一个重要的外星民族的名字。"

"怪不得我从来没听说过他们。"卡尔薇丝说道。她叹了口气："我看不出其中的联系。这些沃尔人到底是谁？"

"太空守卫者。"蕾哈娜平静地说道，"我们银河系有史以来最先进的民族。这些生物与宇宙太协调了，以至于到了天人合一的程度，他们摆脱了肉体凡胎的束缚，可以永远地活在星辰之间。"

苏鲁克一直在听着，他的头歪向一边，轻轻地咀嚼着。"我听说过这种事。"他说道，"这位能漂浮的女士只说了一半真相。有很多关于沃尔的传说：我们莫洛克人相信它们曾经与我们同行。对那些被他们称为朋友的人，他们会给予荣耀。但是对那些被他们称为敌人的人、那些竭力作恶的人，他们会带来厄运。据说他们能让天空降下闪电，把人骨头上的血肉熔化掉，就像蜡一样。当然，只是莫洛克人这么说，人类可能有不同的说法，但还是那个意思。"

史密斯耸了耸肩："要我说，这完全是胡说八道。有两个原因能说明为什么没有人找到过沃尔人。第一，宇宙的空间是无穷大的，这给有感知的生命体提供了无限的机会去隐藏；第二，他们不是真实存在的。我建议我们还是继续修理飞船，把这些虚构的科幻小说中的东西都忘了吧！毕竟，就算是那些带电的拙劣诗人也不会这么歌颂自己。"

"或许我的父母知道一些关于沃尔人的事。"蕾哈娜说道，"我想这可以解释为什么噶斯特人想抓住我。"

"或许是鹳鸟在宇宙醋栗丛下面给他们留了点什么东西。"卡尔薇丝说道，"或许你就是一个沃尔人。"

"别那么说。"史密斯说道，"听着，蕾哈娜。卡尔薇丝说的那些东西是真的：毫无疑问，你有一些特别的能力，这让你很特别。对我来说，这没什么问题。正是多样性才让帝国变得如此伟大。多样性，还有无畏级战舰，还有茶。

"当我还在学校的时候，我的一个好朋友也有些不同寻常。他经常吃蜡笔，但是我们都觉得他很酷炫。他身边总是有很多人，尽管他比较，呃，特别！当他吃蜡笔的时候，围观的人尤其多。我们都会说，'看啊，蜡笔戴夫又来了'，然后每个人都会笑起来，他也一样。每个人都很开心。所以，你懂我的意思吧？"

蕾哈娜问道："你是想让我吃蜡笔？"

"天哪，当然不是！"史密斯笑了起来，"而是说，你可能很怪异，但不管你是什么，你总是我们的一分子。说实话，即使我自己都不知道你到底是什么！"他又笑了起来，而房间里的其他人却处于一种奇怪的沉默之中。我真希望你不是个巫师——他暗自想着——不然就太尴尬了。尤其是，你是这么一个活泼可爱的姑娘。我想摸你的身体都想了多少次了……如果你在听的话，蕾哈娜，我什么都没说。

"此外，事实是，不管你的父母与沃尔人之间有什么关系，似乎总会有人觉得你有抓捕的价值。啤酒有人要吗？"

他站了起来，取了几瓶新的啤酒。史密斯把它们排成一排，逐个打开瓶盖。"不过，从长远来看，这些都不重要。现实是，你是一个需要帮助的女人，你还在我的飞船上，如果有人想在我的飞船上绑架你，那么他们首先得过我这一关。我相信我的船员们都会同意这一点。对吗，船员们？船员们？"

"我同意。"苏鲁克说道。

卡尔薇丝用一只手捋着头发。"看起来我们还挺团结一致的。"她说道，"你别把任何人烤焦了就行。"

"是熔化。"蕾哈娜说道。

"啊，所以你承认了！"

"我只是在重复苏鲁克说过的话。"

"嗯，好吧。现在，"卡尔薇丝说道，"还有人要提出其他问题吗？没有的话，我们可以进入下一个环节——拼字游戏了吧？没有人说话？那好吧，我们玩游戏吧！那些字母都在哪儿？"

"薄荷糖有人想要吗？"苏鲁克把小袋子伸出去，问道。

"哦，看在上帝的分上！"卡尔薇丝做了个怪相，她说了些

07 谜之蕾哈娜

什么,但并没有出声,然后叹了口气。"好吧,不玩拼字游戏了。玩国际象棋或者'捕鼠器'吧!"

"捕鼠器。"史密斯说道,"如果我是你的话,我就不会跟莫洛克人下国际象棋。"

"如果他输了的话,他就会把我的胳膊扯下来吗?"

"我不知道。他就从来没输过。这就是我不会跟他下国际象棋的原因。"

"好吧。就玩'捕鼠器'吧!但是别玩得太疯了:我们有两天的时间可以打发。"

第二天,卡尔薇丝和船长在舰桥里看书。主导航盘上闪过一道光,她在座位上转了过去。"我们正在进入杜特洛诺米的主雷达阵列。"她宣布道,"我已经标绘了一条航线,可以在引擎活动最少的情况下进入着陆区域。我让电脑把我们显示成一架无人驾驶的自动货运着陆器。"

"好的。"

"但是我们必须悄悄地进去。这意味着要关灯,并减慢航速。我们必须把能检测到的噪声降到最低限度。"

史密斯皱起了眉头:"我不喜欢这样偷偷地进去,卡尔薇丝。就好像我们在耍什么花招一样。天哪,我们可是帝国的公民:我们应该直接走到他们面前,然后说,'听着,伙计,我碰巧是个文明人,并且我要从这儿过去',而不是像现在这样鬼鬼祟祟的。"

"我明白你的意思了。但是在把超光速引擎修好之前,我们一点底气都没有。我们只能如此,船长。"

"我知道。但是这让我很烦恼。"

"好了,我们得悄悄地行事。一旦我们降落到星球上,应该就没什么事了。但是在我们与安迪在抵抗组织中的朋友取得联系之前,我们必须尽量少弄点儿动静。"

"用无线电怎么样?"

"我也不太确定。我想我们可以在刚进入大气层、把飞船开到地下之前联系他们,这样可以尽量减少让警方发现信号的机会,而且那儿应该有足够多的无线电背景噪声来迷惑他人。"

"好计划。不过你说'地下'是什么意思?"

"卡利斯坦是一片荒原。所有的原生物种都已经灭绝了,大气层也几乎不存在了。地面上只有一些地堡。管理卡利斯坦的那些傻瓜把它给毁了。"

"毁了?"

"环境系统崩溃了。蕾哈娜跟我说的。很明显,这些信息被登在一个叫作'各种各样的地球朋友'的网站上。"

收音机突然响了起来。驾驶舱里爆发出一阵喧闹。卡尔薇丝摸索着寻找开关。"这是自动的。"她小声说道,"我们只是在自动接收信号。"

"准时准点,每小时,每小时一次!"收音机叫道,"这里是伊甸太空新闻——真实而又准确!今天——不列颠外交大臣会见了大胡子男人。我们要问:这是撒旦崇拜的证据吗?它怎么可能不是呢?"

史密斯看着卡尔薇丝:"这算什么?"

"肯定相当于他们的新闻吧!"她回答道。

"不可能。在真正的新闻里,没有人会大喊大叫。"

收音机继续叫着:"大胡子'人'与外交大臣露茜·'毛'·威尔金斯进行了会面,表面上是为了在波罗的海附近的一次会议上讨论贸易问题。波罗的海——还是异教徒的海?你来决定。一点也没错,是异教徒!你的决定很对。想要继续了解有关此事的情况,请继续收听我的节目。我是爱德华·考尔准,在爱德华·考尔准真相秀中,我会把那些没有信仰的人直接送入地狱!现在,播放一条从我们噶斯特帝国的新朋友那里得到的消息。"

史密斯伸手关掉了收音机。"外交宣传。"他说道,"国家的喉舌而已。"

卡尔薇丝耸了耸肩:"有利的一面是,他们要重新放送《太空同盟》。"

杜特洛诺米城在空中几乎看不到,仿佛它为了躲避最后的审判而挖到了地下。在地面上,只有一些又矮又宽的地堡突了出来,地堡之间有火车相连接,好像车轮上的堡垒一样。市民们在地下一层勉强度日。

卫星布满了天空:有一些是为了转播民主共和国的统治者的命令,他们生活在更加奢华的星球上;另一些则向其他任何太空区域广播政治宣传。作为对手的人类帝国直接屏蔽了信号;一些外星国度在对来自伊甸的信息困惑了一会儿之后,也将其屏蔽了。但是大部分卫星是用来收集信息的,而不是把信息发送出去。

卡尔薇丝的方法很聪明,主要是因为这是其他人提出来的。

约翰·皮姆号以弧形路线靠近，避开了卡利斯坦轨道边缘的远程无人侦察机，从盘旋在主要定居点上空的接二连三的警察局旁边溜了过去。他们的目标不是杜特洛诺米的任何一个主要太空港，而是位于城市边缘的飞船工厂，当局不太重视那些工业区，所以不会去仔细检查。这里有上千个默默无闻的人居住，他们在无休止的轮班中焊接、修理船只。他们都太穷了，又没什么组织性，除了防暴队会偶尔过来巡视之外，不值得动用更多的警力维持治安。

因此，没有人会烦扰约翰·皮姆号。根本没有人在乎它其实并不是一艘无人驾驶的飞船，也没有人在乎它的船员在过去的一天半里没有为他们接收到的电视频道付费。唯一一架检查过它们的无人机也只是记录了这艘船上没有装武器这个事实。他们着陆的过程很安静，也没人打扰，直到最后收音机里传来一个声音，说道："伙计，我是尼尔。"

约翰·皮姆号里又黑又静。卡尔薇丝之前从床上取了被子盖在了腿上，现在她在驾驶座上睡着了，门也关着。苏鲁克回到了自己的房间里，擦拭着自己最喜欢的骨头。史密斯觉得这是个跟蕾哈娜交朋友的好时候。

具体用什么方式则另当别论。他不能向卡尔薇丝寻求建议，因为那样会很尴尬；他也不能去找苏鲁克，因为他是无性别的，而且肯定会建议把卡尔薇丝的脑袋扯下来献给蕾哈娜，但她毕竟是个素食主义者，也不大可能会因此被打动。真是难啊！

蕾哈娜让他感觉自己既粗鲁又无知，而家乡的女孩们则不会让他产生这样的想法。"哇！"随便一个家乡的女孩会这么叫着，把她马裤上的尘垢拍掉,而史密斯只需要回答"真棒"或者"太好了",以将她的注意力从拉布拉多犬转移到他身上。蕾哈娜来自一个更为复杂的世界。而且,尽管 AC/DC 乐队来自澳大利亚,但是他们并不符合世界音乐的标准。他考虑了好一阵子之后,决定去给她做点吃的。

他们在一个应急手炉的火光下吃东西,那是这条黑暗的飞船上最接近蜡烛的东西了。史密斯还没有把食物端上桌的时候,蕾哈娜就说:"我很感激这一切。"她身上的广藿香精油味儿很重,这意味着她很难轻易地尝出来他做的是什么。那只能算是件好事。"你真是太好了。那些漂着的粉红色的东西是什么?"

"啊,"史密斯说道,"独家秘方。全部都没有肉。你看,你那儿漂着的东西是二次合成火腿。我们通常会有合成火腿吃,里面含有火腿提取物,我们航天员把它简称为'合腿'。但是这是合成合腿,它甚至不含任何合成火腿的成分,公司的人之前把它称作'合腿之光',但是现在不那么叫了,因为我们把它简称为'二合腿'。它看起来像粪便,但其实并不是粪便。"他补充说,又觉得这段解释的结尾部分语气有些弱了,"嗯,反正里面没有肉。"

"它看起来很有立体感。"蕾哈娜说道。史密斯把一些东西放进碗里,'合腿之光'在稀稀的汤水里一会儿沉下去一会儿又浮上来,看上去非常奇怪。他把其中一只碗递给了蕾哈娜。她尝了一口。"嗯!"她说道,"味道也很有立体感!"

史密斯皱起了眉头:"我说,要不咱们放点音乐吧?"

他走到了房间后面的卡式唱机旁边,挑了一张录音存储盘:"你之前可能没听过这个。"他打开唱机，说道，"这是莫扎特的作品，他是英国的一个历史人物。"

"莫扎特是英国人？他不是来自维也纳吗？"

史密斯皱起了眉头："我不这么认为。莫扎特他就是英国人。"

蕾哈娜咧嘴一笑："你说的是沃尔夫冈·阿玛多伊斯·莫扎特吗？"

"就是他。彻彻底底的英国人。就说《第二十一钢琴协奏曲》吧，或者《安魂曲》。他如果不是英国人的话，就不会给他的作品取英文名字的。"

蕾哈娜用一只手捂住了嘴，发出了一声哼笑："那《小夜曲》呢？"

"嗯，他必须给它取一个德文名字。那是为一个德国人写的，你懂吧？给伊莉斯写的。"

"你还真是个了不起的人呢！"蕾哈娜说道，"这个话题到此为止了。"

"说实话，我更喜欢埃尔加。"

史密斯坐了回去，看着他做的饭。房间里播放着古典音乐，他感觉自己好像被一个仪仗队用音乐护送到了桌子旁，为吃一包薯片做准备。他的饭伤心地躺在盘子里。他用勺子盛了一团东西，举到嘴边。那东西傲慢地坐在那儿，好像有一只小动物在他的勺子里举行了一场卑鄙的静坐抗议。"嗯。"他说着，张大了嘴，"看起来还不错——呕！哦，天哪，太恶心了！"他伸出手，把她的碗拉了过来。"你不能再吃这种东西了。"

蕾哈娜点了点头:"好吧,既然你说起来了,它尝起来是有些奇怪。"

他痛苦地说道:"很难吃,是吧?"

"也没那么难吃吧……也许只能算不太好吃。"

"真抱歉。"史密斯说着,摇了摇头,"这些事……恐怕确实比较困难。"

她站了起来,准备把碗拿走:"哦,别担心那个。我也完全不会做饭。不过,我很感激你的努力。"

"我不是说做饭。我是说让一个女人上船。"他捏了捏鼻梁骨,突然惊讶地发现自己正处于这般境地。诱惑和计谋都到此为止了:就像一个醉汉离开了海边的酒吧,兴高采烈地往码头外面走一样,他突然发现自己身处一个艰难的未知领域。是时候冲到水面上逃跑了。"我的意思是说,当然了,有卡尔薇丝,但是她并不是一个真正的女人。"

"她是一个模拟人。"

"我本来想说'悍妇',但是没错。然后就只剩下你了。"

她坐了下来。蕾哈娜把胳膊肘放在桌子上,双手撑着脸。这让她看起来非常认真,使她的脸有了一种严肃的美。她问道:"让我上船是一种坏运气吗?"

"只是对你而言。"史密斯说道。

她笑了起来。"哦,那还不算太坏。当然了,当然,饭菜还有待改善,这里的床也比较奇怪,而且,我跟苏鲁克在一起的时候会有些紧张,还有他收藏的那些头骨,但是有很多东西可能会更糟呢，比如说……"她想了想，"很多东西。"

"我想是这样的。"史密斯不太信服地说道。

她叹了口气："听着。我想我知道现在的情况是什么。"

"你知道？"

"当然。我是个女人，而你正好是个男人，就是……"

卡尔薇丝走了进来："好了。好消息是，我们正处于着陆的最后阶段，坏消息是不知道要着陆在什么地方。我跟安迪在地面上的熟人通了话，他叫尼尔，他正在解决一些问题。他说的话我连一半都听不懂，但是我们的情况似乎还不错。"

"你这个'可能性'听起来相当全面啊！"史密斯说道，"卡尔薇丝，你可不可以先出去，五分钟之后再回来？"

"呃，不太行。你看，还有一点呢，这个叫尼尔的人认为我是船长。"

"什么？为什么？"

"我也不知道。他应该是搞错了。我想是因为，我就是这么跟他说的。"她叹了口气，"我想这样可能会稍微缓和一下我们之间的气氛。"她有些恼火地晃了晃她的双手："我以为那是个好主意呢！没想到其实不是，现在我后悔了。"

史密斯做了个苦相："你只要让我们降落就行，卡尔薇丝。"

"好了。咱们回见。"史密斯对蕾哈娜说完，站起身跟着卡尔薇丝去了驾驶舱。她在驾驶座上坐了下来，他站在她身后，看着飞船沉入卡利斯坦残留的大气层。

"你真是个白痴，居然假装船长。"史密斯说道，"我的意思是，有谁听说过一个女的叫作伊桑巴德?"

卡尔薇丝说道:"你知道我给了他们一个假名字,对吧?一个女孩的名字?"

"嗯,那还稍微好一点吧,我猜。"

通信器响了起来:"黛西·链锯船长?是你吗?"

"或者可以说,是更糟糕了。"史密斯说道。

"啊,对,没错,是我。"卡尔薇丝答道。由于某些原因,她让自己的声音变得低沉了,仿佛刚才的谈话把她弄糊涂了,让她真的觉得自己是个男人,"我们现在正在下降。"

一个年轻人的脸出现在屏幕上。他下巴很尖,戴着一副镜片有些倾斜的太阳镜,这让他看起来像二十世纪人们头脑中的外星人形象:"好的,很酷。你怎么还用手动控制装置驾驶飞船?难道没有神经接口吗?"

"有的事情还是亲自做比较方便。太空中到处都是无能的人。"她转过来低声说道,"这样才符合我的性格,头儿。"

"太对了。"屏幕上的人说道,"你们什么时候能降落下来,嗯?"

卡尔薇丝看了史密斯一眼,他耸了耸肩。她又转向屏幕:"呃,两个小时?"

在一架迅捷的小型飞船驾驶舱内,德莱基特在研究着他的任务。他的机器大脑记住了一个叫波莉安娜·卡尔薇丝的女人的面容。他把她的形象输入飞船上的电脑，电脑向他展示了她在留着不同的发型、戴着不同的眼镜、戴着假胡子、甚至从后面看时是什么样子。德莱基特牢牢记住了她在一千种不同的伪装下的样子，然后给他的棕色长外套上了蜡。

波莉安娜·卡尔薇丝似乎是一个理想的目标。她应该是一个简单的对手：弱小而又孤立。她假扮成船员，上了一艘英国飞船：约翰·皮姆号。从她的外表来看，她应该没什么战斗力，也不像足智多谋的人。她是一个容易解决的目标。

在外行人看来，赏金杀手总会从他们的工作中获得某种乐趣，他们会欣赏那些艰巨任务中所包含的艺术性与技巧。当然，德莱基特在任何事情中都无法获得真正的乐趣（尽管当他在闪烁的霓虹灯下吃着凉的中餐时会获得某种冷酷的满足感），但是如果他有能力享受生活的话，那么他肯定能在别的什么地方找到它。他宁愿自己的目标是一个弱小的人，而不是一个强大的敌人。有些晚上他会梦见自己受雇去猎杀一只特别凶猛的小猫，醒来之后，他会怀疑自己是不是入错行了。

赏金杀手是一群又坏又孤独的家伙，德莱基特也总是喜欢独自工作。他们残忍、不讲道德，还喜欢背着火箭背包，所以与他们并肩作战——或者，更具体地说，在他们下面作战，是非常危险的。德莱基特见过的唯一一种比他们更糟糕的人是太空海盗，他们虽然没有那么冷酷无情，但是却容易烦人地突然唱起歌来。

除了一些忧人自恼的烦闷外，还有一件事情困扰着德莱基特：卡尔薇丝没有历史。六个月前的她，从记录中消失了。没有出生日期，没有工作记录，也没有直系亲属——事实上，没有什么东西能够证明她的年龄大于六个月。

德莱基特嗅到了机器人的气味，而他是不会去杀死一个自己的同类的。他点燃了一支香烟。可能是我弄错了，他想。我可能会把人类错认成模拟人。对这个目标，我需要非常确定。

那意味着他得近距离观察，设法取得她的信任以确定她的身份，在着手击杀之前先进行霍伊特·阿克斯顿测试。这个过程既需要魅力，也需要火力。今天，他决定用牙膏刷牙，而不是威士忌。

史密斯离开了正在跟他们的新朋友交谈的卡尔薇丝。如果她想当船长的话，她就要处理所有船长要做的事情，其中似乎在很大程度上包括与一个说着自己发明的语言的人交流。

令人不快的是，蕾哈娜已经回到了自己的房间里，不过这一点倒可以预料。史密斯本来想去看看她，又觉得那样没什么意义，因为他只会把事情搞得更糟。不知道为什么，他觉得应该在不张开他那张愚蠢的大嘴的情况下跟她交流交流——最好的方法应该就是旗语了，他痛苦地做着决定。

苏鲁克正一动不动地站在货舱里，双眼紧闭。史密斯从来没有弄清楚过他的这种举动到底意味着什么。冥想？思考？或者只是让他的大脑休息一下，以备之后使用？不管是哪一种，他都需要说服苏鲁克待在他们的视线之外，直到他们完成谈判。如果说有什么东西会破坏这桩微妙的黑市交易的话，那么肯定是一个迷恋头骨的、长着一张青蛙脸的外星人。

他走进货舱的时候，那外星人转了过来，他的小眼睛微微睁着，看着史密斯。

"我们大约半个小时之后着陆。"史密斯说道。

苏鲁克发出了低沉的欢呼声："太好了。我去拿我的武器。"

"呃，不用了。我宁愿让你留在船上。"

"留在船上？你不希望我下船吗？"

"嗯，没错。说实在的，你能不能坐在某一个储物柜里？"

"不能。"

"嗯，那么至少，你能待在别人看不见的地方吗？我是说，这里似乎也没什么事情可做。没有商店，杀人是违法行为——我只是认为你会感觉无聊。"

苏鲁克露出獠牙，怒视着他："你宁愿让我留在船上？"

"没错。"

"哼。好好的度假怎么变成这个样子了？"

"你在这里也可以玩得很开心啊！你可以，呃，抓老鼠什么的。"

"好吧！"

"太好了。我很感激，苏鲁克。只是这里的人不是很开明，他们可能会因为你的存在而感到受冒犯。"

"这就更有必要打开他们的头颅了，用一把斧头。"

"我同意——但这次不行，好吧？"

"嗯。很好。我是不会放低身段的。随你的便吧！"他说完，转过身去，叉起胳膊。

"别这样。"史密斯说道，"这只是暂时的。我保证，修好了引擎之后，我们会去找一个适合你的原始地方。好吧？"

"原始而又野蛮？"

"当然了。我保证。现在，你能帮我把那些枪整理一下吗？"

08

火星死亡契约中的赛博帮派

在约翰·皮姆号下面,有一个巨大的虹膜闸与地面齐平,就好像岩石下面藏了一台巨大的照相机一样。当飞船降落的时候,虹膜闸慢慢滑开,发出刺耳的刮擦声,即使在呼啸的风中他们也能清楚地听到。约翰·皮姆号沉入了地下,进入一个巨大的金属隧道,虹膜闸在上面关闭了。

突然,永不停歇的风暴消失了。飞船的引擎发出的低沉轰轰声在隧道里回响着。隧道的墙壁上有导向灯,随着他们下降,导向灯在风挡玻璃上向上划过。

"这看起来不太妙啊!"卡尔薇丝说道。

"那支步枪在我的床下面。"史密斯回应道,"我把马克沁连射枪放在了货仓中的货箱里。如果遇到麻烦,就回到船上,我们可以在那里武装起来。"

"好的。"

"把安迪给我们的那些枪带给这些人看看。如果他们表现出了兴趣，就把他们邀请到货仓里来看看我们的货。这样至少我们能够在主场与他们对话。"

"我不确定我能不能跟他们交谈。"卡尔薇丝说道。

收音机响了起来。"嘿，哥们！"尼尔喊道，"你们已经进了管道，状态良好！"

卡尔薇丝做了个苦相："你懂我的意思了吧？就我所知，他说的可能是斯瓦希里语。"

飞船着陆了，起落架微微弯曲以承受它的重量。在液压装置的补偿下，史密斯觉得船舱有点摇晃，他看到了飞船降落的地方：是一个巨大的球形大厅，四周是不锈钢的墙面。一些小人走来走去，他们穿着结实的衣服或者长外套：可能是技术人员。他几乎看不到任何人的眼睛：他们都戴着墨镜。这里看起来像间谍大会的门厅。

史密斯问道："你知道该做什么吧？"

"嗯，我知道。"卡尔薇丝回答。她在腰上别了一把军用左轮手枪："不过我还是有些紧张。"

"当船长确实不容易。"史密斯回应道，"这需要技巧和才能。"

"我真希望你能早点告诉我。"

"我们会看着你的。你尽量靠边，走监控能看到的地方。"史密斯的腋下夹着一个枪套，里面装着那把他从苛沃那里拿来的"开化者"手枪，"我会做好准备的。"

卡尔薇丝站了起来，史密斯坐在了驾驶座上。"万一我们要迅速撤离的话，这个按钮能让我们起飞。"她说道，"等我们到上面之后你就会知道了。"

"我估计撞击的感觉对我来说会是条线索。"

"随后的坠落和尖叫也会是线索。"她说完,苦笑着走向气闸舱,"我们出发吧!"

她按下按钮,门开了。外面是一个了无生趣的银色世界。

接下来的四个小时里,史密斯一直在驾驶舱里看着监控器。蕾哈娜泡了茶。史密斯喝到第四杯的时候,卡尔薇丝回来了。一同来的还有三个人。他们都穿着长外套,戴着太阳镜。

史密斯朝通话器靠了过去:"伙计们,注意,有外国人来了。他们看起来像书呆子世界的代表。"

蕾哈娜走进了驾驶舱。"他们看着真是荒唐。"她看着监视器说道,"波莉安娜做那个动作想表达什么?"

"啊。她是在告诉我外面的扬声器开着。不过他们看起来像那种很聪明的书呆子。"他大声补充道,然后他按了一下扬声器开关,"放屁。"

门铃发出了刺耳的尖叫声。"最好让她进来。"蕾哈娜说道。

"好的。大家各就各位!记住,我们要一直伪装下去。"

"你不必大喊大叫。"蕾哈娜说完,又走回了货仓里。

史密斯打开门:"你好,卡尔薇丝。带了些小伙子回来,是吧?"

"这可是你的链锯船长!别堵在门口!"

卡尔薇丝大步走了进来,后面跟着她的访客。"你的飞船上是不是也有些无能的人,嗯?"她说道,"如果不是我担任这艘船的船长，它肯定就要从太空掉下来了。"

"它不会掉下来。"她身后的那个女人说道，"它会一直漂着。太空中没有重力。"她看看四周，不为所动。她的黑色镜片让她看起来像一只涂了口红的巨大蝗虫："而且应该是担任船长职位。"

一个脸上长着粉刺的年轻男子跟在她后面。"嗨。"他注意到了史密斯，说道。

"这位是尼尔。"卡尔薇丝介绍道，"这位是崔妮，后面那位是莫瑞斯。"

莫瑞斯是一个秃顶的高个子黑人。他慢慢地看了看周围，说道："你的飞船散发出一种气氛、一种情感……一种气味。"

"那肯定是他。"卡尔薇丝说着，竖起大拇指指了指史密斯，"那么，谁想买点可爱的枪？"

她大步朝货舱走去。"给我倒杯茶，给这几位代表准备一些软汽水。"她回头对史密斯说道。他听完，转身朝厨房走去。"快点！"她补充道。

史密斯沏好茶，把茶和他从食品柜底部找到的一瓶肮脏的棕色可乐一样的东西拿到了货舱。那三位客人站在货舱中间的桌子周围，桌子上放着蕾哈娜和史密斯从苛沃那里拿来的枪。卡尔薇丝和蕾哈娜站在稍微靠后的地方，以让那些反抗军检查货物。苏鲁克不知道在什么地方，这意味着他很可能正在从他们后面悄悄地靠近。

"啊，你来了。"卡尔薇丝说道，"这儿有些饮料，先生们。把它们放在那儿，伊桑巴德。"

"伊桑巴德？"尼尔抬头看了一眼，"这是你的名字？"

"呃，不算是。"史密斯回答道，他想起了自己现在是一名通缉犯，"我的名字是伊桑巴德·琼斯。有点像笔名，只不过我不写东西。"

"化名。"崔妮说道。

"对。这不是我的真名字。我的真名也不叫伊桑巴德。这个名字是我编造的。"

"伊桑巴德。我喜欢。你做得不错。"尼尔说道。

"谢谢。我自己蓄的。"

"我说的是你的名字，不是你的胡子。你懂吧？当你搞破坏的时候会用到。"

史密斯的眼睛眯了起来："你是在跟我开玩笑吗？"

"我们继续吧！"崔妮说道。她站在那儿，双手叉腰，两脚分开，好像一个超级英雄在等待旁人的阿谀奉承。她在光亮的外套下面穿着光亮的紧身衣，好像在风洞里被垃圾袋撞了一样。"那么，这就是你要卖的东西了。"

"是的。"卡尔薇丝说道。

"我明白了。它们并不算什么高级货，但是它们没有牌照，不会被跟踪。它们可能对我们有用。在街头总能找到这些东西的用处。"

"但是在财阀的时代，任何东西都可以被跟踪。"莫瑞斯隐晦地说道，"所有的东西都变成了一个整体中的元素……冰块里的碎片。"

"没错。"卡尔薇丝说道，"太好了。你们打算买这些枪吗？

还是怎么想的？"

三人互相看了一眼。很明显，太阳镜让他们无法看清其他同伴的表情："我们得商量一下。"崔妮说完，几个人分别掏出了通信器。

"你们留在这儿商量吧！"史密斯说道，"我们去外面喝杯茶等候。"

"这些白痴是谁啊？"他们一进走廊，史密斯就小声说道。

"他们没那么差吧？"卡尔薇丝回应道。

"他们完全是蠢货。再说，为什么他们要那样说话？"

"政府通过技术手段严格控制着所有信息。"蕾哈娜说道，"显然，要看到1989年之前的文学作品几乎是不可能的。"

"棒极了！"尼尔在货舱里喊道。

"我明白了。"史密斯说道，"我们就不能找其他人了吗？"

卡尔薇丝耸了耸肩："你还想干吗？首先，这些人是反政府的。另外，安迪所说的唯一另外一个在找无标记枪支的人叫作'天启博士'，他在一个秘密岛屿基地开展了一个龙虾增产计划。"

"那好吧。你冷静一点，卡尔薇丝，别总对人指手画脚。虽然现在你'是'船长，但这并不意味着你有权力表现得像个白痴。"

他们回到了货舱里。

"这完全超过了我的存款。"尼尔说道，"喔……他们又回来了。"

"我们商量出了一个结果。"崔妮说道，她把光亮的双手叉在光亮的胸前，聚氯乙烯的摩擦发出响亮的吱吱声，"我们同意了。

我们会给你们六千元以及一些信息。"

"我们当初要的是七千元。"卡尔薇丝说道,"你们的信息有多好?"

"'好'是一个很主观的词。在数据的文化之中,信息可不仅仅是金钱……更是血汗。"

"这样我们是不是还可以找找别的买家?"卡尔薇丝问道。

"除非万不得已,没有人会来这个地方。"崔妮回答道。"你们来这儿不是为了做买卖,你们来这儿是因为你们必须来。真正做买卖的人会派无人机过来,而不是活生生的人。你们肯定需要某些东西,否则你们会用'仿真现实'系统,而不是亲自过来。而你们需要的可能是信息。"

"呃。"卡尔薇丝说道。

"所以,你们想知道些什么?在宇宙空间,我们的知识是最好的。知识是我们唯一真正的武器。"

"还有枪。"尼尔说道,"大量的枪。"

"我们需要用在飞船上的计算机零件。"史密斯说道,"为超光速引擎提供动力的设备。"

"超光速引擎,嗯?如果你们是想离开这里,那倒也算意料之中。"崔妮说道。她瞥了一眼莫瑞斯,他正艰难地透过他的镜片往外看,然后放弃了。"如果你们想要的是黑市设备,你们就得跟一个人谈谈。嗯,我刚才说的人,其实是一个东西。"

"东西?"卡尔薇丝不解道。

"他还算可靠。"她说道,"只是我不会过于信任他。"

"好了,在你们把我们交给外星佬之前,先让我们看看钱吧!"史密斯说道。

"安静,船员!"卡尔薇丝喊道,"谁能在这里发号施令?顺便说一下,是我。那么,在你们把我们交给外星佬之前,能先让我们看看钱吗?"

崔妮从外套里取出一叠皱皱巴巴的钞票扔到了桌子上:"六千二百元。这已经超过了这些武器的价值。我会打电话给卢平和斯潘德克斯,让他们过来取枪。"

"那么,能把零件给我们的人在哪儿?"史密斯说道。他本来想让卡尔薇丝控制局面,但是她一心想着数钱。

"他在其他地方。"莫瑞斯说道,"在一个不同于这里的地方。"

史密斯突然觉得莫瑞斯可能不是很聪明,只是有些特别。

"我们可以带你去见他。"尼尔说道,"他的名字叫奥多。"

要想合法地在杜特洛诺米登陆并不容易。德莱基特的太空飞船很小,灯光也暗,他把大部分驾驶的工作都交给了自动驾驶仪,而他自己则穿着外套坐在那里,擦拭着他用来猎杀目标的巨大手枪。一旦他进入了杜特洛诺米的轨道,他会向当局提交他的行动许可证,然后等待回复。伊甸共和国的安全部门是出了名的难缠。

负责检测空间交通情况的是国内自由与民主行动部,这个部门是安全保卫局的下属机构。安全保卫局又与共和国运营管理网络政府纠缠不清。整个管理体系非常混乱。

花了一天的时间,德莱基特的许可证才受理完成。他当时正瘫坐在椅子上，抽着烟。刚把一杯廉价的威士忌端到嘴边，终端设备响了起来。他被吓了一跳，嘴一张，烟掉进了酒里，还把他的眉毛烧了一部分。他的起降许可申请被批准了。

从理论上来说，共和国的政府机构应该会监测间谍、恐怖分子和其他颠覆分子的潜入，然后通过逮捕的方式控制他们的数量。实际上，间谍及其他人的数量一直在增加，因为那些机构逮捕了大量外形奇特的人并对他们严刑拷打，直到他们承认自己的"身份"。即使那些嫌疑人的外形并没有多么不同寻常，在严刑拷打之后，也会变得不同寻常。随后，他们会被转移到"欢乐营"——它就位于共和国领土外面一点的中立荒原地区。有时候，他们会被召回，以进行公开处决。毋庸置疑的是，每个嫌疑人只能享受一次这种特权。

戴弗林公司很强大，强大到可以让德莱基特避开共和国的大部分安全管制。德莱基特把飞船降落到杜特洛诺米的一个破败的装货港口时，没有人打扰他。没有人询问他任务的细节：他是公司派来的，这就足够了。之后的行动就得他自己安排了。

他熨平了自己最好的一套细条纹西装，往胸前的口袋里塞了一块白手帕。他把"刺客"手枪塞进了肩挂式枪套里，又戴上了一条领带，还从来没有人试图用这条领带勒死他。德莱基特拍掉了帽子上的灰尘，然后小心翼翼地戴在了他梳得整整齐齐的头发上。他的外表还算体面，但是他不在乎有谁能注意到这一点。

是时候大开杀戒了。

08 火星死亡契约中的赛博帮派

"那么,"伊桑巴德·史密斯说道,"跟我说一说这个叫奥多的人吧!"

"嘘!"尼尔发出嗖嗖声,"小声点,伙计!"

他们正在穿越一个巨大的大厅,这里是杜特洛诺米巨大的拱形洞穴之一。在史密斯看来,它像一个巨大的购物中心。年轻人结伴在长凳周围晃悠——他们中有许多人的穿着打扮都很像尼尔和他的两位朋友。成群的闲散市民慢悠悠地从他们面前经过。警卫们穿着整齐的制服踏着大步走来走去,腰间系着电击棍和枪,帽子压得很低,帽檐挡住了他们的眼睛。

"抱歉。"史密斯说道,"我没意识到这里会这么不安全。"

"这里从来都不会安全。"莫瑞斯在人群后面说道,"'安全'这个概念在我们这个时代是不存在的。"

"好的。"

"他们总在监视着我们。"尼尔说道,"走这边。"

这个地方真丑陋,史密斯想,全是些闪闪发光的金属和擦得干干净净却没有生气的表面。那些锻铁和抛光的铜器、齿轮以及帝国的仿哥特式拱门在哪里?杜特洛诺米有些过于和善了,仿佛它是由狂热地追求寡淡的人建立起来的。他看了看一个像大地毯商店的地方,很惊讶地发现那里居然是一个教堂。如果史密斯是神的话,那么他永远都不会进去。除非他需要一块地毯。

他们上了一台自动扶梯,上升了十五米,到了负一层。周围的购物者全都穿着欢快、颜色柔和的衣服,只有他们这一小群人穿着深色调的紧身衣。尼尔按下墙上的一个按钮,一扇门滑开了。

他们走进了一个小电梯，当他们挤在一起的时候，他们的外套吱吱作响。

史密斯想：如果他们想对我动手，至少他们离得很近，方便还手——用左手挡住他们的攻击，用右手反击……电梯开始下降。

"我们得戴上过滤式面罩。"崔妮说道，"奥多的新陈代谢机制跟我们那里的不太一样。"

他们三个取出了黑色的、有腮盒面罩，捂到了自己嘴上。尼尔递给史密斯一个。它看起来像那种建议自己动手的东西。

史密斯戴上面罩："这个奥多是个火星佬吗？"

"他不仅仅是人类。"尼尔说道，"他更是个了不起的家伙。他是黑科技大师。他就像一个用双手创造一切的家伙。只不过他的是触手。"

"那么，是火星佬？"

"奥多是这个城市最重要的黑市商人之一。"莫瑞斯用一段罕见的连贯话语解释道，"他对我们的使命来说至关重要，但是他的眼中只有自己。即便他皈依伊甸教派这件事情也是假装的。我们戴这些面罩是因为他缺乏正常人类的免疫系统。"

"所以，他是个火星人？"

"是的，他确实是个火星人。"崔妮说着，发出不耐烦的声音。他们在沉默中结束了这一小段旅程。

电梯的门开了，尼尔走了出去。史密斯跟在他后面，貌似漫不经心，实则小心谨慎。"走这边？"他朝走廊点了点头，问道。

"走这边。"尼尔说完，带领着人群往前走。

08 火星死亡契约中的赛博帮派

这肯定是一条检修通道,史密斯想。四面墙上都是粗糙的混凝土,管道也暴露在外面。史密斯能够感觉到他的新朋友们跟他走得很近。之前他们的位置很适合用拳头攻击他,但距离有些太近了,不适合枪战。低下身子,他想,把他们推到一边,转身的同时拔枪。"开化者"手枪正伏在他的腋下,贴着他的身体,伺机而动。

尼尔指了指通道尽头的门。"在这儿。"他说道。他靠向钉在门框上的一个看起来很粗陋的通话器:"是我们。"

塑料扬声器里发出一声微弱的鸣响,就像一阵风吹过哨子一样。"好的。"尼尔说完,往后退了几步,抬起头看了看安装在门上方的摄像头。

鸣声又响了起来。"呃,别了吧?"尼尔说道,"我不能那么做。我……你知道的,跟别人在一起。那样太尴尬了。"

"你那位呜呜作响的朋友听起来好像在命令你啊!"史密斯说道。崔妮转过身来面对着他,他想,在那副太阳镜下面,应该是一双咄咄逼人的眼睛。

尼尔继续对那个哨子声抗议。扬声器里突然传来一阵特别强烈的鸣响,尼尔闷闷不乐地摘下了他的面罩,他看着镜头,又摘下了墨镜。"不公平。"他眨着眼睛说道。

一个虹膜识别系统响了起来。扬声器发出一阵噼啪声之后,陷入了沉寂。

"看起来我们能进去了。"崔妮说道。门开了,发出刺耳的刮擦声,他们走了进去。

他们走进了一个房间大小的气闸舱,走廊上布满了电线和垃圾，好像只巨型喜鹊的藏身之处。靠墙的地方放着用支架撑起来的桌子，上面堆满了说明书、工具、电路和拆了一半的零件。有几块天花板被打开了，似乎除了把五颜六色的电线露出来当成彩旗之外，没有其他什么明显的用处。空气中隐约弥漫着一丝肉味儿，就像陈旧的比萨一样。

"他是个单身汉吧？"史密斯说道。

"我们在这儿等着。"莫瑞斯严肃地说道。风扇在天花板上旋转着，空气中突然冒出了一股洗涤剂的气味。

尼尔靠到他身边："记住，伙计，别摘下你的面罩。"

走廊尽头的门滑开了。尼尔朝史密斯点了点头，他们一行人走进了一个大房间。这个地方之前是一间公寓：隔墙的痕迹仍然存在，一面面屏幕布满了墙角，一株红色的盆栽植物爬上了其中一面墙。慢慢地，房间中央的那个人转了过来——或者更确切地说，是支撑他的机械装置转了过来。

它看起来就像一只踩着高跷的肥章鱼，臃肿而又下垂。一排精巧的金属合成臂悬挂在它的上面，就像一个行走的绞刑架。在它前面，眼睛和喙部下方，有一丛细长的触手。正当史密斯厌恶地看着它的时候，它伸出一只黏稠的触手，从它的金属腰间拿起一件工具，并举到了嘴边。它腰间的扬声器噼噼啪啪地响了起来。

从翻译器中传出来的声音低沉而又浑厚："在二十六世纪中叶，没有人会相信我的工作有足够的意义来吸引太空另一端的关注。但是现在，这里有了访客。我是奥多。欢迎你，先生。如果你想戴上手套跟我握握'手'的话，那么请随意。"

"不用了，谢谢。"史密斯说道，"我来这儿是为了做生意。"

"态度不太好啊，先生。"奥多回应道，"我很欢迎英国人。我觉得你们的民族是一个和善、有教养但脾气有些暴躁的民族。不过，或许我们可以找到一些共同话题？"

奥多的眼镜是反光的镜片。史密斯环顾了一下房间。要不是因为房间里都是女人、书呆子、外星人和肤浅的神秘主义者，他们还全都是外国人，他可能会感到不安。

"好吧，那我们开始谈正事吧！"他说道，"我需要一个能用在谢菲尔德轻型运输机上的绘图装置，我想你可以帮到我。"

半个小时之后，四个人离开了奥多的藏身处。他们默默地穿过走廊，尼尔按下了电梯的按钮。

"伙计，"尼尔说道，"现在我们得分开了，就像骑着一匹马的两个骑手。"史密斯还没想清楚他这么说算不算粗俗，他又说道，"感谢你们之前的交易。我希望你们一切顺利。"

"谢谢。"史密斯说道，"祝你们能顺利推翻政府。"

"嗯，我们还有一些非常重要的事情去处理，在'仿真现实'系统中。"尼尔说道，"说不定我们以后还会见面，无论是在现实世界，还是在数字虚拟世界。假如有一天你进入了矩阵的话，我就是《战争星河》中一个42级的魔法师。"

"再见。"崔妮说道。

"再见。还有你，再见。"莫瑞斯准备说话的时候，史密斯又说道，"你不用再说了。我从来不喜欢长时间的告别。祝你们好运。"

他走进电梯，门关上了。赛博朋克们做了一个相当于挥手告别的手势，电梯带着他上升到了他们的视线之外。

购物中心里挤满了肥胖而又行动迟缓的人。在人群上方，有一个巨大的电视屏幕，里面有一群穿着暴露的女郎在跳舞。这倒提不起史密斯多少兴趣。

一名警卫看着屏幕，和着音乐用电击棍在腿上打着节拍。史密斯船长从他面前走过的时候，他几乎都没有注意到。

突然传来了一声电火花的声音，史密斯回头看了一眼，看到了一个不同寻常的场面。其中一个跳舞的女郎在用一种奇怪的、近乎痉挛的方式扭动着她的屁股，这让那名警卫拍腿的力道越来越大，直到他的电击棍走火了。现在，他步履蹒跚地四处走动着，既像一头刚出生的角马，又像一个走在冰上的僵尸。史密斯在那里站了一小会儿，觉得这一幕有一些重要的意义。

他回到了飞船上。

"我想你们最好还是回到你们的家乡去吧！"电视上放映着节目，"这儿除了我和克莱德以外什么都没有——而且克莱德用正电子粉碎机的速度很快。"

苏鲁克把他黄色的眼睛贴在门的夹缝上看了看，打开了门。

"发生了什么事？"伊桑巴德·史密斯关上了身后的门，问道。

"许多事情都变了。一个女人和一个男人想繁衍生命，但是男人的怯懦推迟了他们不健康的摩擦。与此同时，在沙漠世界里发生了屠杀，只是为了一些微不足道的硬币。生命真是廉价啊！"

"也就是说，过去这两个小时里你们一直坐在那儿看《太空同盟》，而我却在冒着生命危险跟人类已知最低等的生物——阴险的外星人和计算机科学家——打交道。"

卡尔薇丝房间的门开了，她跳了出来。"你好啊！"她开心地说道，然后急急忙忙地从他身边跑了过去。她穿着她那件蓝色的连衣裙。

"为什么又穿成了《爱丽丝梦游仙境》中的爱丽丝？"史密斯问着，跟着她走进了休息室，"我不在的时候，你们没有追着裤子玩吧？"

蕾哈娜坐在一个屏幕前，上面正在上演太空飞船混战的大戏。史密斯有一种感觉：这里的屏幕与过去的某件相当重要的事情有联系。她招呼着让他们坐下："接下来的一段很精彩。"

卡尔薇丝坐在了一把椅子上。"好吧。"史密斯说着，也拉了把椅子过来，"大家伙儿，我有个好消息：我设法找到了一台新的绘图计算机。坏消息是，它现在还属于一个火星佬。"

"火星佬是什么？"蕾哈娜问道。

"就是你所谓的阿瑞希安人。"卡尔薇丝说道，"银河游牧民族，最初来自达鲁瑞亚。他们之前在火星上有个基地。不过已经不复存在了。最后一次使用还是在维多利亚时代晚期。"

"火星人？你是说，火星的火星人？"

"从火星来的那种？没错，就是那种。"

"好吧，我从来都不知道那些人真的存在。我还以为都是虚构的呢！"

"都是政府在掩盖事实。"史密斯解释道，"当然，乔治·

威尔斯也太夸张了。但是他们还是顺利登陆地球了。问题是，他们特别容易感染疾病，他们刚一到萨里郡就暴毙了。其中有一个人在倒下之前走到了埃格姆，但从那之后，就没什么人喜欢埃格姆了。"

"没错。"卡尔薇丝说道，"在二十世纪，杰夫·韦恩曾试图揭露这一真相，但他错误地选择了摇滚歌剧的方式，这削弱了自己的说服力——明显他是错误的。直到几个世纪之后，真相才得到承认。不过，要隐藏有关外星人的东西还是出奇的容易。呃，蕾哈娜？"

"我真的不知道。"蕾哈娜眉头紧锁，"但如果不是人类驱使他们离开了火星，那么还能是谁？"

听到这样一个基本常识性的问题，卡尔薇丝显得很惊讶："呃。当然是蜘蛛了。大家都知道。"

史密斯感觉到了女人之间的争吵即将发生。"我刚才提到的那个人跟我说他可以在当地时间今晚九点之前准备好那个零件。一旦我拿到了它，我们只需要把它安装到船上就可以走了。"

"接线倒不难。"卡尔薇丝说道，"只需要在恰当的地方把它固定住。在轨道上就可以完成。"

"也好。我们越早离开这个鬼地方越好。米德莱特可能也会有罪犯，但他们起码是人类。如果非要让我跟一个黑市商人打交道的话，那么我宁愿选择一个没有几百条触手的人。"

"还可能有很多后代。"苏鲁克说道。

"我说的是触手，苏鲁克。"

"我明白了。"苏鲁克懒洋洋地站在门边，他从腰间拿出了一把小锉刀,仔细地磨着他的獠牙。史密斯移开了目光,他发现自己还是不知道为什么卡尔薇丝会穿上她的连衣裙:"你为什么要穿成这样?"

"穿成这样?"她笑了起来,"啊,我有个约会。"

"你不可能有约会,卡尔薇丝。那太荒唐了。我们在这个恶劣的星球上才待了三个小时。即便是你也不可能那么快认识新朋友。"

"那肯定是因为我有机器人的超级感官。"

"或者是因为你完全没有品位。这里的人不是恶棍警察就是穿淡色衣服的胖子。如果你选择后者的话,那么我会很失望。如果是前者,那么我会很气愤。"

"都不是。他是个商业推销员,跟我们差不多。他来自一个叫作'卡弗岩'的地方。很可靠的,我保证:他有入境许可证及其他东西。"

"他的节奏的确很快。"蕾哈娜说道。

听到她在那儿含沙射影,史密斯很惊讶,他看了蕾哈娜一眼,她对他眨了一下眼睛。史密斯不由自主地傻笑起来。

"好吧!"史密斯说道,"但是你要保证十一点之前回来。因为那会儿我们要准备走了。"

"真的?"

"当然。我是认真的:一旦拿到了那个零件,我们就得离开。另外,如果我们错过了这个机会,我们就得跟天启博士和他的变异龙虾做生意了。现在,如果你们不介意的话,我就去我的房间小睡一会儿。"

史密斯睡了两个小时。有人敲了敲他的门。

"怎么了?"

"是我,蕾哈娜。"

他开了门。

她的穿着好像要去演一出尖酸地讽刺自己的戏:她穿着一件及地长裙,上面有一些画了半截的漩涡图案,上身穿了一件尺寸偏小、不太搭的 T 恤,还有一件巨大的羊毛衫,它看上去好像由怪物用绳子织出来的一样。它无法同时搭在她两边的肩膀上。她似乎做了头发,或者只是做失败了而已,结果头发现在成了乱蓬蓬的脏辫。她平时穿的那双塑料凉鞋现在换成了一双更脏的鞋。从她的样子来看,她的衣服是胡乱穿的,上面还有一些流出来的汗的气味儿。

天啊,这是怎样的一个女人啊?史密斯想。

"史密斯船长?"她说道。

"嗯,你说。"他回应道。

"也许我们是时候动身了。"

他看了看手表:"啊,没错,是应该出发了。"

"还有,伊桑巴德?"

"怎么了?"

"别出什么岔子。"

"我不会的。"他骄傲地说道。

"我只是想离开这里。这个地方太糟糕了。这儿没有生气。

法西斯主义者把这儿变成了盖亚灵魂上的一块痤疮。所以,别出什么岔子。我是认真的。"

"你这么说真的太好了,蕾哈娜。"

"我是认真的。别出什么岔子。我可能是个和平主义者,但如果你出了什么岔子,我就会很生气。你不会想让我对你采取非暴力手段的。"

"谢了。"史密斯说道。

"尽管你有些毛病,但是你很勇敢。"蕾哈娜说完,踮起脚尖,迅速地在他脸颊上亲了一下。她站在那儿看着他,眨着眼睛,忍住了因为被他的胡子扎到了眼睛而流出的泪水。

"谢谢你,姑娘。"他回应道。他突然有了一种伟岸的感觉,他经过她身边,向门走去。到了门口,他转过身,得意扬扬地向她敬了个礼。"回见。"他说道,"不用等我了。"

德莱基特在墙上划了一根火柴,又划了一根,直到第三次的时候才意识到这些是安全火柴,而且墙上镀了铬。"破地方。"他说道。他很累,没有吃晚餐,只喝了些威士忌。

然后她出现了,这个被条形灯照亮的夜晚也随之改变。

她有一张圆圆的小脸,上面有一个鼻子、一张嘴巴、一双眼睛,脸上写满了烦恼。她穿着一件深蓝色的连衣裙,前面有一部分是白色的,德莱基特不知道那部分应该叫什么。

他把香烟扔进了垃圾桶。她是个金发女郎。他早就知道她会是个金发女郎。

他挥了挥手,她咧嘴一笑,也朝他挥了挥手。

"你好。"她说道。

"嗨,黛西。"他回应道,"很高兴再次见到你。你的裙子很漂亮。"

"真的?谢谢。这是我在一个满是乡巴佬的星球上从一个女人那里免费得到的。"她说着,说完马上就后悔了。

"有意思。"德莱基特勉强说道,"你想喝一杯吗?"

"哦,好啊!"

"据我所知,这里是这个城市的自由地带。我们不是非得结了婚才能去酒吧。"

"哇。今晚应该会很有趣。"

"但愿如此。"德莱基特说道,他说这些话的时候想叹气,但努力忍住了。一辆智能汽马赶到他们身边,他们坐了进去。"那么,"德莱基特说道,"链锯。这个姓氏可不太常见。"

"事实上,那是我们家族的纹章。"卡尔薇丝回答道,马车带着他们走了。

史密斯又戴上面罩,按了按门铃,自顾自地哼着小曲。门上的摄像头转了一圈,然后往下转,然后又往上了一点,似乎很惊讶他居然这么高。

"你好。"他说道,"是我。"

扬声器里响起了那个低沉而洪亮的声音，就像一张老唱片里的播音员一样。"是了。"

"我能进去吗？"

"可以。"

门滑开了，史密斯走到了混乱的连接通道里。"稍等一下。"那个声音说道，"我得把你们人类身上肮脏的细菌从空气中抽走。感谢你的等待。"

史密斯站在走廊里，听着前门在他的身后关闭，琢磨着天启博士会不会是一个更安全的选择。他漫不经心地从地上捡起来一个装置，在手里转了转，想着它是用来做什么的。从上面的管子来看，它似乎是用在悬空汽车上的喷油器，但是就史密斯对技术的了解来看，它也有可能是一个糖果盒。

"别把你的那些肮脏的微生物沾到我的东西上。"奥多叫道。

史密斯放下了那个机器。他没有意识到他正在被监视着。"抱歉。"还好我没有检查我的枪，他想。那样的话，气氛可能就会比较凝重了。

门滑开了。他朝主房间里看了看，里面还是那些屏幕、机械装置和裸露的电线，然后奥多晃晃悠悠地走进了视野。虽然是第二次看到奥多，但史密斯仍然很惊讶，他就像一块装在塑料袋里的乳脂松糕被放在了一台昂贵的柠檬榨汁机上。他朝举在喙边的麦克风轻轻地鸣叫，翻译器响了起来。

"那么，工程师又回来了。我相信你在卡利斯坦上过得很愉快——或者更恰当地说，是在地下。"

史密斯说："还算可以忍受吧！尽管有时候我觉得它，呃，有些压抑。"

"说得好。这个世界不光被一个邪恶的军政府统治着，而且在晚上十点之后连叫一份好吃的外卖都不太可能实现。不过，一个人只要有恰当的关系，就能得到任何东西——我说得不对吗？"

"你说得对。"

"你这句话对我的鼓膜来说就像音乐。那么，你需要的是一台绘图计算机，是吧？"

"没错。"问题真多，史密斯想。真能拐弯抹角。

那外星人转过身来，从其中一对机械装置里抽出一样东西。它看起来像一个孩子的玩具，史密斯想，就是那种你可以在布兰普顿市的殖民商场中花 19.99 英镑买到的东西。在奥多把它举起来之后，他才看到那东西的背面被扯掉了，一把额外的电线被胡乱地塞进了洞里。他觉得这似乎更有些不可靠了。

"这个东西使用起来没问题吧？"

"没问题。现在把钱给我，我们就此别过。"

史密斯拿出一沓钞票，放在一张空桌子上。奥多拿出一把钳子，夹起钞票，放进一个塑料袋。"我得把钱洗一下。"他解释道，"把细菌洗掉。"

带着一种奇怪的优雅，奥多懒洋洋地把一只触手伸向绘图计算机："拿着。它是你的了。"

"谢谢。感谢你的帮助。"

奥多的三脚架往后退了一步："不用谢。"

史密斯转过身去开门。他身后有什么东西动了一下,奥多说道:"呜啦图啦,史密斯?"

史密斯又转了回去。奥多的触手缠绕在一个介于步枪和箱形风筝之间的装置上。那武器金字塔状的尖端发出红光,直指史密斯。

"热射线枪。"那阿瑞希安人解释道,"不过我想你应该知道它。"

"那么,你是想把绘图计算机拿回去?"史密斯问道。

"唉,不是。虽然我很不愿意辜负顾客的信任,但是有一个报酬相当可观的流言在地下世界广为流传。我打算领这笔钱。当局已经接到通知了。"

"你这个卑鄙无耻的叛徒!"史密斯叫道,"我刚跟你做了一笔好买卖,你转手就要把我卖给那些狂热分子吗?"

"我的确会。"

"你这个混蛋!我要把你的鸟嘴扯下来,再把你变成一个太空漏斗!"

"你不会这样做的。"奥多把他的触手伸展开来,那发光的枪管指向上方,"你瞧,我的头脑要比你高深莫测得多。我曾经研究过人类,就像科学家在显微镜下面研究细菌一样。要说机智,你不是我的对手,人类,而且……呜噜!"

史密斯扑向他。这是一场短暂但又残酷的搏斗。奥多用喙咬住了史密斯的喉咙,挣扎着想把他拉近一点以给他致命一击——但史密斯突然从口袋里掏出一把手枪并抵在了相当于那外星人下巴的地方,可惜他还没有进化到需要下巴的程度。

史密斯站了起来,把热射线枪踢到一边:"你刚才想说什么,火星佬?"

奥多的行走器倒着伸在空中,好像一颗坠毁的小卫星。他愤怒地叫了起来。"我诅咒你和你的大长腿!"翻译器说道,"我要喝你的血!"

"我对此表示怀疑。"他拿着绘图计算器退到了门口,"我只想对你说一件事,火星人。阿……"

"什么?"奥多站了起来,问道。

"阿……"

"不!"

"嚏!"史密斯摘下了面罩,大声地打了个喷嚏。

"不要微生物!"那外星人喊着,史密斯随手关上了身后的门。

给你点教训,你这个背信弃义的外星人,史密斯边走边想。你应该庆幸我没有用你的那三条腿的架子把你活活打死。他冷冷地笑了笑。然后他想起来他把钱落在那儿了,奥多还通知了当局,卡尔薇丝还在城里的某个地方,跟某个男人在一起。

情况看起来不太乐观。

"这里看着不错。"德莱基特指着一个酒吧说道。

卡尔薇丝眯着眼睛朝黑暗中看了看。"嗯。"她调动起全部的热情,就像一个把新兵往队伍里推的中士,"太好了!"

他们走了进去。里面有一些衣着很像尼尔和崔妮的人坐在桌子旁边，一边抽着烟，一边聚精会神地谈论着艺术和电脑。在赛博朋克的地下团体中，摘掉墨镜似乎是一种非常失礼的行为。当有人走近桌椅区的时候，嗡嗡的谈话声偶尔会被咒骂所打断。天花板上的吊扇很低，光线也很暗，卡尔薇丝突然想：戴着帽子的高个子在这里可能会遇到很多问题。

德莱基特看上去有些不自在，他拉开一把椅子，卡尔薇丝坐了进去。当他俯下身子去拿酒单的时候，她看到他的肩膀下面有一大块东西凸了出来，那儿通常是放枪套的地方。

"那么，你胳膊下面是一把枪，还是一个看到我会很高兴的异常突变？"

德莱基特看起来很惊讶。"啊？哦，这个吗？没错，呃，那确实是一把枪。"

"我能试试吗？"

"小姐，我看还是算了吧！"

"来嘛。拜托，拜托！"

好吧，德莱基特想，我得把保险栓扣上。我的袜子里还有刀呢！这样更能获得她的信任。她应该不会知道怎么打开保险。

"好的。"他说着，把枪递给了她。

卡尔薇丝用她的小手把"刺客"手枪转了过来，心中赞叹不已。枪的边缘闪烁着灯光，可能是怕它被拔出来的时候低空飞行的飞机会撞到枪管子里吧！

"这把枪很不错。"德莱基特说道。

卡尔薇丝隔着桌子把枪指向他，并打开了保险栓："那么，伙计，你究竟想干什么？"

德莱基特紧张地咽了一下口水。他自己的枪管子看起来大得能让人住进去。"我是个机器人赏金杀手，我来这儿的任务是要杀了你。"他说道。

"我开玩笑呢！"卡尔薇丝扣上了保险，把枪放在桌子上。

"你知道吗？"德莱基特有些生气地说道，"我也是。"

"嘿，"卡尔薇丝说道，"我们都在开玩笑呢！"

"那么，"旁边的一个声音说道，"准备点东西了吗？"

德莱基特把枪收进皮套，转向女服务员。她的笑容还在，但是那种自信却没了，仿佛在紧张之下，她的脸正在酝酿一个非常不同的情绪，以便之后使用。"汉堡。"他说道，"还要一些威士忌。"

"一个两磅重（译者注：1磅约等于0.4536千克）的培根芝士汉堡。薯条可以选择我们自己特制的番茄酱、法式蛋黄酱，或者'宗教警察'酱以减少胆固醇的摄入。"

"特制番茄酱。"

"您的夫人呢？"

"我点同样的东西。"卡尔薇丝说道，"不过薯条上不加酱。我蘸他的就行。你不介意给我挤点你的特制番茄酱吧？"她问道，然后立刻就在心里决定再也不说这样的话了。

女服务员走开了。德莱基特隔着桌子看着他的约会对象和刺杀的目标。他想知道她为什么要打扮成这个样子。这看起来不像一个模拟人会做出来的事情。但是这还不够。他回想着之前的几次暗杀行动，那些律师和会计很可能是跟他一样冷酷无情的机器。他打

08 火星死亡契约中的赛博帮派

了个冷战。这一次,他需要非常确定。他启动了他的检测软件。

他倾在桌子上,看着她的眼睛:"黛西,我能问你点事儿吗?"

她也笑着往前靠了靠:"当然可以,瑞克。"

"假如你有一只小狗——一只很可爱的小狗——但是你把它放在马桶里冲走了,那么你为什么会这么做,黛西?"

"一只小狗?"

德莱基特的眼睛直勾勾地盯着她。他的语速很快,声音冷酷:"一只可爱的毛茸茸的小狗,它的耳朵耷拉着。它很爱你,但是你却把它放进马桶里冲走了。它转了一圈又一圈,在它下沉的时候,它的眼睛里满是恳求。它好像在说,'主人,我为什么在下沉?'你为什么会把它冲进马桶?"

"我猜是因为它把我惹毛了吧……"卡尔薇丝说道,"我也不知道。你为什么问这个?"

"我就随便问问。"德莱基特说着,往后靠了靠。

卡尔薇丝觉得他俩之间似乎没什么火花。

德莱基特伸手拿威士忌的时候,他的头脑快速地运转、计算着。他这个狡猾的问题所引发的情绪反应表明她是一个机器人。一个人类肉棍是不会说出这种话的。生物学意义上的人类会对动物、家庭成员之类的东西表现出不必要的情感。也许她终归是个机器人——或者只是一个出乎意料的理性的人类。他需要知道更多东西,还得在谈话中插入另一个测试。

德莱基特用胳膊肘把他的叉子推到了地上。"哎呀。"他说道。

他弯腰到桌子下面去捡叉子。他看了看左边,又看了看右边,然后从外套里拿出一小块磁铁,放到了卡尔薇丝的腿边。

她不是金属做的。一些较老的机器人植入了机械装置,以使他们更加耐用。当然,这也不是没有例外的:像他自己这样的新一代机器人几乎完全是生物体质的。她要么的确是一个人类,要么是一个足够先进的机器人,可以很好地假扮成一个根本算不上先进的人类。

德莱基特也不能确定,他打算坐起来,跟卡尔薇丝面对面。

当德莱基特消失在桌子底下的时候,她还觉得他们的约会进行得挺顺利,于是她低头查看了一番。而当她发现他在用一块磁铁检查她的下半身时,她就没那么高兴了。她看着那块磁铁。"我没有穿贞操带。"她说道,"不过你尝试着把它打开,真是太好了。"

他们坐了起来,女服务员给他们端来了酒。音响中,《安全舞蹈》结束了,另一首歌响了起来。

"啊,无帽人乐队。"德莱基特说道。"你想说什么来着?你知道,"他接着说,"这让我想起了一件事。"

"哦,好吧。什么事?"

"假如有人给了你一个婴儿皮做的手提包和一双鞋。你会怎么做?"

"呃。"卡尔薇丝说道。

"纯婴儿皮。你会厌恶这份礼物吗?你会有什么情绪反应?"

"包和鞋子搭不搭?"

"这我怎么知道?"德莱基特说道。

"嗯,是你提出的问题。"

"这只是一个假设性的问题。"

"你是说你不是真的要把东西免费送给别人?"

"不会。顺便说一下,那包和鞋子并不搭。"

"哦。"卡尔薇丝喝了一口酒。"那也太糟糕了!"她激动地说道,"我会拒绝那个包,我还会说用婴儿做东西是多么可怕!"

"你是个机器人。"德莱基特说道。

"不,我不是。"

"你就是。"

"不是。"

"所有的证据都指向这一点。"他说道。

"我不是。不是不是不是。如果我是个机器人的话,跟你争辩的时候我就会表现得更好。我会运用逻辑什么的。这一点你怎么解释?"

"你是一个叛逃的机器人,你违反了自己的程序,还在逃避自己的职责。"他回答道,"谁知道你违反了基本程序之后会造成什么系统性故障?"

"那只是你的一面之词。"她怒气冲冲地盯着墙壁说道。

"波莉安娜?"他说道,"卡尔薇丝小姐?"

"又怎么了?"

"我逮到你了!"

"哦,真是背运!"她说道,后悔自己没有留住那把枪。这真是太正常不过了。约会进行得很顺利,结果他却是一个机器人赏金杀手。该死的男人!

"我知道你并不是一个真正的人类。"德莱基特靠在椅背上说道,"有好几件事情都让你露出了马脚。第一,你的穿着好像《爱丽丝梦游仙境》中的爱丽丝;第二,我受过特殊训练,可以把一些问题无缝地插入我们的对话,这些问题可以暴露出生物上的人类会有的情绪反应,从而揭露出你是一个机器人;第三,你明显不是真正的黛西 · 链锯,因为我有他们的第一张专辑。"

"那张专辑挺不错的吧?"

"是的,不错。不过我们还是回到赏金杀手的事情上。"

"哦,对。也许我们能想出一些解决的办法。你能接受性贿赂吗?"

"我不会杀你的,波莉安娜。"

她眨了眨眼睛:"你到底能不能接受啊?"

德莱基特被逗乐了,忍不住发出一声哼笑,他说:"波莉安娜,我来跟你说点事。我也是一个机器人,而且还不是个好机器人。事实上,我只不过是一个穿着廉价西服、拿着大手枪的二流骗子。除了一个倒霉的故事和一把手枪之外,我没有什么可以给这个世界,所以不要有什么想法。对于创造我的人来说,我没有什么可感谢的——我既没有朋友,也没有家人。但是我很庆幸我身上没有被装上一个过度活跃的性欲驱动器,也没有侦测危险的敏感本能。我不想再杀我自己的同类了。我说完了。"

"你没有回答我的问题。"

"你可以走了,波莉安娜。我不能说你有很大的机会能够逃脱,姑娘,虽然这么说我也很难过。"

酒吧的另一端发生了某种骚动。一群警察试图进来，他们身上的盔甲挡住了酒吧暗淡的光线。一个服务员正挥舞着双手，向他们提出抗议。那些警察互相看了看，他们的面颊上没有一丝表情。他们让卡尔薇丝想到了比自己更为原始的机器人，自动控制机器人。

德莱基特把手伸进外套里。"有麻烦了。"他说道。

忽然，那个服务员抱着肚子倒在了地上：他的肚子上挨了一拳。一根警棍在空中挥舞了一圈，打在了他们视线之外的什么东西上，卡尔薇丝知道，那肯定是服务员的脑袋。

德莱基特站了起来。"那儿有后门。"他朝吧台后面点点头说道，"快走，波莉安娜。"

在她看来，那些入侵者与其说是警察，不如说是突击队。他们正忙着找那些坐在桌子旁边的人的麻烦：他们把酒倒在地上，把盘子打翻，把顾客从包间里拉出来，再把他们推到墙边。卡尔薇丝站了起来。

"等一下。"德莱基特说道。

她看着他。

"在这个星系中，像我们两个这样的机器人全部加起来也没有多少。"德莱基特说道，"但是我想你比我更应该离开这里。他们在这件事上欺骗了我，现在我应该以其人之道还治其人之身。过来，妹妹。"他说着，把她拉过来紧紧地抱住，"给我一点力量。"

德莱基特狠狠地吻了她一下，然后放开她，拔出"刺客"手枪。"快跑，波莉安娜！"他说着，用双手举起了那把大手枪。"快跑！"

然后他又喊道,"喂,叫你呢!"卡尔薇丝往后门跑的时候,枪声响了起来。

在离约翰·皮姆号不到一千米远的地方,史密斯拿出了"开化者"手枪,把它放在外套的褶皱处。伊甸共和国的安全部队肯定会武装起来,但是他一样。

几十米开外,他听到了声响。一个士兵站在通往飞船的走廊里,背对着史密斯。他身着军装,戴着墨镜和驾驶手套。如果是在地球上,那么这身行头的改装程度足以把他送到军事法庭。

这会需要一些技巧。史密斯把手里的"开化者"转了过来。

趁那个人在用耳机听着什么,史密斯用枪柄砸了他一下,令人失望且困惑的是,那人还是好端端地站着。他说:"嗯?你在干什么?"

"把你打昏,我的好兄弟。"史密斯说着,又砸了他一下,那人倒了下去。

他的枪比史密斯的大多了。它看起来像一把空气动力的飞镖枪,里面装的可能是镇静剂。在控制暴乱的时候会很有用,尽管它没有史密斯设想中基列会喜欢的那种"砰"的巨响。他还是决定继续使用"开化者"。

史密斯把绘图计算机藏在了一台破旧的自动售货机旁边。他从口袋里掏出一支笔,在计算机塑料板上潦草地写下一些莫洛克字符。在外行人看来,它们就像涂鸦一样。

他拔出手枪,蹑手蹑脚地走到走廊边缘,朝四周看了看。

飞船的阴影中正上演着一个奇怪的景象。十二个全副武装的人站成一圈，蕾哈娜和基列正在圈里激烈地争吵着。

"你戴着你那顶法西斯小帽子来到这里，开始利用你那些冷酷的士兵压迫人民，其中没有任何道德权利和权威可言——"

"我遵从上帝的旨意！"基列叫道，而蕾哈娜则继续对他发火。他看起来又大又蠢，还非常傲慢，跟之前一样，他还带了十二个全副武装的人。另外，至少他没有再打算勾搭蕾哈娜。

"——不尊重其他人的权利，只是用你们狭隘的军国主义勒令人们遵从于你们残暴、陈腐的——"

"天哪。"史密斯想。他竭力想跟上这滔滔不绝的谩骂——或许他还是放弃比较好。如果蕾哈娜在被敌军扣留的时候就骂成了这个样子，那么当她要为他熨衣服的时候，会变成什么样子？

"——毁了这颗星球，还有其他那些被你们差劲的军政府所拥有的星球。你们的独裁政权朝盖亚脸上吐唾沫，还否认了把你们所谓的伊甸园变成了荒原的自然真理。你们对大地母亲没有丝毫敬爱——"

"我听够了！"基列叫道，"把这个异教徒带走！"

"别着急，基列。"史密斯走了出来，基列的手下转过身来掩护他。"开化者"长长的枪管子直指基列的脑袋。十二把枪指着伊桑巴德·史密斯。

基列看上去还是一如既往的平静。"哎哟哟，时髦船长。我刚才就已经抓到了你的朋友，现在我还抓到了你。"

"放那女人走，基列。她是我的船员，而在这里，你没有权力扣留她。"

基列轻蔑地哼了一声："你能怎么办？逮捕我们吗？逮捕我和我所有的手下？"

史密斯说道："不，你的手下可以走。但我要抓住你，基列。别让我使用暴力。"

"暴力？哈哈！你对暴力一无所知。我会把你彻底消灭！你会被大卸八块、挫骨扬灰，而你只能在无情的土地上咬牙切齿了！"

史密斯说道："作为一个信奉上帝的人，你吼得太多了，基列。"

"我为什么要听你的废话？"基列咆哮道，"干掉他！"

史密斯的身侧被什么东西打中了。蕾哈娜尖叫起来。基列抽出一根警棍，猛地打向她的头。史密斯开枪击中了基列的胸部，他躺在了地上。六支飞镖出现在史密斯的胁腹。基列大声叫喊着什么。

史密斯走上前去，拉开枪的击锤。这很简单，就跟玩杂耍一样。但他想举起枪的时候，却发现空气变得像浓粥一样。

"我要……把你……制服了，你……这个……垃圾。"他艰难地说道，就像慢速播放的唱片一样。他往下看了看，插在他腿上的飞镖向彩旗一样："该死，你给我下药了。"说完，他就像棵被砍断的树一样倒了下去。他撞到地面的时候想的最后一件事是"这地面还真结实"。

他们很容易就抓住了卡尔薇丝。她企图让一个卖弹药的自动售货机接收英镑，还妄想通过捶打机器的方式达到目的。两个警察一开始以为她是某种有异装癖的侏儒——这在伊甸共和国本来就是死罪，最后才惊讶地发现她是一个女人，不过他们还是把她带走了。

她被带到了一个小房间里,几个武装的大块头把她按到了一个座位上。桌子对面坐着一个眼神异常冷酷的大个子,他的一只手臂吊着吊带。他的面容平静而英俊,没有瑕疵,也没有个性,就像面部世界的牛奶巧克力。

"我叫约翰·布拉德利·基列,"他说道,"是无情的毁灭之神,狂怒上帝的太空舰队的舰长。我已经抓到了你的朋友:蕾哈娜·米切尔,一个反对我们的煽动者和颠覆分子,还有伊桑巴德·史密斯,一个愚蠢的家伙。我的手下正在搜查你们通奸的巢穴,也就是你们所谓的飞船。"

"我从来没听说过他俩。"卡尔薇丝说道,"滚开,放我走!"

一个警卫用枪戳了戳她:"管好你的嘴,小姐。"

"省省吧!我可是不列颠公民!"

那个人又狠狠地戳了戳她:"喂,你知道'脑袋''你的'和'轰掉'这几个词的意思吗?"

"晚安?"

"够了!"基列说道,"我知道怎么得到结果。你去的那家酒吧装了窃听器。我们知道你的真实身份。你是波莉安娜·卡尔薇丝,一个叛逃的机器人。"

"不,我不是。"

"因为你是公司的财产,所以我打算把你交还给创造你的人,而不是马上把你杀了。"

"既然这样,我的确是你们说的那个人。刚才我只是在撒谎。"

"很好。那么我们商量好了。明天你就会回到戴弗林先生身边。"

卡尔薇丝考虑了一会儿。一想到要回戴弗林公司,她就觉得不舒服。这个愚蠢的偏执狂难道不知道这意味着什么吗?肯定还有什么其他的选择。

"听着,"卡尔薇丝向前倾了倾,"我们能谈谈这件事吗?你是那种品行端正、敬畏上帝的人,对吧?维护道德、反对玩乐,诸如此类,对吧?你知道你把我送回去之后会发生什么,对吧?性。我就是为此而造的。无穷无尽的性:火爆、肮脏的婚外性行为。你是不会宽恕这种行为的,对吧?所以你得放我走,使我脱离所有那些罪孽,重新走上正义之路。"

基列用左手挠了挠他的下巴。"嗯,你说得有点道理。如果我把你交还给戴弗林公司,你只会陷入堕落之中。你说得对,我不能那么做。"他耸了耸肩,"把这个倒霉的女人毒昏了。把她锁在他们的飞船上,再把飞船发射到太阳里。"

"好吧,"被飞镖枪击中的时候卡尔薇丝说道,"我还以为这值得一试呢!"

09

裤子总是要还的

史密斯醒了过来，他的裤子不见了。因为镇静剂的缘故，他的头还有点疼，而他的第一反应是为自己还能活着喝到下一顿酒而高兴。他环顾四周，想看看周围还有没有姑娘，却只看到了站在牢房另一边的基列船长。

"该死！"史密斯说道。

"哟，看这是什么。"基列说道，"威猛船长的腰带怎么掉了。欢迎来到我的船上，史密斯船长。"

"基列，你这个卑鄙小人！去死吧！死之前先把我的裤子还给我。"

"哦，不会的。"基列咧嘴一笑，露出了他那整齐到不可思议的牙齿，"你哪儿也去不了。嗯，也不能那么说。一旦你跟我们说一些你的船员的事情，你就可以去其他地方了。在那个特别的地方，你可以学学怎样变得更加虔诚。我们要让你跟上帝亲密接触一下。"

"我不是要去教堂吧？"

"哦，当然不是。"

"还好。"

"我们要把你钉死在十字架上。"

"啊？那一点都不好啊！我的意思是，这可算不上是兄弟之爱，对吧？"

"你不是我的兄弟。"基列回应道，"你是个低智商的毫无信仰的傻瓜。"

"哦，真的吗？那你呢，你应该是世界上最疯的疯子吧？既然在才智上我能胜过你和你的小跟班苟沃，那我怎么可能是傻瓜呢？谁才是傻瓜？如果我是个傻瓜，我还骗过了你那个愚蠢的跟班，那么谁才是那个任命他的最大的傻瓜：是杀了他的那个傻瓜，还是让那个傻瓜当跟班的傻瓜？"说这些话的时候，史密斯的声音越来越大，现在他停了下来，眨了眨眼睛，有些惊讶地发现自己已经说完了，"嗯？说不过我了吧？"

"你在叨叨些什么？"

"你是个傻瓜。另外，把我关在这里是没有意义的。我宁愿在我的睾丸上涂满奶酪，再把它们扔给一群饥饿的老鼠，也不会出卖我的船员。"

"哼。"基列说道。他转向通话器："调度员，我们的飞船上有没有饥饿的老鼠？"

"走廊里应该有。"一个声音回答道。基列耸了耸肩，又转向史密斯。

"我只是想告诉你，你真的很愚蠢，"史密斯说道，"你看起来很愚蠢，你的行为很愚蠢，你的政府很愚蠢，你遵循的那一大堆信念也很愚蠢。所以，放了我的船员，然后滚蛋。"

"我不明白。"基列说道，"你为什么要保护那些失败者？"

"他们不是失败者。"史密斯回应道，"嗯，我从没见过他们在任何事情上失败过。他们是我的船员。我很喜欢他们。"

"好吧，我不感兴趣。他们现在可能已经死了。"基列说道，他的自信回来了一些。

史密斯冷冷地打量着他："你要知道，基列，我之前遇到过像你这样的人——一般是在我花钱看一个小丑作秀的时候。你没有你想象得那么聪明。你会失手的，就跟其他那些想找不列颠太空帝国麻烦的人一样——忽视某些细节，犯一些小错误——从那以后，一切都好办了。"

"我对此表示怀疑。犯错误的人是你才对。事实上，你太愚蠢了，即便我把真相告诉你，你恐怕也根本理解不了。"

"要不你试试？"

"好吧。我们要抓蕾哈娜·米切尔是因为她是个天使。"

"哦，那太糟糕了。深表遗憾，不过我很确定她心里已经有人了。因为我有小胡子，你懂吧？"

"我不是指男欢女爱。我是说，她是上帝的天使。"

史密斯没有酒可以喷，也没有裤子可以让他把酒喷在上面，但他还是试了试："什么？什么？你疯了吧？嗯，是的，很明显，但是，你太疯了，伙计，真的。"

"我就知道你不会明白,因为你没有信仰。"

"这实在是太荒谬了!她不是天使——如果非要说的话,那么她更像一个艺术老师。看在上帝的分上,她在一家健康食品店工作呢——我可以告诉你,相对于《出埃及记》里面燃烧的荆棘,她更喜欢燃烧的大麻。我是说,宗教的解释各不相同,但是我不记得加百列在报喜的当儿会抽一口大麻,你能想起来吗?"

"我们走着瞧吧。很快我们就会飞出共和国的领空,到那时候,只有上帝知道你身上会发生什么事——而上帝站在我这一边。等我收拾完你之后,噶斯特人会用他们的技术把蕾哈娜·米切尔的灵魂从她那异教徒的身体里抽出来,不管她堕落的主观意识会不会反抗。然后,有了上帝的天使在前面冲锋陷阵,伊甸共和国和噶斯特帝国将所向无敌!"

"真是胡说八道。会赢的是我们才对。我们人类会让地球彻底远离噶斯特人的威胁,你就等着那一天吧!"

"哼。你瞧,史密斯,你犯了一个基本错误。你觉得我不想让噶斯特人征服地球。但是这就是你错误的地方。"

"但是为什么,伙计?为什么要这样出卖你的人民呢?"

"不是我的人民!"基列吼道,他突然发气火来,"那是你的人民:没有信仰的人、亵渎神明的人、手无寸铁还叫嚷着民权和民主的人!那些鬼话要结束了!现在是末世,史密斯。世界末日要来临了,它会以噶斯特人的形式来临。我的神圣职责是加速那一天的到来,而蕾哈娜·米切尔的力量会帮助我完成我的神圣使命。到那个时候,当罪恶的地球被烈火所笼罩的时候,正义将会降临,而我会得到永恒的生命和一大群像天使一样的女仆。"

"哦，乖乖。"伊桑巴德·史密斯说道，他感到周身袭来一阵寒意，"看来我得跟你对着干到底了？"

卡尔薇丝在一阵嘈杂声中醒了过来。在她脑袋后面的某个地方，人们欢呼着、呐喊着、庆祝着。他们的声音中有一种愤怒、得意的调子。他们听起来可不像朋友。

她把眼睛睁开一条缝。天花板很亮。她肯定在直视着灯泡。这个灯泡的瓦数还挺大，她想。然后她才注意到自己在笔直地坐着，注视着正在快速变大的太阳。她变得更加担心了。

她被绑在了椅子上。该死。她悄悄地挣扎了一番，发现自己无法逃脱。嗯，她想，这真是太好了：你出去约会，发现你的约会对象是一个怀有别样目的的机器人杀手，然后，就在你认为情况不会比这更糟糕的时候，宗教狂热分子把你射向了太阳。哦！我想回家。

金属地板上响起了靴子的声音。她一动不动。

"好了，我们走吧！我们做得很好，但是现在该走了。"

"但是我们没有检查仔细，头儿。"这个声音让她想到了一个暴戾的大白痴形象，它可能发自一个会在太空头盔里咬着一根稻草的弱智的恶棍。

"我们检查过了。"

"但是这里可能有枪，头儿。我们可以留着。"

"你是说我们自己把枪拿着?嗯,可以。我和泽波会检查房间和货舱。你就检查这里。但是我们接到了命令,五分钟之内要离开,好吧?"

"好的!"

一阵脚踩台阶的声消失在走廊里。卡尔薇丝听到有人从她身后靠近,然后慢慢地意识到有人靠在了她的肩膀上。

"嘿,我能看到她的裙子底下!我能看到她的内裤,头儿!是你吗,头儿?"

"并不是。"杀戮者苏鲁克说道,然后是一声剧烈而混乱的碰撞声,他抓住那人的喉咙,把那人的脑袋撞在了天花板上。

卡尔薇丝睁开了眼睛。苏鲁克那长着獠牙、像食人鱼一样的脸看上去从来没有如此亲切。"嘿!"她说道。

"你好啊。"他答道,"船上有敌人。你愿意跟我一起干掉他们吗?"

"先把我身上的绳子解开,可以吗?"

"当然。"

伴随着刀子划开绳索的声音,绳索从她身上滑落,她往前坐了坐,揉了揉自己的手腕:"现在是什么情况?"

"史密斯和那个萨满女人不见了。敌人正在探索我们的飞船,掠夺战利品。他们预设了一条让我们飞向太阳的路线。很快,他们自己的飞船将派出一艘太空飞船来接他们。我们必须杀了他们。"

"飞向太阳这件事让我挺恼火的。"卡尔薇丝说道。她瞥了一眼仪器:"那太阳还真大。我们的枪在哪儿?"

"存在货仓里。敌人有打开柜子的钥匙,但是他们不知道那里面装着我们的武器。我们必须伏击他们并取回钥匙。"

"好吧!"卡尔薇丝接着说,"我怕是会拖慢你的速度,对吧?你为什么不去继续杀人呢?嗯?我就待在这里,呃,做一些有用的事情。"

"嗯。你继续躲起来对我可能是件好事,胆小鬼。你去船长的房间,看看那里有没有枪。他可能在房间里藏了武器。"

"好的。"卡尔薇丝很怀疑史密斯有足够的预见性来做到这一点,但是找一把枪的想法是好的。最好是一把很大的枪,可以在很远的地方操作。

"与此同时,我会去干掉我的敌人。祝你狩猎愉快。"

"你也一样。小心点。"

"别害怕。我在战斗中的狡猾可是出了名的。有人说,我把'悟性'用到了'无脑的野蛮行径'之中。还把'精明'用到了'食人行为'之中,但是这有点言过其实了。"

说完,苏鲁克跳进了走廊,几乎是悄无声息地落在了地毯上。卡尔薇丝数到五,然后蹑手蹑脚地走向门口。

她朝走廊里看了看。所有房间的门都开着,她能直接看到货舱里。一个士兵穿着东拼西凑的盔甲背对她站着,手里拿着一把步枪。苏鲁克不知道躲在了什么地方。

她悄悄地溜了出去,然后直接躲进了史密斯的房间里。卡尔薇丝叹了口气,庆幸自己目前还没挨过枪子。她关上了身后的门,开始搜查房间。衣柜里除了很多粗花呢衣服之外什么也没有。她把床拉开。在枕头下面，她找到了一套叠得整整齐齐的棉绒睡衣。她跪下来在床底下翻了翻，只找到一张女王的照片和一本翻旧了的罗兰爱思女装目录。

货舱里传来一声叫喊。有人喊："有个外星人！杀了那个绿皮肤的外星人！"之后便没了声音。

卡尔薇丝深吸了一口气，轻手轻脚回到了走廊里。突然响起了一声巨响，仿佛猛地关门的声音，她像兔子般跳回史密斯的房间，站在那里大口地喘着气，直到苏鲁克从货舱里喊道："你可以出来了。我把他们干掉了！"

他在货舱的门口等着。一个士兵躺在角落里，他的脖子被扭断了。另外一个士兵好像踩在了什么易爆品上面，他被致命的力量甩到了墙上。

"这个傻瓜慌神了，踩到了他自己设的陷阱里。"苏鲁克说道。

卡尔薇丝点点头。"作茧自缚。"她说道，"我们算是把敌人都解决了吗？"

"对。我们准备好可以起飞了。我之前在飞船附近发现了你需要的绘图计算机。一定是史密斯把它放在那儿的。"

"谢天谢地。坐好了，苏鲁克。我们要回家了。"

她朝门口走去，打算重新设置导航电脑。当她走到门口的时候，那外星人问道："回家？"

"对啊！我们赶紧离开这里。"

"但是伊桑巴德·史密斯还被关着呢！你对我们接下来应该做什么没有计划吗？"

"当然有。四个字：趁机逃走。快点，我们走吧！"

"我们哪儿也不去。我们要救我们的伙伴。"

"别胡说了！我们要回家。"

"错。"苏鲁克说道。

突然，卡尔薇丝没那么喜欢他了。

"我接下来打算好好享受我的度假之旅。令我失望的是，到目前为止都还没有发生过什么意外。不过或许我应该通过干掉敌人来弥补这一点。要么你准备跟敌人战斗，要么我会让你感受一下把所有的餐具都塞到屁股里是什么滋味。让飞船掉头，给我们的敌人点儿颜色看看，不然的话我会让你掉头，再给你点颜色看看。"

他发出一种奇怪的低吼声，向她逼近。卡尔薇丝发现自己进退两难。她不知道自己更愿意面对哪一个：死在基列和他残暴的下属手里，还是死于勺子插入直肠。真是愁人啊！

门滑开了。"立正，渣滓们！"一个声音叫道，462大步走进了房间。"安静！"他喊道，尽管谈话声已经结束了。

他看起来像一只穿着风衣的蚂蚁——尽管他的身体看起来像一只蝗虫或者竹节虫，尽管在他那肥胖的脑袋上有一张勉强能称得上是脸的东西，史密斯还是会将他想象成一只蚂蚁——一只巨大的、用他的后肢站立的蚂蚁。

他披着一件长外套，佩戴着一堆毫无意义的徽章——也许那些是在叫喊比赛或者其他类似的比赛中获得的最佳表演奖。

462用他的小眼睛扫了扫房间:"那么,威猛的史密斯船长。我们又见面了,虽然上一次没有真的见着。"

"我不知道。"史密斯冷冷地答道,"你们这些家伙看起来都一样。"

"安静!战争还没有开始就已经结束了。这真是对你的天大愚蠢的最佳致敬,地球人。很快,我们将会开启我们的计划,到那个时候,地球将成为我们的囊中之物。"

"我很怀疑,外星人。如果你觉得地球这么容易征服,那么你肯定没有去过沃金。"

"哈!不管是你还是你那弱小的星球,都没有任何条件来抵抗噶斯特帝国的力量。人类将被毁灭,而我为我的种族所做的奉献将得到回报!"

"他们能干吗?让你晋升为461?"

"你竟敢嘲笑我……事实上我会晋升为460。461在一次奇怪的事故中丧生了。不过这是题外话。你们完蛋了。进化让我们远远地把你们这脆弱的物种抛在了后面。"

"那只是一种理论。"基列插嘴道。

"别给我插话!低等的人类渣滓,"462生气地说道,"你们完蛋了。我们的舰队会让人类的国家分崩离析,然后降落在地球上,摧毁它无用的自由。地球上的人将会为了我们劳作,而我们噶斯特人将用铁拳让人类毁灭!"

史密斯看着基列。"我希望你听到了他所说的一切。"他说道。

"所以,你反对我们的努力是毫无意义的。"噶斯特指挥官说道，"有了你那被俘的交配对象给我们透露的秘密，我们将扫除银河系里一切低效率的东西。现在，我还有其他事要处理。"

462转身走了。当他走到门口的时候，史密斯说道："等一下。"

那噶斯特人笑着转了过来："啊，所以你想乞求宽恕，对吗？"

"我只是有话要说。"史密斯紧紧地盯着噶斯特人那双无情的眼睛，"你给我听好了，外星人。你可能即将要征服银河系，但至少我没有你那样的大屁股。"

462停了一下，回头看了看像黄蜂窝一样从他的风衣后面突出来的又大又红的东西："这不是屁股。这是我的腹器。"

"毫无疑问。我可以肯定这是个大屁股。"

"无知的人类！这个器官对我的消化系统非常重要，比你们的要高效多了，它可以给我提供营养物质，让我有力量去征服你们这种低等的物种！"

"抱歉，你能再说一遍吗？刚才隔着你那又大又红的屁股，我没有听到。"

那噶斯特指挥官咆哮起来："哈！你尽管笑吧，趁你现在还笑得出来，弱小的地球人。但是我可以保证，我是不会对你心慈手软的，史密斯船长。你将被彻底消灭！"

"那么，你是打算坐在我身上了？用你的大屁股？"

462发出一声怒吼。他猛地转过身来，触角颤抖不已："你这是最后一次嘲笑我的屁股了！你，警卫！把笼子拿过来！"

"住手！"卡尔薇丝喊道。她被颠倒了过来，裙子落在脑袋周围，手臂不停地拍打着。苏鲁克抓着她的一个脚踝，上下摇晃着她。从好的方面来说，他还没有用勺子伤害她；但是从坏的一面来说，她很确信她吃的早餐马上要跟她飘荡的头发亲密接触了。"放开我！让我下去！"

"如你所愿。"苏鲁克说道。

卡尔薇丝的脑袋着了地："我的意思是从另一个方向。"

那外星人叹了口气："你让我感到悲哀。难道人类已经如此堕落，以至于飞行员们都不愿意投入一场他们几乎注定会失败的野蛮枪战中了？"

卡尔薇丝揉了揉她的脑袋，说道："没门。我们只有两个人，苏鲁克！他们肯定有上百号人呢！这让我们怎么对付得了？"

"三个。你忘了甘·乌泰奇。"

"那是谁？"

他转了过去，伸手去拿门边的矛："甘·乌泰奇，我祖先的武器，灵魂世界的利刃。"

"好吧，谢天谢地。"卡尔薇丝回应道。她爬了起来，说道："我还在想着你那把棍子救兵什么时候能来呢！没门，绝对没门。"她朝门口走去。令人惊讶的是，他没有挡着她的路。卡尔薇丝对目前的一切都感到不快和愤怒，包括她自己，她跺着脚，沿着走廊朝放啤酒的冰箱走去。

为什么这些事情不能发生在其他人身上？卡尔薇丝想着，拿出一罐啤酒打开。为什么生活总是想让一个不是英雄的人表现出英雄气概？你既然从来不期望打扫厕所的人去指挥歌剧，那你为什么期望一个更喜欢畏缩在毯子下面的人去参加一次大胆地救援任务呢？她砰的一声关上了冰箱的门。

门上贴了一幅画。卡尔薇丝之前没有注意过。上面画了四个站成一排的人，其中两个是女人。有一个男人长着獠牙，举着一把斧头。这是苏鲁克画的，她想。每个人上面都有标签："我自己""伊桑巴德·史密斯""蕾哈那"和"胆小鬼小肥婆"，还有一些有意思的小标签，比如"皿"和"首及"。史密斯上面还写着"我最好的朋友"。

卡尔薇丝拿下了那幅画，把它握在手里，对这幅画让她产生的内疚感到生气。有那么一会儿，她真想把这该死的画撕成碎片，再扔到废物处理装置中。多么无耻的操纵，多么下流地企图影响她的感情！"胆小鬼小肥婆"从她手中的画里看着她，微笑着挥着手。

"肥？"她盯着画说道，"肥？我不肥！我要让你看看，你这个厚脸皮的混蛋！"

她转过身，跺着脚回到了驾驶舱，径直坐到座位上，让飞船掉了头。她设置了一条全速开往敌人战舰的航线。

就在这时，她突然意识到"我最好的朋友"可能指的不是史密斯，而是苏鲁克在史密斯头上挥舞着的那把斧头，但是为时已晚，因为那莫洛克人微笑着把头伸进了驾驶舱的门。

"我们已经改变航线了？"苏鲁克说道。

"计划有变。"卡尔薇丝说道，试图让她的声音听起来很自信，"你记得我之前说过要趁机逃走吧？嗯，我们已经开始走了。把你的刀准备好。"

警卫们把一个笼子抬进了房间。虽然他们自己就是无情的杀手,但是当他们看到笼子里的东西时,依然恐惧不已:一大堆纠缠在一起的皮毛,似乎没有四肢和头部,吱吱地叫着,敲打着栏杆。

"再过几分钟我们就会飞出伊甸共和国的领空了。"462说道,"然后,我们就可以看看谁更滑稽了。"笼子咔咔地响着,里面的东西用力地撞着栏杆。462得意地笑了:"告诉我,史密斯,你享受过与这种饿极了的东西关在一起的感觉吗?"

卡尔薇丝在货舱里找到了苏鲁克。苏鲁克的全身都挂满了武器,他的大腿、胸部和腰部都绑着利刃,靴子里、胳膊上戴的护腕里也都塞着刀子。他的手里拿着他的矛。更难解释的是,他戴着一顶大礼帽。

"我们都准备好了?"她接近的时候他问道。

卡尔薇丝点点头。"我的情绪很高涨。"她说道。她刚刚喝了一大杯海军朗姆酒。她把马克沁连射枪挂在了裙子外面的带子上。连射枪非常的笨重,这让她仿佛背了一个建筑基地。枪的保险被打开了,枪管子像烟囱一样从她的肩头伸出来。

"距离对接还有十四分钟。"她舔了舔嘴唇说道,"我从一个士兵的卡上找到了对接代码。我们预计可以直接连接。然后,我猜战斗就会开始了。"

"没错。"

她穿过货舱。苏鲁克还站在那里,平静地活动着他的手指。她突然感觉自己一点都不了解他。他让她觉得难以捉摸,她甚至怀疑即便是世界上最聪明的人也无法正确地审视他。"苏鲁克,"她说道,"你有没有什么害怕的东西?"

那外星人皱起了眉头。"我怕我永远都不会跟值得尊敬的敌人作战。"他说道,"小丑。还有一些乳制品也让我感到害怕。"

"那些东西倒不会让我特别担心。"她说道,"我害怕死亡,苏鲁克。"

"这很容易理解。"

"真的?"

"当然了!你是一个可怜的胆小鬼。在通常情况下,你绝不是一个好的战友。但现在是特殊情况,今天,我会与你并肩作战。所以就这样吧!你现在是战争家族的一员,无论发生什么事,你总会有一部分永远跟我在一起。我不否认,那有可能是说你的头骨会挂在我的壁炉上,但差不多就是那个意思。"

"谢了。"她说道。

苏鲁克举起了他的矛。"我想,不久之后我们就会与命运碰面。现在,我必须遵循我们人民的传统。是时候唱起我们祖先的死亡之歌了。既然你也是家族的一员,我就给你翻译出来。"

他仰起头,张开下颚,用洪亮的声音唱道:

今天,我们高举武器。

今天,我们慷慨赴死。

我们可能会英勇就义,

也可能侥幸存活。

哩啦哩，啦哩啦啦哩，

哩啦哩，啦哩啦啦哩，

啦啦啦啦哩。

"就这些吗？"卡尔薇丝说道，"真是垃圾。都不押韵！而且我觉得有一部分是你抄袭的。如果你真的快要死了，那么你至少可以先听一些好东西。"她咧嘴一笑。"我知道了！你想听听真正的音乐，等着。"

她又消失在飞船里。苏鲁克皱起了眉头。

飞船上的广播系统响了起来，一个低沉、平淡的弦音悠远而深邃地响着。苏鲁克颤抖着，调整了一下他的帽子。

一阵缓慢的鼓声响彻货舱。一个女人的声音从船舱深处传来，仿佛是一个迷路而又饥饿的鬼魂。苏鲁克的一根拇指沿着神圣之矛甘·乌泰奇的刀刃边缘移动着。狩猎音乐，没错。

卡尔薇丝走进门来，马克沁连射枪被放平了，准备射击。她的金发被一副头戴式无线耳机挡在了后面。她整理了一下她的蓝色连衣裙，擦了擦嘴角的泡沫。

"杰弗逊飞机乐队。"她说道，"我觉得我们需要一点激昂的音乐。我们走吧！"

一个士兵闯进了房间里："长官？"

462猛地转了过去,有一瞬间,史密斯还以为他是要去攻击那个人。"这个笨蛋是谁?"他对着基列叫道。

基列船长转向那个人:"出什么事了?"

"长官,有麻烦了。正在接近的太空飞船的对接代码是错的。"

"你说错的是什么意思?"

"长官,代码不对。那个代码应该是给我们的飞船用的。但来对接的是约翰·皮姆号,不是我们的飞船。"

"约翰·皮姆号?他的飞船?船上会不会是我们的人?"

那个士兵摇了摇头,说道:"我不这么认为。我们收到了一条消息,长官。它听起来可不像我们的人发的。"

在房间的另一边,伊桑巴德·史密斯说起话来:"你们这些家伙有大麻烦,但是我可以帮助你们。如果你们现在投降,那么我可以保证你们在被绞死之前得到公正的审判。"

"闭嘴。"基列说道,"我想听听这条消息。用扬声器播放一下。"

那士兵脸色煞白:"长官,我不认为它很……"

"快播放!"

他们听着。

"白痴们,你们好!还在劳烦上帝吗?好了,你们听清楚了。我这儿有一艘速度很快的飞船和一群愤怒的船员要跟你对接,我来这儿是为了把援助带给受伤的人,把伤痛带给傻瓜们。把船长带到气闸舱并放他走,我们就不会伤害你们,如果你们不这么做,那么我警告你们,我在打人这方面可是有学位的——当然,如果我参加了毕业典礼，那么我还会在'冷漠'上拿一个博士学位。所以，想开一点，好吧？"

"好了，"史密斯说道，"你也听到了。我的精锐士兵正在等待攻击的时刻。你那一回合打得不错，基列，但是现在是时候回到看台上了，不然我们就会把你彻底碾压。把我的裤子还给我，我们就此两清。"

基列跳了起来，眼睛里闪着光："两清？做梦！只要我还关押着上帝的天使，只要你那些黄肚皮、黑心肠的瘪三船员们还妄想着亵渎我的名字，就不可能！你！"他叫道，用手指戳了戳那个士兵，"看好这个人。还有你，"他转向462，接着说道，"跟我来。我来让你看看在这个地方我们怎么对付没有信仰的人。"

"看来我们得过一会再见面了，史密斯船长。"462说道，"在那之前，再见。"他露出了一个得意的笑容。"记着那个笼子，史密斯。"

在一阵皮革的嗖嗖声和触角的颤动中，他走了。门砰的一声关了。史密斯看了看那个士兵。

"我可以看到你的内裤。"那士兵说道，"太滑稽了。"

气闸舱的墙壁之间回荡着呼呼的声音和装弹时的咔嗒声。人们握紧拳头，戴上防护镜，检查着自己的胡茬，把《雇佣兵生活》塞进他们的后兜里。

格瑞丝·斯莉克的声音响彻了约翰·皮姆号的货舱，仿佛一个被抛弃的、恶毒的灵魂。歌剧就要到它的高潮部分了。

卡尔薇丝把一瓶派普托倒了过来，嚼了推荐用量的八倍。"现在随时会开始。"她说道。

一个巨大的东西撞在了飞船的侧翼。货舱里回响着当啷声,好像他们站了一口巨大的钟里。

广播系统里传来一个声音:"这里是正义之拳号。我们在你们的气闸舱外面。你们打开门并立刻投降,不然我们就拆了你们的气闸舱,然后把你们折磨得连撒旦也认不出来!"

"做梦去吧!"卡尔薇丝说道,"还马上投降……"

"别跟我说那些!"广播系统说道。

卡尔薇丝看了苏鲁克一眼。他站在气闸舱的门后面,手里拿着矛,一根手指悬在人工控制优先开关上。卡尔薇丝伸手关上了灯。约翰·皮姆号里一片黑暗。有五六个照明弹固定在气闸舱里,用来燃烧的部分被胶带固定在门框上,而启动它们的控制器则被固定在了门上。

"给你们的时间已经够多了。"扬声器里的声音喊道,"就这样了,我们要进去了。"

卡尔薇丝把连射枪端在手里,眯起眼睛说道:"动手吧!"

苏鲁克按下了开关。约翰·皮姆号的门打开的同时,那些士兵也打开了他们自己的气闸舱,控制器被触发,照明弹刹那间燃起了炫目的火焰。有人喊道:"有陷阱!"那些人赶紧用手遮住了眼睛。

卡尔薇丝扣动了扳机。马克沁连射枪上的运动传感器运转流畅，枪在她的手里转动着、剧烈地震荡着。圆形计数器飞快旋转，连射枪把半个弹夹的子弹都射进了气闸舱，她绷紧双腿，希望它能快点结束。

"等等！"苏鲁克咆哮着说。她停了下来，喘着气，空气里充满了烟雾。照明弹在门上噼啪作响，显得既邪恶，又喜庆——这个入口通向的是一个凶险的游乐场。

苏鲁克走进气闸舱，小心翼翼地踩着步子。他的靴子在破碎地砖上发出轻微的吱吱声。很快，他从她的视线中消失了。

枪响了一声，然后是刀刃快速划过空气的声音，接着卡尔薇丝听到什么东西重重地撞到了地上。苏鲁克在气闸舱的边缘往回看了看。"这可不会让人感到愉快。"他说道。

"敌人有很多？"

"这装饰风格也太丑了。跟着我。"

那里的装饰风格确实很丑，但是卡尔薇丝觉得更要紧的是从这该死的地方出去。她在苏鲁克后面小跑着，不时地回头看一眼，就像陀螺一样旋转着。她清楚地知道是派普托让她颤抖不已的手指能继续放在扳机上。他们沿着飞船的走廊匆忙地往前走，她想到了很多事情：死亡、被杀害、被枪杀，甚至还想到了被谋杀。她很害怕。

她听到身旁传来动静，于是猛地转身，扣动扳机。在子弹的轰鸣声中，一个男人抓着自己的身体，倒了下去，死了。另一个士兵躲了回去，伸手去拿背心上的什么东西，苏鲁克跟着他跳了进去。一个男人尖叫了一声，然后安静了下来。那莫洛克人回来了，嘴上吹着口哨。

"我往一扇压力门后面扔了一枚手榴弹。"他说道，"它很快就会爆炸。火焰会分散我们敌人的注意力。"

"很好。"卡尔薇丝说道，"我们快到了吗？"

"快到哪儿？"

"嗯，就是他们关押船长的地方。"她盯着他，"这是一次营救任务，对吧？我们得去营救船长。你以为我们要干什么，去买冰激凌吗？"

"啊，"苏鲁克说道，"有道理。你觉得船长会不会介意我在路上多杀一点儿人？"

"你说着火了是什么意思？"基列对着通话器怒吼。

"就是一团橙色的大东西，很暖和，把飞船点着了。"通信设备回答道。

"派一个小队去下面处理一下。该死的，下面到底出了什么事？"

在舰桥的另一边，462靠在舱壁上听着。他叹了口气，直起身走了过去。"你的手下似乎被击退了。"他看着监控屏幕说道，"你应该下令把登船的人驱逐出去，不然就战斗至死。你的船员太软弱了。"462咂着嘴，对基列摇了摇他的触角。"这给我的印象可不好,盟友。一点都不好。"

他们走过拐角时,六名士兵朝他们冲了过来,刹那间,走廊里枪声大作。卡尔薇丝赶紧躲进了走廊一边的壁凹里,苏鲁克躲在另一边。她看见他探出身子扔了一把刀,一个留着大八字胡、像一个高大的体育老师的男人摇摇晃晃地走进视野,然后倒了下去,那把刀从他的脖子旁边伸出来。卡尔薇丝把马克沁连射枪的枪管推到外面的拐角处,开了几枪,在敌人开始射击的时候又躲了回去。

为什么是我?她想。为什么是在这里?她看了看自己的藏身之处,想找点儿可能有用的东西,但是只找到了一张海报,上面写着:"在末日决战期间,你没有公民权利。"我真希望我在家里,她想。每个人都在朝她开枪,就连本应该站在她这一边的苏鲁克也挥舞着手臂,指着她的脚。

我的脚怎么了?卡尔薇丝想着,这时走廊里又传来一阵枪声,她低头看了看,看到了脚边有一个小圆柱体。她把它捡了起来。"这是你的吗?"她朝走廊的另一边喊道。

苏鲁克蜷缩起来,以示那不是自己的。她想知道那是什么。在这样嘈杂的环境中,要清楚地思考问题是很困难的。也许是某种罐头食品,也许是可乐。她看了看侧面,瞥见了一些文字,刹那间,她想到那可能是手榴弹。

她尖叫着把它扔回了走廊里,手榴弹爆炸了,恰好炸死了三个朝他们冲过来的士兵。卡尔薇丝趁势喊道:"喜欢这种滋味吗?"

然后她冲了出去，苏鲁克大步跟在她身边。

最后一个士兵看了他们两个人一眼——一个穿着蓝色连衣裙、浑身是枪的愤怒女人和一个戴着大礼帽的疯狂外星人——然后跑了。

"看！"卡尔薇丝说道。她指着墙上的一个指示牌。牌子上有一些小箭头，指向飞船的各个部分。在"电影院"和"禁闭室"下面，是"会议室"。

他们匆匆穿过走廊。墙上有玻璃舷窗：其中一个通向一件满是储物柜的前厅。她朝里看的时候，瞥见了挂在里面的一件棕色的东西——史密斯的外套。"在这儿！"她喊道。

走廊的上面传来一阵声音——有很多人。基列的人已经派出了援军。

苏鲁克低头看了她一眼。"去。"他说道，"把船长救出来。"声音越来越近了。卡尔薇丝瞥见走廊尽头有一个戴着防毒面罩的人，他握着拳头，在空中挥舞着某种暗号。"你怎么办？"她问道。

苏鲁克那张可怕的脸露出微笑："我打算好好享受我的度假——终于让我等到机会了。"

卡尔薇丝说："我很快就会回来。"她伸出一只手推开了门，另一只手仍然按在扳机上。

一个穿着黑色外套的小个子男人正在抽烟。门开的时候，他甩开外套准备拿枪——她开枪把他打死了。

卡尔薇丝匆匆穿过前厅，搜了搜那个黑衣服男人身上的东西。他的腰带上有一张门卡，她把卡插到了门里，看到锁上面的灯闪出了绿光。在她身后,战斗的声音响起了。苏鲁克部落的神圣之矛——甘·乌泰奇正玩得开心。

她打开牢房门冲了进去。史密斯穿着鞋子,却没有裤子,蹲在房间中央一个躺在地上的士兵身上。"别激动,是我来了。"卡尔薇丝说道。

"卡尔薇丝!"史密斯站了起来,"谢天谢地!"

"的确是我。"她说道,"我们过来救你来了。我们想——"史密斯转过身,她长大了嘴巴,"我的天啊!你现在是不是很兴奋?"

史密斯皱起了眉头。"什么?"他顺着她的目光,低头看了看自己,"哦,你是说我只穿着内裤?不好意思。他们偷走了我的裤子,想挫一挫我的锐气。"

"我看你的锐气并没有受挫啊!你简直就是个战争机器!啊,你就是用那条裤子调情的吗?"

"听着,基列现在应该非常生气。他可能派了一些士兵下来。我在楼上看到一些可疑的人在上面待命。我们现在应该赶紧走。"

"那我们别废话了,种马——我是说侦探。我们走吧!"

"我需要一把枪。"史密斯说道。

"在这儿呢!"卡尔薇丝笨拙地转过身,她感觉自己就像一匹背着枪械库的驮马。史密斯翻找了一番,拿出了步枪。他把"开化者"扣在腰上,穿上了他的外套。"我们走吧!"他说道,"苏鲁克需要我们的帮助。"

他们走到门口的时候,苏鲁克高兴地大叫了一声,然后朝走廊远处的某个人扔了一把刀。两人冲到了他旁边。

"回我们的飞船里,伙计们!"伊桑巴德·史密斯喊道。

一个人冲到了走廊里,卡尔薇丝猛地转身,开枪将他击倒。"哈!"她喊道,"还不错嘛!"她说着,拍了拍马克沁连射枪的枪管。"我能习惯一个这样的东西挺在我面前。"

突然,走廊里出现了新的身影:风衣在他们身上飘动,大脑袋在细长的脖子上摇摇晃晃的,螯爪像断了的翅膀一样从他们的肩膀上伸出来。

"噶斯特人!"卡尔薇丝喊道。

史密斯举起步枪,用瞄准镜瞄准之后开了枪。最近的那个噶斯特人被击中飞了出去。在静止之前,它抽动了一下腿。"我们走吧!"船长说完,他们跑了起来。

10
追踪

几个人跑回了约翰·皮姆号,砰的一声关上气闸舱的门。在他们身后很远的地方,正义之拳号上有什么东西爆炸了。这是我们做的吗?卡尔薇丝很好奇。史密斯抢在她前面回到了驾驶舱。伴随着一阵猛烈地摇晃,约翰·皮姆号脱离了那艘受损的军舰。卡尔薇丝摔了一跤,然后躺在地上来回挣扎。苏鲁克在回自己房间的路上经过她的时候,帮她解开了枪带上的扣子,她这才站起来。

她在厨房里发现了一些啤酒,并带回了驾驶舱。主引擎发动了,不一会儿,他们和基列的飞船就隔了数千千米远。

"我们做到了!"卡尔薇丝喊道,"我们把你救出来了!"

"的确是这样。谢谢你,卡尔薇丝。你真的很棒。"史密斯站了起来,向控制座示意,"现在由你来掌舵,驾驶员。"

"谢了,头儿。"回到驾驶座的感觉真好——她想——不太好的是,史密斯还是只穿着他的靴子、夹克和内裤,而且他的腹股沟现在跟她的头一样高,对此她明显有些负面情绪。"回来真好。"

她说道，"那把枪可真重。"

"你拿它是一个正确的选择。"史密斯说着，打开手里的啤酒罐喝了一大口，"如果你面对的是刚才那种走投无路的人，那么你肯定不想在没有充分准备的情况下就上去。"

"坦率地说，"卡尔薇丝说道，"你肯定不会遇到那种问题。你不介意把裤子穿上吧，长官？"

"裤子，没错。"史密斯说道，"与此同时，设定一条路线——准备探险。"

"有没有明确的方向？"卡尔薇丝问。她觉得，在营救任务成功了之后，一切便令人沮丧地快速恢复到了正常状态。

"嗯。"史密斯双手叉腰，若有所思地皱起了眉头，"蕾哈娜还在他们手里——虽然我不知道原因，但是她对他们很重要。我们要把她救出来，不光是因为她是一个陷入困境的女人，而且那会打断噶斯特人的罪恶计划。我建议我们先撤出来等着。我觉得他们会把她转移到噶斯特人的飞船上。然后我们远远地跟着噶斯特人，避开他们的扫描器。到那个时候，我们再攻其不备，把蕾哈娜救出来。"

卡尔薇丝点点头。这个计划听起来有些吓人，但是解释这一点是毫无意义的。"好的，头儿。"

"就这么办，卡尔薇丝。"

"我刚才说了，好的。"

"嗯，你继续吧！"

史密斯大步走进他的房间，找了一条合适的裤子，穿在了身上。

在回驾驶舱的路上,他注意到蕾哈娜房间的门开着。他停了下来,手放在门把手上,看了看四周,然后闪身进去。

房间里一如既往地散发出学生的气息。桌子上有一些关于冥想的书。史密斯随便拿起一本:那是一本日本卡通艺术回顾类图书,书名叫《回望漫画》。令人困惑的东西——他捋了捋胡子,把书放回原处。

史密斯在梳妆台前停了下来,思考着。为什么噶斯特人这么想要抓住蕾哈娜?她拥有这种诱惑力的原因是什么?他决定为了帝国和人类的利益而在房间里找找线索。他关上舱门,开始寻找。

史密斯仔细地看着抽屉里的东西,想象着各种东西到底能发挥什么样子的作用。在抽屉深处,有一个红色的金属盒,上面贴着标签——也许它里面会有一些有用的东西。他把盒子拿了出来,撬开了盖子。嗯,饼干。

史密斯返回驾驶舱的时候,卡尔薇丝正在把杰拉德的水瓶装回到笼子上。"你好啊,"他说道,"发现什么了吗?"

"很多。"卡尔薇丝说,"我已经扫描了周围的区域。他们正在深入无人地带,飞向一个目前还没有任何大国宣示主权的地方,不管是人类还是外星人。"

"奇怪。我还以为他们会把她带去见他们的上司呢!你继续。"

"嗯,不管他们的计划是什么,他们肯定是想低调行事。这就意味着,从他们的路线来看,他们正在飞向这里——"她指着屏幕边缘的一颗灰色的小行星说道,"龙星。喔,你拿的是饼干吗?"

"没错。给你。这个龙星是什么样的存在?"

"谢谢。嗯,据我所知,那里很可怕。《孤独星球》手册上说龙星上有着'富有活力的当地年轻人文化,它建立在以牛奶为基础的酒精饮料之上',但是如果它是我想到的那个地方,那么它肯定是银河系中最糟糕的星球。其他星球可能会更暴力、人口稀少或者不适合人类居住,但龙星是自然产生的最接近阿戴尔购物中心的地方。这次任务可能会很艰巨。我饼干上的这些东西是葡萄干吗?我不是很喜欢葡萄干。"她咬了一口,说道,"嗯……你是在哪儿找到这些饼干的,船长?我不确定我们是否应该吃它们。"

"之前它们放在蕾哈娜的房间里。我倒不会担心这个,卡尔薇丝。如果它们不是她为了星际旅行而做的,那盖子上就不会写着'太空饼干'。"

星系毁灭号飞船那长长的圆滑外形从黑暗中飞了出来,转向龙星。一开始只能根据消失的星星看出它的暗影,但是当它经过约翰·皮姆号时,龙星的太阳射出来的微弱光线照在了那艘飞船上,让它有了一个轮廓。阳光如黎明一般在那噶斯特人的飞船边缘慢慢移动。激光炮和导弹组出现在船体上;船头出现了尖尖的噶斯特字符,仿佛被太阳刻上去一样。在最前面画着一个噶斯特世界的怪物的头,它伸着触角,长着如狼一样的大嘴,仿佛在对着太空咆哮。

卡尔薇丝在雷达上跟踪着敌舰。派普托的药劲已经过去,她冷得在大腿上盖了一个毯子。当看到星系毁灭号经过他们的时候,她一阵战栗。她用小手绘出了星系毁灭号的轨迹。她只管给电脑编程,试着不去想别的事情:比如瑞克·德莱基特,他现在几乎可以肯定已经死了;或者他们与噶斯特人之间即将到来的对决。现在,似乎就连太空本身也成了敌人，既寒冷又不友好。对于那些只想要约会并喝一杯廉价酒的机器人来说，这是最不合适的地方。我开始害怕了，她意识到。

史密斯躺在他的床上，感到有些奇怪。他昏昏欲睡，却异常满足。他换了个姿势，想着蕾哈娜，笑了起来。随后他想起来她还被关押着，笑容就此消失了。不用担心，他很快就会把她救出来，到那个时候，也许他们可以一起去吃野餐什么的。

他的腿上放着一张照片。照片之前在蕾哈娜的房间里。照片上有一位身材高挑、头发又粗又硬的女人，她看起来仿佛要给中世纪的农民说一些睿智的话。有几只猫趴在她身上。她看着像一个更加严厉、更加憔悴的蕾哈娜：家族相似性很明显。但是在照片的另一半，也就是父亲应该在的地方，却被烟雾遮住了。迷雾在那个女人身边弥漫着，仿佛是她召唤出来的一样。坚持一下，蕾哈娜，史密斯想，我会去救你。不管你到底是什么身份。

苏鲁克在房间里整理着自己的物品。他在正义之拳号上玩得很开心，而且还带回了几件纪念品。苏鲁克的祖先们对他很满意：他知道，他们也很享受这场战斗。如果你们觉得刚才的战斗很有趣，那就等着我们到达龙星的时候吧——他告诉他们。别碰那个表盘，先人们。

龙星上正在下雨。在沃立格，它的首都，也是唯一的城市，为数不多的市民抬头看了看天空，然后耸了耸肩。

在俄—英—中—秘鲁战争之前,龙星曾经是俄罗斯联邦的殖民定居地,但是不稳定的地壳构造让它不适合进行全面殖民。如今,只有少数市民仍然留在破败的灰色居民区里,他们喝着廉价的酒,对着那许多破烂不堪的电梯排空膀胱里的尿。

一个小个子男人推着一辆装满盒子的手推车,经过一个生锈的雕像。雕像是一对正在跳舞的男孩和女孩。那个女孩除了高高举起的手上有一根手指外,其他手指全都不见了;男孩的脑袋也早就被人偷走,现在成了非法威士忌的蒸馏器。那个小个子男人走过一幢空无一人的公寓楼时,注意到地下通道里有一群小伙子。他们跟在他后面叫着,但是他低下头匆匆走了过去。

那些年轻人在地下通道里闲逛着,他们吸毒成性,无聊透顶,寻找着可以抢劫的人。他们走到龙星阴沉的阳光下,来到了曾经是一个工厂的一块荒地上。玻璃在他们沉重的靴子下啪啪作响。

在荒地的另一边,站着两个人。其中一个人大概三十来岁,穿着一件棕色的长外套和一件他们认不出来款式的红色夹克。男人旁边站着一个外星人——那是一个高大、像一根灰绿色的棍子一样的生物,他的下颚长得很复杂,还有一双黄色的小眼睛。那群流氓的头子点了点头,他们压低了帽子。

苏鲁克看着小流氓走过来。"有麻烦了。"他说道。

史密斯摇了摇头。"瞎说。你什么时候听说过戴圆顶礼帽的小伙子会惹麻烦?我说,你!"他喊道,"你有没有碰巧看到一艘外星人的太空飞船?"

他们停顿了一下。小流氓们互相看了看。他们的头子双手握着手杖。"抓住他们！"他叫道，"伙计们，把他的钱都抢过来！"

回到飞船上之后，史密斯跟其他人一起围坐在餐桌旁，研究一张卡尔薇丝打印出来的地图。"你还真是见多识广啊！"史密斯一边吃着三明治，一边说道，"谢谢你刚才的帮助，苏鲁克。"

苏鲁克耸了耸肩。"送你一顶帽子。"他说着，把一个圆顶礼帽扣在卡尔薇丝头上，"那些人类勇士在脑袋掉下来之前跟我说了一些有趣的东西。看地图。"

桌子上横放着一大幅这个区域的地图。许多餐具被用来代表城市建筑。史密斯放下手中的三明治，靠了过去。

"地图上的胡椒瓶代表着噶斯特人的飞船可能着陆的地点。茶包代表着我们现在的位置。"他指着地图接着说，"正如你们看到的，这个区域有很多建筑，但是大部分已经倒塌了。"

"噶斯特人的飞船很大，上面可能有很多敌人——也许有超过二百名士兵。我们——用盐瓶来表示——需要向东走以接近飞船。卡尔薇丝，扫帚。"史密斯说道，卡尔薇丝厌倦地用船上的扫帚把盐瓶推到了桌子对面。之前，当史密斯说他们要用一台复杂的电脑来展示这个区域的平面图时，她没有意识到这会需要飞船上的机器人用一个木头杆子把调味品推来推去。

"我们得出奇兵打击敌人，因为他们在数量上远远超过我们。因此，我会事先出去侦查一下这个区域，并估计敌军的动向。我会绕过你们所在的地方，从侧面接近，以做侦查。请拿一下扫帚。"

卡尔薇丝推着盐瓶走了一个大大的弧线，让它悄悄地来到胡椒瓶旁边。她想，在过去的几个世纪中，妇女在战争中扮演的角色地位并没有得到多大提升。

"所以，"史密斯说道，"我一会儿就会去东边侦查一下这个区域——我需要在不被看到的情况下越过他们的岗哨。有什么问题吗？"

"西边这艘飞船怎么办？"卡尔薇丝问道。

"那不是飞船。"史密斯解释道，"那是我的三明治。"

一幅破败的图景。商店的门面很暗，玻璃上的字也无关紧要。街上到处都是碎石，一丛丛野草从铺路的石板中间伸出来，就像被电击过的头发。墙上有一些海报的碎片，一些是广告，还有一些来自政府的警告——政府早在建筑倒塌之前就已经垮台了。混乱而又腐败的龙星正在慢慢死去。

忽然，废墟里有了动静。地面的鹅卵石被踩得哗哗响，一个非人的东西从一扇门里冲了出来，随身带着一阵皮革划过空气的嗖嗖声。它跨过一个倒塌的街区，飞快地向前冲去。它的头盔上下晃动，最后停在了一辆烧毁的汽车的阴影之中。

那红色的身体挺直了，那是噶斯特帝国万亿士兵中的一个。它虽然很瘦，但是很硬朗，强有力的腿上长着用来踢倒敌人的蹄子，螳螂一样的胳膊上长着尖利的爪子。它的腰带上有三个长尾的生物手榴弹，手上拿着一把裂解枪。

它想着，总有一天，所有的人类世界都会变成周围这个样子。总有一天，地球也会像这个地方一样沦为一片废墟。人类的最后一个士兵会死去，最后一个岛屿会被推平，最后一个婴儿会变成一杯营养丰富的奶昔。它笑了笑，往前走了一步。

它正好走进了步枪的视野。伊桑巴德·史密斯蹲在一堵墙后面，将瞄准镜里的十字线对准了它的胸部。

"拜拜了，鬼佬。"他说着，然后开了枪。

"一切顺利。"过了一会儿，史密斯宣布道。他和卡尔薇丝站在餐厅里，搅动着茶壶。他侦查完这片区域回来之后，桌子上多了两个新的标志物：一只靴子，代表着噶斯特的飞船；以及它的鞋带，被铺展开来显示一座大型建筑的边界。

"他们都藏在那儿。"史密斯指着鞋带解释道，"那是城市的体育中心，当然已经废弃不用了。他们把蕾哈娜带到了那里，并分配出大部分人手在那里看守她。那儿就是我们要去的地方。"

卡尔薇丝皱起了眉头，看着他倒了两杯茶："我不明白。为什么要把她带到那儿——甚至这个破烂星球？为什么不直接把她带回他们的母星？他们本来可以身处自己的帝国，却非要来这个破地方。我觉得这没有道理。"

"谁知道呢？"史密斯说着，递给她一个杯子，"他们是外星人；谁知道他们是怎么想的？也许他们想在一个没人注意的、不重要的地方做他们的脏活。也许他们担心自己的计划会出差错，所以想远离他们的高层领导。不管是什么原因，这个计划都是邪恶的，我们必须去阻止它。现在，体育中心的场地戒备森严。我们第一阶段的目标是越过他们的岗哨。"他靠在门框上，朝货舱喊道，"苏鲁克，你弄完了吗？"

"差不多了！"

"当然，"史密斯说道，"这可不是唯一的困难。"

卡尔薇丝说道："这还用你说？我们只有三个人，他们有两百多个呢！"

"这也就意味着，我们得想办法进去，想办法让他们发觉不了。换句话说，是想办法让岗哨放松警惕，我们再趁机进去。"

"听起来好像很难。"她说道。

"我已经想出了一个办法，但是我需要你的帮助。"

"我不喜欢这个计划。"她摇着头说道。

"别担心。他们没有必要攻击你，完全没有必要。事实上，不管是相对于我还是苏鲁克，你都是一个更不显眼的目标。"

她叹了口气："好吧，你的这个想法似乎还有些道理……"

史密斯朝门口走去。"来这边。"他说道，"我来跟你说一说我心里的想法。"

她跟着他走到货舱里，她注意到的第一个东西是挂在天花板上的那个巨大的红色物体。它看起来好像一只巨大的虾，里面被掏空了，上面似乎还涂满了果酱。

她注意到的第二件事是，苏鲁克正在工作台上烘干一大块东西，而且用的是她的吹风机。

"真恶心！"她说道，"那是什么鬼东西？"

"我们的敌人。"史密斯一边解释，一边抬头看了看挂在天花板上那个东西,"这是一个被卸了一部分的噶斯特突击队副官,我在外面射杀的。你瞧,噶斯特人的思维跟我们不太一样:他的大脑不如人类发达。几千年的盲目服从让他的头脑受到了损害,思考能力退化,并且几乎没有能辨别出的脊梁骨。他所拥有的小脑子只能辨别简单的形状、标志之类的东西。"

"这对我们有什么帮助呢,头儿?"

"嗯,这意味着,如果他闻起来没问题,看起来差不多,那么他很可能会认为这就是噶斯特人。而如果他对他大喊大叫,还穿着一件更大的外套,那么他还可能会向他敬礼。"

卡尔薇丝恍然大悟,同时有些想吐。这个计划听起来乱七八糟的。她害怕地说:"你要把它变成一个特洛伊木马,对吧?"

"是的。"苏鲁克从工作台上转过身来,举起了他的工作成果。那是一件长外套,上面缝着一个噶斯特人的脑袋。由于还戴着头盔,所以它下垂得很厉害。两只螯臂从后面伸出来,固定在一个由工业电线、胶布和绳子组成的巧妙结构上。

"这个外套可以搭在穿的人的肩上。"史密斯解释道,"它的脑袋可以放在使用者的头上,就像一顶长着牙齿的帽子一样。"

卡尔薇丝摇了摇头:"这骗不了任何人。即使你在屁股上插一根棍子,并宣称自己是苹果,也比这个伪装更令人信服。它看起来一点都不像活的噶斯特人。另外,如果你头上顶了那个东西就会显得太高了。你本来就跟他们差不多高:如果你穿着他,那你就会比他们高一头了。你必须得找一个更……哦,不!不!不!你肯定是在开玩笑。我不会这么做的。我不会……"

分区突击队副官 84309/G 以一种奇怪的、拖拖拉拉的步伐走到岗哨前，他的头前后摇晃着，仿佛在跟着一个听不见的节拍。伊桑巴德·史密斯蜷缩在碎石堆里，用飞船上的望远镜观察着，对他来说，那位突击队副官看起来好像喝了好几瓶酒一样。

两个哨兵站在通往体育中心的大门前。他们胸前举着裂解枪，直直地看着前方。

"这真的太疯狂了。"突击队副官的声音从他的胸部透出来。

"闭嘴，继续按计划行事。"史密斯对着无线电设备说道，"继续看常用语手册，确保翻译器开着。如果不太顺利，就对他们摆架子。"

卡尔薇丝走近的时候，哨兵们跺了一下脚。她从副官的外套前面往外看，却没有看到他那耷拉着的脑袋晃到了前面，并且正在用一种愚蠢而茫然的目光盯着最近的哨兵。

一阵短暂的沉默。

"呃，你们好。"卡尔薇丝说道。

"长官！"哨兵大声说道，"请出示你的证件！"

翻译器在工作，但是却没有话可以翻译。卡尔薇丝在外套下面迅速地翻着她的笔记，说出了她看到的第一个句子。

"闭嘴！否则你们都会被枪毙的！"

两个哨兵挺直了身体，非常安静。卡尔薇丝在外套里努力不让自己发出宽慰的声音。

"叛徒将被无情地消灭！"她继续说道，越发喜欢这种语气，"地球必须毁灭！"

"是的!"一个哨兵说道,"当然,长官,但是我们得看你的证——"

"把手举起来,地球人!这些囚犯对我们来说没有什么用处了!快,快!"

两个哨兵交换了一下眼神。"我们得去找一个更高级的军官来做这个决定。"其中一个说道,"你必须在这里等着。"

他们转过身,把大门开一个口子,溜了进去。门重重地关上了,打在了卡尔薇丝隐藏的脸上。

"嗯,这下倒好。"她对着无线电设备说道,"现在他们去找更大的人物了。"

"待在那儿。"史密斯回复道,"他们会让你进去的。"

"相比让我进去,我觉得他们更有可能杀了我。"卡尔薇丝说着,身前的门打开了。

另一个小一点的噶斯特人走了出来。里面到底有多少这些鬼东西啊,她想知道。他们身上有太多的勋章、军衔的标志,还长着看上去都差不多的邪恶身体部位,以至于在他们开始喊叫之前,很难辨认出谁是老大。

新来的噶斯特人摘下他的帽子,用手捋了捋他的触角。"那么!"它说道,"你回来晚了,分区突击队副官84309/G。你的制服也不平整。这是令我无法容忍的!给我立正!"

卡尔薇丝试了试,这次她敏锐地感觉到她当帽子戴着的那个大脑袋在晃动。

"真是耻辱!"那军官叫道,"解释一下自己的行为,84309/

G！"

她抱歉地说道："毁灭全人类？快，危险？"

"够了！"那军官走上前去，胳膊向后拉，然后反手打在了那个大脑袋的脸上。

"你竟敢跟上级顶嘴？"军官叫道，"我可是……"一个哨兵用胳膊肘轻轻碰了碰军官，指了指那个脑袋。那军官本来正要开始发表一场愤怒的演讲，这时他看了看要辱骂的对象，才意识到84309/G 的脑袋转了个个儿。

那军官看着自己的手，对自己的力量感到既困惑又满意。"哎呀。"它说着，往后退了一步。

卡尔薇丝把一只手放在她的枪上。在废弃啤酒厂的掩体中，史密斯用望远镜观察着，嘴里忍不住嘀咕："见鬼。"

"是你们干的。"军官对哨兵说道，"我的级别比你们高，我看到是你们干的。他的头变成这样都是你们的错。"

"全都不许动！"卡尔薇丝喊着，皮革猛地抖了一阵子，她拔出手枪，把外套晃到了地上。军用左轮手枪在她手中颤抖着，"全都不许动！举起手来！全都举起来！"

他们看着她。

"怎么了？"她问道，"照我说的做！"

"你说'全都不许动'，"噶斯特军官说道，"但是你又想让我们举起手来。我们不明白。这两条命令是互相矛盾的。"

"我也想服从命令，但是我做不到！"左边的哨兵难受地说，"我觉得自己一无是处，而且很难过！我该怎么办？"

"我也不知道,好吧?"卡尔薇丝回应道,"听着:把手举起来,然后不要动。很好。现在,把门打开。"

三个噶斯特人绝望地互相看了看:"但是……"

"动起来,把手放下,然后打开那些该死的门!天啊,怪不得你们需要一个伟大的领袖来告诉你们应该做什么。如果没有一号的话,那么你们这些笨蛋甚至都没有一个会去擦自己的气孔,更别说征服银河系了。"她转向荒地,"船长,我这儿有麻烦!"

史密斯和苏鲁克从废墟中走了出来,走到她身边。"事情没有按照计划进行。"她说道,"当我的假脑袋掉下来的时候,他们发现了我。然后我才知道他们都是笨蛋。"

"别担心。我们准备进去吧!"

苏鲁克带来了马克沁连射枪,卡尔薇丝再一次把它据为己有。史密斯把三个噶斯特人手中那黏糊糊的、颤动着的枪拿过来扔掉了,苏鲁克把这几个外星人绑了起来。

史密斯给步枪上了子弹。他把"开化者"放进了肩下的枪套里,并打开折刀的刀刃。

苏鲁克帮忙把马克沁连射枪系在了卡尔薇丝身上。她打开机械装置,啪的一声把一个鼓形弹匣装上去,看着圆形计数器转到了999。史密斯从他的背包里拿出一个大金属圆柱体,把它绑在了背上。她很好奇:那是什么东西?

史密斯低头看了看那三个噶斯特人。苏鲁克用捆塑料箱的带子把他们绑了起来,现在他们整整齐齐地在人行道上躺成一排,像沙丁鱼一样挤在一起。史密斯弯下腰,从军官的外套口袋里把他的通行证拿走了。

"现在，"他对他们说道，"你们都是不列颠太空帝国的俘虏了。我是一个言而有信的人，我可以保证，只要你们保持文明，没有入侵其他地方的企图，那么我们能做的最糟糕的事情就是让你们看一部关于投票的教育片。但是我警告你们，先生们……"他满脸怒色地看着他们，"如果你们中有人想存心试探，那么你们肯定会有很大很大的麻烦。因为你们抓了一个女人在里面做人质，我们现在就不跟你们多计较了。我告诉你们，我是一个钢铁一样的男人，我不喜欢被干涉……"

"头儿，"卡尔薇丝说道，"我们赶紧把门打开吧！"

"好的。"史密斯回应道，"我们走吧！"

她咽了口唾沫，直视着他的眼睛。

"还等什么呢？"苏鲁克咯咯地笑了。

史密斯用军官的通行证划过门锁，然后把门推开了。

开口处走来一个史密斯迄今为止见到过的最大的噶斯特人：他有两米多高，颜色要比他的同伴更深，那个禁卫队员流着口水，低头看着他们。

"敢动一下我就毙了你。"史密斯说道，"带我们去见你的首领。"

"不！"禁卫队员说道。它的声音低沉而又邪恶。

"我们抓了一个军官。"史密斯提议道，"我们想用他来交换我们的朋友。"

"军官都是可以替换的。你没有资格跟我们的指挥官说话。"

"嗯,"史密斯说道,"那么,这个理由怎么样?"他耸了耸肩,那个银色的圆柱体滑到了他怀里。

"我有一个热核炸弹。"

II

噶斯特人的惨败

这是一个艰苦却又必要的庆祝之夜。尽管他的飞船遭到了重创,但基列船长还是觉得他即将获得一场伟大的胜利。当噶斯特人听着来回踱着步子的一号进行演讲时,基列和他的手下们打开了一些啤酒,欣赏着基列最喜欢的电影——《直升机炸毁飞机棚》。最后,他喝得烂醉如泥,嗓子都喊哑了,在看第二部电影《100次最荒唐的处决》时,他失去了知觉。现在,他带着宿醉眨了眨眼睛,看着伊桑巴德·史密斯和他的异教徒船员们走了过来。

他们排成一排,全副武装,夹在几排噶斯特装甲兵和一群困惑的、醉醺醺的伊甸士兵之间。史密斯、苏鲁克和卡尔薇丝信步走到敌营中央时,他们转过头去,混乱地拔出枪对准了来者。

一小群正在吃早餐的士兵抬起头来,陷入沉默。有人关掉了广播。没有人试图阻止他们。

基列龇牙咧嘴的。夜里的某个时候,他的眼睛似乎被一条变色龙控制了,现在,这三个不速之客在他的视野中前后摇摆着,好像老式奥地利钟表上拿着锤子的小人一样。他们看起来还是跟傻瓜一样,他想,但是他们没有喝醉。基列捡起他的夹克,他醉倒的时候有一只鸟在上面排了一些固体物质。他穿上夹克的时候,他们靠了过来……

禁卫队员把他们带到了体育中心外的一张长桌子旁边,也就是基列和他最亲密的伙伴们昨夜醉倒的地方,周围有一些下属和几个丑得吓人的龙星女人。

一个人晃晃悠悠地走到史密斯旁边。"喂!"那是基列的二把手。他的眼睛眨了好一会儿,好像不知道自己是怎么穿上了制服,手里还拿着一把枪的。他说:"你到底想要什么?"

"他们想要天使。"他背后的一个声音含混不清地说道。基列船长走了出来,看上去很狼狈。他的夹克敞开着,上面有些污点,衬衫也弄得一团糟。他的腰带上挂着一把仪仗剑,好像一条断了的尾巴一样。他笨拙地摇了摇头,让自己的目光锁定在禁卫队员附近。"为什么这些毫无信仰的人还没有死?"

那个禁卫队员满脸厌恶地看着他。"他们身上有核武器。"他指着史密斯背后的银色圆柱体说道。

基列往前走了一步,眯起眼睛看了看。"那不是炸弹,你这个愚蠢的混蛋。"他说道,"那是一个旧的啤酒桶,旁边贴了一个黄色的标签。"

"并非如此,基列。"史密斯大声说道,"这是我们飞船上核反应堆的一个重要组成部分。我们把它拆了下来,并改装了一下,现在它一碰就会爆炸。"

11 噶斯特人的惨败

"那么它的侧面为什么有个旋塞?"

"这样原子才能释放出来。"史密斯灵机一动,说道,"这是个原子旋塞。"

基列仰头大笑,笑完立刻就后悔了。"你真让我感到可笑!"他做了个苦相,说道。他摇了摇脑袋,走上前去。"你真可怜。你带了一个啤酒桶来到这里,而你能蒙骗的唯一一个人就是这个愚蠢的蚂蚁人。"

那个禁卫队员发出嘶嘶的声音:"你应该尊重我们!"

"啊,去擦一擦你的胸部吧!你这波差劲的操作真是太棒了,史密斯。但是这一次,你们在火力上被我们压制了。你看到这个了吗?"他用胳膊划了一圈,指了指他的手下,问道,"看到那边的盒子了吗?那张网下面的枪?三脚架上的那把重型裂解炮?你知道这是什么吗?军事力量。不是你那种小小的军火库,而是力量:真实、严肃、火热、神圣、性感的军事力量。我可以用那边的对讲器呼叫一枚能把你从这个星球上抹除的轨道导弹,并在它朝你飞过来的时候拍一张照片。我可以就这样轻松地让你出局。我也有点想这么做。"

"但你为什么不做,嗯?"史密斯用冷酷而又冷静的眼神盯着他,"你真卑鄙,基列。你太愚蠢了,可能在你看来,'博学'只是一种万能贴而已。"

"我还挺喜欢你的。"基列说道,"但是这种喜欢还不及我对你的厌恶程度的一半。我一直在等着这一刻:你和我面对面,一个真正的男人面对一个没有信仰的娘炮。你的宝贝炸弹只不过是个啤酒桶而已。你已经一无所有了，史密斯，没有牌可打了，而我现在要做的就是选择一种最好的方法把你们统统送进地狱。"

"你忘了点儿东西。"史密斯说道，"一把四点五毫米的马卡姆和布里格斯'开化者'手枪，而且它正指着你。我还希望你幸灾乐祸的时候能再走近一点。这会让你成为一个更容易击中的目标。你这个宗教狂热分子，敢动一下，我就让你在后面那堵墙上以身殉教。"

基列停了下来。他跟史密斯对视了好一阵子，然后慢慢地往下看了看。史密斯的腰间伸出一把枪，长长的枪管子正对着基列船长的胸膛。

"你刚才一直在忙着大吼大叫，没能看到我把它抽出来。"史密斯说道。

"这不公平。"基列回应道。"这不公平！"他叫着，"你不能那么做！我才是这里枪最多的人！"

"我们想要蕾哈娜。"伊桑巴德·史密斯说道。

"你还可以给我们额外奉送一些啤酒。"卡尔薇丝说道，"但是不要那些没有味道的垃圾。只要好东西。"

这时，基列船长意识到了一些问题。他看着史密斯，这个他一直认为可以随便欺负并置之不理的弱者。虽然这些人的宇宙飞船残破不堪，他们的帝国也很寒酸，但是他知道，这些人就是他用来砸死自己的石头。

"我恨你！"基列尖叫道，"我恨你们！我恨你们所有人，还有你们凑合的态度，你们也从来不大喊大叫！看看你，你那愚蠢的小胡子，你的面不改色。你这个毫无信仰的不可知论者，真让我恶心！"

苏鲁克安静地说："Urug mashai nar sergret，马祖兰。"

史密斯瞥了一眼三脚架上的重型裂解炮，点了点头，说道："Jaizeh，苏鲁克。Urenesh，老朋友。"

"也祝你好运。"

"你这个可恶、该死、热爱民主的混蛋！看看这个，你所谓的女人，在公共场合穿裤子。这是个女人吗？更像巴比伦的妓女吧！如果你是我众多妻子中的一个，我早就用石刑把你处死了！"

卡尔薇丝耸了耸肩，说道："石刑用的是石头，对吧？"

"当然是石头！"

"啊，我不是很喜欢。"

"而且你很肥！"

"你不想活了？"她说道。

"比我所有的妻子加起来都肥！还有这个东西，真是对神圣的人类形态的侮辱！"

"你好。"苏鲁克说道。

"这个东西应该给人类擦鞋，而不是像个人一样走来走去！你把这个既像青蛙又像猴子的东西称为朋友？它是绿色的！它应该是个奴隶！"

苏鲁克笑了，这是暴力即将来临的可靠迹象。卡尔薇丝惊讶地发现她太生气了，以至于没有精力害怕。这个狗娘养的居然说我肥，她想。还说了其他一些东西，但主要是肥这件事。

"你真该死,"基列喊道,"你们全都该死,你们这群亵渎神明的混蛋!你们毁了我的飞船,还杀了我的手下!但是这种事以后不会发生了,因为我现在就要砍掉你们愚蠢的脑袋!"

他拔出仪仗剑,像个疯子一样在空中挥舞着。

"你完了。"史密斯说道。

"不,我才刚刚开始。"基列回答道。

"那不是一个问题。"史密斯说道。

子弹啪的一声打中了基列的胸膛,并让他飞了十多米远。他蹬了一下腿,然后一动不动地躺下了。

他们站在随后而来的寂静之中,这是暴风雨来临之前的平静。卡尔薇丝环视着周围的人群,等着第一个行动的傻瓜。噶斯特帝国的人没有动静。基列的手下们也盯着她,敢怒而不敢言。一阵微风吹动了神圣的旗帜。她低头看了看躺在尘土中的基列。

"真是个邪教分子。"她说道。

禁卫队员猛地举起他的枪,保险栓咔嗒一声打开了,史密斯迅速转身,开枪打中了他的侧面,他低头看了看手枪的枪管,又开了两枪。

突然,人群当中一片骚动。

一百来号人整齐划一地举起枪,拉开保险,给枪上膛。第一轮枪响之后,他们涌上前去,伊甸士兵和噶斯特人之中出现了一股巨大的浪潮。卡尔薇丝挺直了身子,用马克沁连射枪扫了一圈,把第一排伊甸士兵放倒了。机枪咆哮的同时,她也在怒吼着。

一个噶斯特装甲兵跑到了桌子上的重型裂解炮前面,启动了它。苏鲁克大吼一声，把他的矛抛了出去，装甲兵倒在了控制台上。苏鲁克跟在他的矛后面跳了出去，跳进了噶斯特人群中，一手拿着一把长刀起起落落。

史密斯对着基列的一个狂热分子打光了"开化者"中的子弹，他感觉到撞针打在了空的枪膛上之后，把它扔在一边，并拿起了步枪。基列刚才的叫喊让他怒不可遏：这不再是为了让壁炉上多几个挂件而猎杀噶斯特人了，而是为了一些更黑暗、更基础的东西。这是正直与疯狂的较量，这是永远不会主动找麻烦的人与狂热分子和暴君的较量。他没有瞄准就开了一枪，把一个噶斯特人打翻在地。一束裂解枪的光线从他头顶掠过，他拉动把手，又开了一枪。"有本事就放马过来！"

"马祖兰！这儿！"

他转过身，看到苏鲁克正站在一群推推搡搡的噶斯特人和伊甸士兵中间。由于距离靠得太近，无法用枪，他们拔出了刀和电击棍，情况很不妙。史密斯蹲下身子跑了过去，卡尔薇丝的疯狂射击无意中为他提供了掩护。他用步枪的枪托把一个噶斯特人的脑袋打得开了花，来到了那个莫洛克人的身边。

"哈。"史密斯说着，把一个死了的噶斯特人推了出去，抓住重型裂解炮的控制装置。"我们开始吧……"

"啊！"几个噶斯特人喊着。史密斯用裂解炮对准之后，把他们蒸发了。他端着裂解炮左摇右晃，把场地上的人收割了一大片。砖块变成了尘土，伊甸狂热的士兵和噶斯特人变成了烟雾。"谁想尝尝我们的厉害？"他喊道，"放马过来，你们这群混蛋！你们觉得你们能欺负我?"

卡尔薇丝的子弹打光了——马克沁连射枪在它本应该咆哮着的时候咔嗒响了一声,霎时间,她觉得自己小了很多。她撕开带子,枪掉在了地上。她拔出那把左轮手枪,向其他人跑了过去。

苏鲁克正在与一群敌人交战,一旦他们试图接近那把装在桌子上的枪,他就上去击退他们。重型裂解炮轰轰作响地释放出能量脉冲。基列的一个手下试图把他们的坐标输入一个制导火箭弹,史密斯击中一个弹药箱,箱子爆炸了,把那个人炸飞了。

"谁还想要?"船长喊道,"现在谁还想要掏空我的口袋?哦,你想要我的晚饭钱,是吗?你们全都一起上吧!"

卡尔薇丝看到了出口:正在厮打的苏鲁克和几个人后面有一扇门。"掩护我!"她喊道,相对于命令来说这更像请求。她拿出一把螺丝刀,从控制面板的一侧插了进去,用力把面板扯了下来,又拉开了里面的电线。两只手都用完了,她便用牙齿撕下了那根绿色的电线。什么东西打在了她头顶的门上——是一发裂解炮的炮弹,紧接着飞来一只断臂。

重型裂解炮的能量用尽了。剩下的士兵朝他们冲了过去。

卡尔薇丝把两根电线接在一起,门突然打开了。她跳到了两扇门中间,苏鲁克也跟着她跳进了黑暗之中。门在凹槽里发出嘶嘶的声音,就在它们开始关闭的时候,苏鲁克抓住其中的一扇,把它停住了:"快点,马祖兰!"

"这是为了我的甜点钱!"史密斯一边吼,一边用步枪射出一发子弹。他跳过大门,身后的外套在空中拍打着。苏鲁克放开手,门砰的一声关上了。有什么东西重重地砸着门的另一边,但是没有什么作用。他们三个气喘吁吁地站在体育中心的黑暗之中,周围尘土飞扬。

史密斯的手在颤抖。"该死的 3B 铅笔。"他说道。

卡尔薇丝站在地板上说:"你上学的时候遇到过很多麻烦,没错吧?"

"是的。"史密斯说道,"而且你知道,如果这些年来我没有把它们压抑在心里,我就永远不会酝酿出赶走外面那群疯子所需要的狂怒。而这一点,伙计们,也是我为自己是英国人而自豪的原因。现在,走吧!"他继续说道,"我们必须去营救蕾哈娜!"

与此同时,在曾经是羽毛球场的地方,噶斯特人们正在装配他们的录像设备。在基列的几个士兵的帮助下,他们接好了远程通信器,并准备播送给伟大的一号。

462 拍了拍他的麦克风。"一二,一二。"他说着,但是看到他的一个下属开始齐步走时又停了下来。噶斯特科学家们匆匆走过,首席技术员走了过来,在他的脸上和触角上擦了一些红色的粉尘。

"这只是为了好看。"技术员解释道,"如果你要做一个重要的演讲,但是看起来不像回事,那就太糟糕了。"

462 整了整他的风衣:"我穿这个腹器显得大吗?"

"不比我的大!"技术员说道,"你看起来棒极了,而且非常邪恶。"

462大步走到最近的摄像机前。他左边的一张担架床上躺着昏迷不醒的蕾哈娜。她头上戴着脑部扫描头盔，头盔后面隐约能看到巨大的扫描装置和它的两个特斯拉线圈。

一个忧心忡忡的工作人员跑了过来。"伟大的指挥官！"他叫道。

"怎么了？"462说道。

"外面有麻烦！太空船长史密斯来了！"

他耸了耸肩："让基列的人去对付他吧。他们都是一次性消耗品。不能让任何事情打断我的光荣时刻！启动摄像机！"

技术员朝他点了点头。462看向镜头。

"伟大的一号万岁！我是中型攻击舰的船长462，从龙星——可鄙的人类空间里一个破旧的偏远星球为您报道！在这里，我们钢铁般的意志使我们摧毁了我们的对手，并为我们的帝国取得了一次伟大的胜利！在你——全知全能的领袖面前，我们抓到了一个女人，通过她，我们将制造出终极生物武器。今天，我们离征服银河系的目标又近了一步！看啊，我们的技术控制了她头脑的力量！"

他转向操作扫描器的科学家："你，奴才！把表盘拨到四。"

体育中心看起来跟所有被噶斯特人占据的地方一样。虽然他们只在那儿待了大约五个小时，他们还是在上面贴满了旗帜和宣传海报,宣称:为了大噶斯特帝国的利益,游泳池和柔道垫已经被征用了。史密斯把步枪上了膛,朝建筑深处跑去,他知道外面的幸存者们很快就会找到其他进来的路。

"看着像在这儿!"卡尔薇丝指着一幅巨大的海报说道,它挡住了通往羽毛球场的路。海报上有一个身材矮小却又相当自大的噶斯特人,它挥舞着拳头,怒视着前方。它的两根触角都贴在两边的头上。

"那是一号。"史密斯说道,"它们的神。"

玻璃破碎的声音从他们的身后响起。

"我来。"苏鲁克回头看了看,说道,"你们快走。"

史密斯转向苏鲁克,看到了他朋友凶狠的眼神:"祝你好运,苏鲁克。我能帮点什么忙吗?"

"我有一把锋利的长矛和一个空空如也的弹药箱。"那外星人说道,"除此之外,我不需要其他东西了。现在,走吧!"

"这边!"卡尔薇丝喊道,史密斯跟在她后面冲上台阶,来到了观众席上。

史密斯用靴子踹开了门并冲了进去,看到了担架床和后面的机器装置,他举起步枪喊道:"喂!你!马上住手!"

噶斯特人转了过来。史密斯瞄准了462那圆滚滚的头颅:"你们全都不许动,不然我就杀了你们的首领!"

噶斯特人一动不动。电流在传导柱之间噼啪作响。蕾哈娜头顶的空气有些朦胧,好像有烟雾一样。

史密斯惊恐地审视了一下现场:"他们到底在下面干什么?"

"我怎么知道?"卡尔薇丝在他身边说道,"我只是一个太空飞船的驾驶员。"

"别干那些乱七八糟的事了!"史密斯对下面喊道,"马上放了那个女人,不然上帝作证,我会用枪打爆你们的特斯拉线圈!"

462 尝试着挤出一个胜利的微笑。他朝观众席走了一步:"当然,史密斯船长。但是在你发动正义的暴乱之前,或许你也想知道我们在这里干什么,没错吧?我想是这样的。因为我们在这件事上不谋而合,史密斯,虽然我们都不敢承认这一点。"他保持着笑容,走到了开阔处。史密斯将十字瞄准线锁定在 462 的头部。"你和我有着同样的追求:知识。你也曾经仰望着星空,思考着:银河里埋藏着什么秘密?我该怎么把它们打出来呢?你的科学好奇心没有被激起来吗?当你得知自己正站在一个即将创造历史的房间里的时候,当你,伊桑巴德 · 史密斯,即将见证有史以来你的世界所能知道的最伟大的实验的时候?"

"没,没有。"史密斯说道。

"哦,好吧。杀了他。"462 说道。

史密斯开了枪,技术员们四下散开。子弹打中了 462 的头盔,又弹到了天花板上,击中了一根托梁,它倒了下来,砸在了控制面板上,把表盘调到了十一。

蕾哈娜头顶的烟云越来越大。当它开始翻腾的时候,史密斯喊道:"哦,我的天啊,不!我把她的头给烧坏了!"

462 得意地笑着,虽然他趴在地上,蜷缩在担架床的阴影之中:

"蠢货们！胜利是属于我的！看啊！"

烟雾中有什么东西在形成。噶斯特人和其他人盯着烟柱，看着它盘旋、压缩成了一个笼罩在雾中的人形。它转了过来注视房间。史密斯感觉它那张安静、烟雾缭绕的脸像极了蕾哈娜，那个让他倾心的、如果再好一点的话他甚至会爱上的女孩。

那个幽灵摇了摇它的脏辫，四处张望。

462打破了沉默："啊哈哈哈！你们看不到吗？完美的武器！"

"末日天使！"基列的一个手下叫道。

"这是鬼马小精灵！"卡尔薇丝倒抽了一口气说道。

"我们让她的沃尔灵魂跟她弱小的人类身体分开了！"那噶斯特指挥官叫道，他跳了起来，在胜利的欣喜中挥舞着拳头和爪子，"没有了人性的限制，她将服务于噶斯特帝国的伟大逻辑！沃尔人将是我们的，我们将利用他们的力量吞灭地球！"

"先吞灭这个吧！"史密斯说道。他的步枪射出一发子弹，462捂着他的眼睛倒了下去。

"战斗到底！投降的人都将被枪毙！"那个噶斯特人叫道，"你永远不可能战胜我！"他说完就逃出了房间。

什么东西撞开了他们身后的门，一个巨大而又笨重的东西跳上了观众席，他流着口水，发出嘶嘶声。一阵恐慌淹没了卡尔薇丝的感官：她手里的左轮手枪好像自己开了枪，转瞬之间，她便将四发子弹射入了那个禁卫队员的胸口。在他后面，卡尔薇丝看到楼梯上有黑影在聚集：是噶斯特人，他们集结起来，准备进攻。

她环顾四周。在大厅里，那个幽灵一样的东西呈现出一个不同的形态——它似乎被拉伸成了一个更瘦、更憔悴、更阴森的东西。它慢慢地朝他们伸出一只手的骨架。

"我觉得我们有麻烦了。"史密斯说道,"它看起来不是鬼就是噶斯特人。你有什么想法吗?"

"我们蜷缩起来尖叫怎么样?"

他点了点头。"这一次你说的好像有些道理。"他转向漂浮在他们对面的那个朦胧的怪物说道,"我说,你!我是不列颠太空帝国的公——"

噶斯特人冲上了台阶。

这时卡尔薇丝变得有些恍惚。一部分原因是她看到史密斯船长被一股力量击倒在地,自己也被甩到了他旁边。一部分是因为她意识到了这个青烟一样的东西肯定是个沃尔人。不过最主要的是因为她看到十来个噶斯特士兵的脑袋像爆米花一样爆炸了。

摄像机的镜头裂开了。特斯拉线圈的控制面板上迸出火花,把好几个噶斯特技术员烤焦了。一个士兵跑到了观众席上,爬过一个禁卫队员,然后啪的一声爆炸了。另一个士兵说了一句"啊"之后也爆炸了。突然,一股噼啪作响的能量团穿过大厅,掀翻了乒乓球桌,烧焦了宣传海报,卡尔薇丝唯一能做的就是蹲在地上,控制住自己的膀胱。

一切都结束了。房间里满是噶斯特人和臭氧的气味。一块纸片从天花板上飘落下来。上面写着:顾客们会忍住,但是没了下文,因为剩下的部分被烧毁了,而且沾满了外星人的血。卡尔薇丝麻木地站了起来,耳朵嗡嗡作响。

"好了，这下它们该长点记性了！"那个沃尔人说道，它打量着屠杀的现场，虚幻的手叉在腰上。它走下了观众席，它的头变大了，从骷髅变回了人脸。

"拉我一把，卡尔薇丝？"伊桑巴德·史密斯说道，卡尔薇丝伸出一只手，把他拉了起来。他掸了掸衣服，说道："谢谢。好了。你，鬼东西——你这样藏在蕾哈娜体内到底是什么意思？我需要一个解释。"

"你看到了我的所作所为。"那个沃尔人回应道，"你应该惧怕我，史密斯船长。"

史密斯朝它走了一步："我拒绝被一个会说话的屁恐吓！"

卡尔薇丝在他身旁小声说道："它刚才救了我们。它就是蕾哈娜。"

"哦，我明白了。"史密斯说道，"好吧。谢谢你，蕾哈娜的鬼魂或者其他什么东西。你能这样帮忙实在是太好了。"

"我的确是蕾哈娜，但只是她的一部分。"沃尔人说道，"噶斯特人的机器把她的灵魂和肉体分开了。这样，他们就把我释放了出来。但我是不完整的，我必须回去。"

史密斯轻轻地吹了声口哨："所以蕾哈娜是半沃尔人！天哪。想想看，我居然还喜欢她！"他自以为很小声地说道，"但是，这怎么可能？"

"蕾哈娜的父母是嬉皮士。"那个旋转的东西解释道，"他们周游宇宙，寻求新的体验和觉悟。有天晚上，他们在沃尔人的母星游玩。她的母亲和我的父亲在抽了几支大麻烟之后偶遇了，然后……嗯，你懂的。"

"当然。我看到了一张照片。天啊，她当时肯定是兴奋过头了。"

"我觉得他们俩都不会在天亮以后为此事感到骄傲。"沃尔人说道，"现在，请你关掉那台机器，好吗？"

他们小心翼翼地走下台阶，走过倒在地上的噶斯特人。

"天知道我们该怎么跟她说。"卡尔薇丝说道，"'非常抱歉，虽然你是半个女人，半个外星神祇，但是你的妈妈被一个幽灵搞了。'这么说来，我们到底要不要告诉她？如果她在回家的路上生气了，把我们全都电死了怎么办？"

在体育馆的中央，史密斯关掉了机器，拔下了电线。"谢谢。"沃尔人说道。当他们看去的时候，它变小了，沉到了蕾哈娜的身体里，被吸回了她正在沉睡的身体中。

她在睡梦中轻轻地动了动。她还是很美的，史密斯想，尽管这和他想象中她在他身边醒来的样子不太一样。他伸出一只手，轻轻地放在了她的额头上。

蕾哈娜眨了眨眼睛。"把你的手拿开！啊！我身上怎么这么多电极？"她猛地坐了起来，低头看了看自己，喊道，"你们这些法西斯分子，你们到底对我的胸罩做了什么？"

"哦，我的天。"史密斯说着，把目光转向别处。

"哦，是你啊！"蕾哈娜反应过来，说道，"抱歉。嗨，伙计们。呃，谁能帮我找一下上衣？"

卡尔薇丝把蕾哈娜的衣服放在床上，她在被单下面穿好衣服：

11 噶斯特人的惨败

"那么,呃,发生了什么事?我记得我做了一个梦……跟窒息有关,我想……或者是悬浮……然后……嗯,然后我就在这里了。"

"噶斯特人刚才在你身上做实验。"卡尔薇丝说道,"我们突袭了他们,把你救了下来。要不是这位船长和他英勇无畏的行为,你可能已经死了。"你欠我一个大人情,她朝史密斯做着口型。

"嗯,是的。"史密斯说道,"既然你提到了,确实有一些英勇无畏的行为……还有好些外星入侵者受到了应有的惩罚。"

"哇。"蕾哈娜夸张地说道,"当然,在通常情况下,我不会容忍任何暴——哦,去他的。得知你这么做,真的让我很兴奋。"

"好吧。"史密斯船长说道,"现在,我们快回到飞船上,吃点午餐吧!"

苏鲁克在飞船旁边等着他们。"我被锁在外面了。这些挂在壁炉上面会很好看。"他指着两个大手提袋补充道,"今天真的非同寻常。那么,沃尔人有没有出现,然后用闪电杀了所有人?"

"什么?"卡尔薇丝说道。

"沃尔人。有没有出现一个沃尔人,并且用灵力和闪电力挽狂澜?"

史密斯狠狠地瞪了苏鲁克一眼:"你知道?一直以来,你都知道会发生什么事?"

苏鲁克耸了耸肩:"当然。这是我们的一个古老传说。"

"那你为什么不跟我们说?这样能给我们省下一些麻烦,你知道,如果我们知道我们面对的是什么的话。"

"哦,得了吧,"苏鲁克说道,"我不会总讲一些愚蠢的故事。那样的话,会让我看起来像个愚昧无知的傻瓜。现在,钥匙在谁身上?我等不及要生起炉子,开始清理这些头颅了。"

12
重回帝国

格林尼治标准时间六天后，约翰·皮姆号降落在米德莱特的中心终点站。在一个有漩涡纹饰的拱形天花板下，他们挥手告别了蕾哈娜，看着她走进了人群。在清醒而忙碌的帝国公民中间，这个场景显得奇怪而引人注目。

"我还是挺喜欢她的。"史密斯说道，更像说给自己，而非其他人，"但是我从来都不知道应该怎么办。"

"我知道。"卡尔薇丝说道，"没关系，头儿。天涯何处无芳草。"

"或许我们还会再见到她。"史密斯说道，但是他自己也不太确定。

几天之后，让卡尔薇丝很失望的是，他们没有在欢呼的人群面前收到勋章。他们所做的只是保守秘密。可汗先生没有给他们提供在帝国最精锐的部队中升职的机会，他只是用传真给他们发了一些午宴的代金券，聊作安抚。不过他们并没有用到，因为他们出去吃了咖喱。

这次任务的结局很奇怪，卡尔薇丝想，但是还不算坏：她喝了几瓶进口啤酒，嘲笑着史密斯对弗罗伦斯·南丁格尔不可思议的模仿，看着苏鲁克用勺子把数量惊人的椰汁咖喱虾装进嘴里。一切都很顺利，卡尔薇丝喝得大醉，她跟着西塔琴的音乐哼唱着。这时，一个瘦削的高个子男人停在了桌子旁边。

"伊桑巴德·史密斯？"

史密斯抬起头，说道："没错，是我。"

那个新来的人有五十岁上下，他的脸疲惫而憔悴，看起来要比头上的那丛乌黑的头发不健康多了。他留着细细的铅笔胡，眼睛深陷，看上去时而和善，时而冷酷，时而睿智。

"我得跟你谈谈。我是你的雇主赫里沃德·可汗的朋友。拿着。"

他用一只瘦骨嶙峋的大手递给史密斯一个信封。史密斯把它拆开，仔细地看了看里面的内容。

"嗯，你显然认识可汗先生。"他说道，"我能问一下你叫什么名字吗？"

新来的人看起来有些忸怩："嗯，我不能告诉你。这是个秘密。你的这次任务是由一些无名人士指派的，我是其中之一，这就够了。我可以继续吗？"

"可以。"史密斯说道。那个人坐了下来。

"在我说其他事情之前，我必须先把这个给你。"他把手伸进夹克里，拿出第二个信封。"拿着。"他说着，把信封递给了卡尔薇丝，"感谢你出色的工作。"

她举着信封对着光,想看到里面没有支票形状的轮廓——她什么也没看见,但还是把它打开了。一个护照和一个驾驶执照掉了出来。

"这是什么?"她问道。

来访者布满皱纹的脸上露出一个微笑:"你看一看。"

她打开护照。"是我。"她说道。

那人叉起他的大长腿。"没错,是你。你现在是一个帝国公民了,卡尔薇丝小姐。相关的文件已经入档,你是一个功能正常的模拟人,并且过去三年里一直在一家乏味的货运公司工作,没有什么能证明你还有其他身份。"

"你是说他们没法追查我了?"

"当然。戴弗林公司的腐败财阀们再想伤害你的话,对他们不会有什么好处。你在任何地方都可以坚决维护自己的公民身份,并且有我们的战舰为你做后援。"

"哇。谢谢!"她浏览了一下手中的文件,"这里说,我在视觉上相当于二十八岁。哇,我最好在太老之前找一个男人。"

"你们全都会有经济上的奖励。"来访者说道,"保守估计,你们至少把噶斯特人统治银河系的计划推迟了三个星期。"他向前倾了倾身子说,"不过恐怕我还得请你们帮个忙。我想得到你们的帮助。"

"需要砍掉某个人的脑袋吗?"苏鲁克低吼道。

"倒也不是。但最近这些日子需要一艘快速的民用飞船。你知道,一场大的冲突即将来临,而拯救银河系的不会是政客。人类需要像你们这样的普通人——平凡、一般、不引人注意，略显无趣的人，你们能保护人类免受噶斯特人的侵害。帝国的平民百姓是不会容忍暴政的！"他喊道，他的眼睛里似乎燃着火焰。"不！人民会奋起反抗，在暴君胆敢威胁我们生活方式的任何地方，都会有噶斯特主义者的鲜血流淌！外星人奴役地球的美梦将会终结，民主的金色光芒会像灯塔一样照亮太空！我们要摧毁他们的堡垒！"

他用拳头砸了一下桌子，让卡尔薇丝的啤酒杯像国际象棋的棋子一样晃了起来。房间里一片寂静。西塔琴的音乐开始在背景中轻轻地响起。

"你明白我的意思。"那个情报员说道。

"当然。"史密斯说着，快速地点了点头。这个男人比他自己更加坚定，也更加狂热。他现在可以理解为什么在他说起板球的时候，女孩子们都会躲得远远的了。

"我做着一份记者的工作以掩盖我的真实身份。"来访者说道，"当帝国需要你服务的时候，我会联系你。与此同时，如果你有任何麻烦，都可以找我帮忙。"

他拿出一支笔，在餐巾纸上写下一个字母，紧接着是一串数字。他从桌子对面把纸推给史密斯。"这是我的代号。"他解释道，"意思是'间谍大师'。"

"W。"史密斯念道。

"有一个代号总要好一些。"

"哦，好的。"

"好了，"W说道，"虽然我很想坐在这里聊上一整天，但我不是那种无所事事的路人甲,我还有事情要处理。如果我需要你,我就会让你知道;而如果你需要我,那么让我知道我应该让你知道。"

"蕾哈娜呢?"史密斯问道,"她会怎么样?"

"你在担心她?"

"嗯,是的。她是我们大家的好朋友。"史密斯的脑海中一直有这样一个令人不安的画面:安全部门把蕾哈娜装进一个板条箱里,并把她推到一个满是板条箱的仓库中,然后把她留在那里。

"当然。"卡尔薇丝说着,伸手去拿桌上的印度油煎薄饼,"我都担心坏了。这让我都开始厌食了。"

"好吧,"W 说道,"我不能告诉你太多。只能说,在对抗噶斯特人的时候,她的帮助会非常宝贵,这就够了。她会很安全的,我向你们保证她不会受到任何伤害。"

"很好,"史密斯说,"这真让我松了一口气。不过,我以后还有没有可能再见到她?"

W 站了起来,摇了摇头:"我不想这么说,但是我很怀疑这件事的可能性。"

"该死。"伊桑巴德·史密斯说道。

几天之后,462 被噶斯特人的一艘补给船接走了,并被带回了噶斯特人的母星——赛林尼亚。他的伤势很重。在通常情况下,他会被枪毙,然后被榨成营养汤。当他醒来,发现自己躺在一张床上的时候，他被吓了一跳，因为让一个失败的仆从活下来的唯一理由是，让他在更方便的时候被折磨致死。

第三天，他能够站起来并评定自己的伤势了。史密斯的子弹打掉了他的一只眼睛。而且由于噶斯特医生们不太习惯将自己的同事组装回去，他们在安装眼睛的替代物时，处理得不太好。462站在一面落地镜前，要不是因为没有泪腺，他早就哭了。"看看我！"他咬牙切齿地说，"看看我！我这哪儿像个军官的样子啊？脸上有疤不说，连眼睛都被换成了金属镜头！"他穿上风衣，心中悔恨不已，走了出去准备会见他的上司。

一辆没有标志的悬浮汽车把他带到了另一辆没有标志的悬浮汽车上，后者将他带到了一座巨大的建筑前——它从市中心突了出来，好像一个巨大的黑色冰箱。六名禁卫队员护送他穿过一个大厅。墙上挂着一个牌子，上面写着：集会稍后在此召开——预计有雨。

门口的禁卫队员看了一眼他伤痕累累的脸之后走到了一边。门打开了，他被带到了二号面前。

二号的个头较小，长得像白鼬。他没有眼睛，取而代之的是摄像头：有传言说，这些摄像头会把他看到的所有东西都转播给一号，而且只有在他洗澡的时候才会被关掉——这几乎从未发生过——因此这个忠诚的家伙身上总会有一种很糟糕的气味。现在，他正在给一大沓文件盖章。

"你好。"他含混不清地说道。他的声音又细又尖。

"征服之力，伟大的二号！"462叫道，竭力不让自己的声音流露出恐惧，"我可以坐下吗？"

二号又盖了几张文件。462看了看四周，这个房间装饰得像青少年的卧室。到处都是一号的照片：墙上、桌子上，更令人担忧的是，连活动床上面的天花板上都有。

"不行。"二号说道，"干点有用的事——给这些死刑执行令签上字。"

"是，伟大的二号！签我自己的名字？"

"当然不是。你是一次性用消耗品。签上我的名字。"

"是写数字，还是字母，长官？"

"你自己选吧。随便点。"二号把一叠纸推过桌子，那支生物笔跟在纸后面蠕动着，"现在，你可能在想为什么你还没有死，对吧？"

一听到自己的死讯，462惊慌不已，他不小心在一份执行令上签成了三号。

"你能继续存活，是因为你是我们这个物种里唯一一个见过沃尔人并存活下来的人。真希望是我目睹了这一幕，但不幸的是，命运总是跟我作对。你的经历让你有些用处。你现在只为了一个目的而存在：找到那个沃尔人的位置，并把她带回来，好让我们做实验。"

"这不是……呃……两个目的吗？"

"谁是这里的二号？现在，快走。有一艘飞船和适量的人员可以供你差遣。你可以随意使用，只要你严格按照我说的去做。明白了吗？"

"是，伟大的二号！"462很高兴。他不仅不会被做成晚餐，还被派出去报仇雪恨！一艘快速飞船，一个强大的武器系统，还有怎么都榨不完的仆从——谁还能要求更多东西？

"很好。去你的飞船上等待命令。我们要抓到那个沃尔人，地球将是我们的！哈哈哈！"

而伊桑巴德·史密斯也将为我所有，462想，然后我们再看看谁才是我们当中最聪明、最危险、最高效的人。十有八九还是我。

"好的！"他叫道，"哈哈哈！"

约翰·布拉德利·基列被他的医疗小队唤醒了。他眨了眨眼睛，感觉到脑袋周围有柔软的枕头，看到医生俯身看着他。

"我在哪儿？"他问道。

"在医院里。"

医院，是的。基列现在想起来发生了什么事了：他本来正要把毫无信仰的伊桑巴德·史密斯的头砍下来，那个人却抢先拔枪击中了他。啊，是的。

"我什么都感觉不到了。"他说道，"他把我伤得多重？"

"事实上，很重。"医生回答道，"恐怕伤势过于严峻。我们不得不做切除手术。"

"切除？你们到底把哪儿切除了？"

"你的身体。好的一面是，我们给你做了免费的整容手术。你的下巴现在看起来很棒。"

最终，基列还是接受了这个事实。在停止尖叫之后，他问道：

"你的意思是说,这就是我的全部了?就一个切下来的脑袋?"

"哦,不。"医生有点惊讶地回复道,"当然不是。我们还修复了你的膀胱。"

"就这些?这就是我的全部了,一泡尿上面顶了个脑袋?"

"世事无常啊!"一个严厉的声音从床的另一头传了过来。基列看了看四周,一个独眼的、穿着风衣的东西探了过来打量着他。之前,462的脸看起来像一幅扭曲的漫画。现在,他是一幅戴着单片眼镜、伤痕累累,而且很拙劣的扭曲漫画。从他脸部的状态来看,他可能是跟一台联合收割机湿吻了。

"欢迎回来,基列。"462说道,"我相信,我们有工作要做。"他走近了一步,"伊桑巴德·史密斯还活着。"

"这该死的人!"

"的确。那个半外星人——或者,按照你的说法,半神——蕾哈娜·米切尔现在在不列颠的领地。我们俩得把她抓回来。"

"那个异教徒史密斯呢?"

"当然。我们会对付史密斯船长的。"

"哈哈!等我把他的身体零件还给他的时候,他会痛哭流涕、咬牙切齿!唉,只要他落到了我的手里,他会求生不得,求死不能!"他皱起了眉头,"我会得到一双手,对吧?"

那噶斯特人笑了一下:"哦,对。你会得到你需要的一切。伟大的二号已经下了命令,给我们提供追捕他的装备。"

基列笑了:"嗯,那可真了不起。好了,462,我们走吧!我们要尽情玩乐。我所需要的,只是一个身体而已。"

在橙黄色的天空下，米德莱特叮当作响，升起一片烟云。几十艘着陆的太空飞船喷出的气流冲到了空中，扩散到对接区域周围。塔楼在庞大的船厂中隐约出现，巨大的起重机四周闪着光，像履带上的攻城车一样来回滚动。每隔一段时间，就会有一阵火花射入空中，形成一道发光的弧线，那是新的装甲被焊接到了为即将到来的战争做准备的飞船上。

人们已经把这场战争称为"噶斯特之战"，尽管它还没有正式开始。地球上的各个国家正在武装自己；在银河西部，莫洛克人的部落正准备重新开始清算他们与凶残的约尔人之间的积怨。

约翰·皮姆号周围停靠着许多威武的登陆舰，每一艘都能让一个营的兵力在外星降落。约翰·皮姆号看起来就像一窝幼崽中最弱小的那一个。

驾驶舱里，波莉安娜·卡尔薇丝正在打电话。"我不知道，"她说道，"你才是专家。激光之类的，或者导弹。带激光的导弹怎么样？你说我们不能装是什么意思？好吧，那么那种有许多枪管，还能转动的枪呢？好吧，随你怎么说。非常感谢。"

她放下电话，起身走进了休息室。"舰队指挥部的人全都是混蛋。没有武器能用于像我们这样的太空飞船。"她说道。

史密斯站在门边。苏鲁克举起一个大木盾靠在了墙上。上面是462的一个禁卫队员的头部标本。"太遗憾了。"伊桑巴德·史密斯说道，"我想他们在其他地方更需要武器。再往上一点。好了。"

苏鲁克往墙上钉了一个钉子，他们往后站了站，欣赏着禁卫队员的脑袋。

"看着不错。"卡尔薇丝说道,"标本做得挺好。"

"当他举起手来反对不列颠太空帝国的时候,他就已经注定会被做成标本了。"史密斯回应道,然后笑了起来。

他们咯咯地笑着离开了,留下苏鲁克一个人欣赏着那件战利品。史密斯走进了他的房间,卡尔薇丝站在门口等着他。"四十分钟后我们就能得到起飞许可了。"她说道。

史密斯坐在床上叹了口气。"然后我们就可以回到太空,开始另一场冒险了吧,我猜。"他有点悲伤地说道。

卡尔薇丝点了点头:"怎么了,头儿?你看起来不太高兴。"

船长耸了耸肩。"哦,你知道的。并不是说,阻止了我们的死敌制造一件具有惊人破坏力的生物武器让我不高兴……只是,嗯,你知道,我对蕾哈娜有些感觉,但是我从来没有真正有机会去,呃,去……"

"把她灌醉,然后干一些你梦想的事?"

"你这么说也太粗鄙了,卡尔薇丝。我对蕾哈娜的感情是高尚而纯洁的,远远超过了这种下流的想法——不过,你说的对。"

"你瞧,"卡尔薇丝说道,"你和蕾哈娜之间可能缘分未到吧!"她叹了口气,坐在了他身边。"很遗憾。"她温柔地说,"但你是一个舰队的军官,而她是气体做成的。有些事情注定不会发生。就拿我来说吧……"

"我觉得你对自己有些太苛刻了。"

"我还没说完呢!就拿我和那个瑞克·德莱基特来说吧。好吧，他特别性感，但他是一个杀人成性的赏金杀手，而我在他的暗杀名单上。这可不是一段正常关系的基础。我们俩合不来。而且恐怕你跟蕾哈娜也一样。"

"或许吧！"史密斯说道，"但当时感觉她似乎就是那个对的人，你知道吧？"

"我知道。但有些东西注定不会长久。你听。"卡尔薇丝说着，换了个姿势，放了一个响亮的屁，"现在，拿我刚才的行为来说，当我这么做的时候，我感到很满足，而且从这件事本身的方式来看，它很特别，而且很美，但是它的时间已经过了，而现在，它消失了。"

"事实上，它还没有消失。"史密斯说道。

"对，你说得对。"她说着，闻了闻，然后站了起来，"太可怕了。我要走了。"

"卡尔薇丝，请告诉我，你除了进来在我床上放屁之外还有别的目的吗？"

"当然。我只是想让你看到，你知道的，任何事情都是有意义的，还有——哦，听，有人在门口呢！"

门铃发出了宰牛般的声音，卡尔薇丝朝走廊里看去。"好了，猜猜是谁？"她说完，咧嘴一笑，然后急忙跑到气闸舱让客人进来。

"有礼了，波莉安娜。"一个声音说道。

史密斯抓起一罐除臭剂，开始在房间里疯狂地挥舞，他喷遍了每个角落，好让房间闻起来不那么像腐烂的蔬菜味儿。"你好啊！"门口传来一个声音，他单腿站立，僵在了那里，手里拿着那个管子。

蕾哈娜看起来还是跟以前一样美、一样凌乱。史密斯怀疑她穿了一件新的上衣,尽管她所有的衣服看上去都很破旧,并且散发着香气。她在门口脱下鞋子,走了进来。

"你好。"史密斯喜出望外地说道,手里还拿着除臭剂,"我在锻炼呢,用这个罐子。"他拿着罐子上下摇晃了几次,然后把它扔到了床上,感觉站不住脚。"你怎么样?"

"哦,还不错。我挺好的。"

"很好。太好了。很高兴听你这么说。"

"你呢?"

"挺好,挺好。那么,呃,近来如何?"

她耸了耸肩:"好多了,因为你救了我的命。我去见了殖民定居地安全局的一些人:他们想让我在这里待一段时间,并且帮助他们。我必须得在头上戴一个过滤器。这是为了备战,你懂吧?"

"哦,懂。好了,恐怕我们得起飞了。新伦敦那边需要我们,我们得马上出发。要遵守时间表什么的,你知道吧?"他紧张地笑着。他知道在这之后很长一段时间里都不会再见到她了,但他不清楚自己为什么要这样做。

"四十分钟。"蕾哈娜说道。

"你知道?"

"是啊。我一发现就急忙赶过来了。你瞧,我从来没有说过谢谢你救了我,史密斯船长——至少没有正式说过。"她用脚后跟推了一下门,门猛地关上了。

"哦？"史密斯说道。

"哦！"蕾哈娜说着，笑着走了过来。她在他旁边坐了下来，坐得比人们在沃金聊天的正常距离要近多了。

"你瞧，"她说道，他能感觉到她的呼吸，"我也从来没有真正做过我想做的事。但我想，既然你走之前我们还有一段时间，也许我们可以好好了解彼此。"

"了解彼此？"史密斯说道。

"我想我们可以——你知道——更要好一些。"她摘下围巾，往后靠了靠，叹了口气。他们的目光对到一起。"难道你不想跟我更要好一些吗，伊桑巴德？在我们一起经历了这么多之后？"

"嗯，说实在的，当然想啊。"他说道，"让我们更要好一些。我去把水壶烧上，好吧？"

版权专有　侵权必究

图书在版编目（CIP）数据

太空船长史密斯 /（英）托比·弗罗斯特著；刘炳耀译. — 北京：北京理工大学出版社，2020.3

（史密斯船长大事记）

书名原文：Space Captain Smith

ISBN 978-7-5682-8186-7

Ⅰ. ①太… Ⅱ. ①托… ②刘… Ⅲ. ①幻想小说 – 英国 – 现代 Ⅳ. ①I561.45

中国版本图书馆CIP数据核字（2020）第030906号

北京市版权局著作权合同登记号　图字：01-2019-5998

Cpoyright © Toby Frost 2018

Toby Frost has asserted his right under the Copyright,Designs and Patents Act 1988 to be identified as the author of this work.

The simplified Chinese translation rights arranged through Rightol Media（本书中文简体版权经由锐拓传媒取得 Email: copyright@rightol.com）

出版发行	/北京理工大学出版社有限责任公司
社　　址	/北京市海淀区中关村南大街5号
邮　　编	/100081
电　　话	/（010）68914775（总编室）
	（010）82562903（教材售后服务热线）
	（010）68948351（其他图书服务热线）
网　　址	/http://www.bitpress.com.cn
经　　销	/全国各地新华书店
印　　刷	/三河市华骏印务包装有限公司
开　　本	/880毫米×1230毫米　1/32
印　　张	/10.25
字　　数	/215千字
版　　次	/2020年3月第1版　2020年3月第1次印刷
定　　价	/49.80元

责任编辑	/高　坤
文案编辑	/高　坤
责任校对	/周瑞红
责任印制	/施胜娟
排版设计	/飞鸟工作室

图书出现印装质量问题，请拨打售后服务热线，本社负责调换